Urs W. Käser

Libellenglut

Kriminalroman

Impressum

Bibliografische Information der Deutschen Nationalbibliothek:
Die Deutsche Nationalbibliothek verzeichnet diese Publikation in der
Deutschen Nationalbibliografie; detaillierte bibliografische Daten sind
im Internet über http://dnb.dnb.de abrufbar.

Herstellung und Verlag: BoD – Books on Demand, Norderstedt

ISBN: 978-3-7543-3054-8

Handlung, Orte und Personen dieses Kriminalromans sind frei erfunden. Ähnlichkeiten mit lebenden oder verstorbenen Personen wären rein zufällig und sind nicht beabsichtigt.

Da die Geschichte in der Schweiz spielt und man hierzulande den Buchstaben ß nicht verwendet, wird stattdessen immer die Buchstabenfolge ss gebraucht.

Montag, 18. Juli

Martina Widmer ärgerte sich. Kann man denn keine fünf Minuten am Stück arbeiten, murmelte sie vor sich hin, ständig klingelt das Telefon! Ich will jetzt einfach dieses Protokoll fertig durchlesen. Vielleicht nehme ich gar nicht ab? Ach was, ich bin ja so oder so unterbrochen...

Ohne ihren Blick vom Bildschirm abzuwenden, griff sie zum Telefonhörer. „Ja, bitte? Hier Widmer, Direktion ... Aha, eine Nachbarin von uns sind Sie? ... Wie heissen Sie denn? ... Wie bitte? Es brennt bei uns im Haus? Unsinn! ... Was, kein Scherz? Im zweiten Stock, ganz hinten?"

Hat einfach abgehängt, schimpfte Martina Widmer vor sich hin, eine Frechheit! Ist diese angebliche Nachbarin eigentlich durchgedreht, oder meint sie es ernst?

Sie eilte zum Fenster ihres Büros, öffnete es und blickte nach links. Der Schreck war brutal. Am anderen Ende des Gebäudes, im zweiten Stock, drang schwarzer Rauch durch eine geborstene Fensterscheibe. Panische Angst überflutete sie. Wie ist schon wieder die Nummer der Feuerwehr? 117 oder 118? Ach egal, es eilt! Am ganzen Körper zitternd, stellte sie die 117 ein. „Oh, die Polizei? Ich muss aber die Feuerwehr haben!" Sie wurde gleich weiterverbunden und gab mit gepresster Stimme den Notruf durch.

Dann schmiss sie das Telefon auf den Schreibtisch und rannte aus dem Büro, den langen Flur entlang nach hinten, dann eine Treppe hoch und nochmals bis zum Ende eines Flurs, wo sich eine geschlossene Tür mit der Aufschrift *Entomologie* befand. Schon durch die Tür hindurch hörte sie die verzweifelten Hilferufe einer Frau. Um Himmels Willen, das ist doch Patrizias Stimme! Sie ist im Feuer drin!

Martina Widmer riss die Tür auf. Dichte schwarze Rauchschwaden nahmen ihr die Sicht und auch beinahe den Atem. „Wo bist du, Patrizia?", schrie sie in Panik. Sie zog ein

Taschentuch aus ihrer Hose, hielt es sich vor Mund und Nase und wagte sich vorsichtig ins Zimmer hinein. Ach, dort hinten liegt sie! Schwer keuchend, drang Martina bis zur hinteren Ecke des Raumes vor, packte die am Boden kauernde Frau mit beiden Händen und zog sie, beinahe mit ihrer letzten Kraft, zum Ausgang. Im Flur angelangt, liess sie die Frau zu Boden gleiten, kehrte um und schlug die Tür zum brennenden Raum wieder zu.

Hustend und mit schmerzverzerrtem Gesicht wand sich die Verletzte am Boden hin und her. Nach einigen Sekunden stützte sie sich mühsam auf einen Ellbogen, zeigte mit der Hand auf die geschlossene Tür und stiess heraus: „Nora… Nora… Dort…"

„Was! Nora ist noch drin!" Erneut wurde Martina Widmer von panischer Angst gepackt. Ich muss nochmals hinein! Sie zwang sich, die Tür aufzureissen, wich aber sofort wieder zurück. Der Rauch war noch dichter geworden, die Hitze unerträglich, und im Hintergrund frassen sich züngelnde Flammen prasselnd die Wände hoch. Sie schlug die Tür wieder zu. Wenn bloss die Feuerwehr endlich käme! Ich kann Nora unmöglich alleine retten! Was soll ich bloss machen?

Endlich! Eine Sirene erklang, und Martina fiel ein Stein vom Herzen. Draussen hörte man ein Quietschen, dann lautes Rufen, metallisches Geklapper, nochmals eine Sirene, wieder Rufe, und jetzt platschte der erste Wasserstrahl gegen die Hausmauer. Im selben Moment stürmten drei Feuerwehrleute, in Schutzanzügen und mit Handlöschgeräten versehen, an ihr vorbei und rissen die Tür zum brennenden Raum auf. Martina versuchte, die immer noch am Boden liegende Patrizia ein Stück weit den Flur entlang zu ziehen, um sie aus der Gefahrenzone zu bringen, musste aber nach kaum zwei Metern entkräftet aufgeben.

Gottlob! Zwei Rettungssanitäter mit Erste-Hilfe-Koffern rannten jetzt herbei und gingen neben Patrizia auf die Knie. Sie prüften kurz ihren Zustand, drückten ihr eine Sauerstoffmaske aufs Gesicht, steckten eine Infusion in ihre Armbeuge und versorgten ihre Brandwunden provisorisch. Dann legten sie die Frau auf eine Bahre und brachten sie hinunter zum Rettungswagen.

Martina hatte nur stumm zugesehen. Ihr Herz klopfte wie mit Hammerschlägen gegen ihre Brust, ihr Atem ging stossweise und keuchend. Wird Patrizia überleben? Werden sie Nora retten können? Was war überhaupt passiert? Ihre Gedanken kreisten wie wild im Kopf herum...

Plötzlich wurde die Tür aufgerissen, und im schwarzen Rauchvorhang erschienen die drei Feuerwehrleute. Sie zogen eine Frau in den Flur hinaus und liessen sie zu Boden gleiten. Einer der Männer kniete neben sie und prüfte Puls und Atem.

„Nora!", schrie Martina auf, stürzte zu ihr, ging auf die Knie und packte ihre Hand. „Nora! So sag doch was! Bitte!" Schluchzend sank sie auf die regungslose Frau nieder.

Der Feuerwehrmann zog sie sanft am Arm weg. „Bitte kommen Sie, es hat keinen Sinn, die Frau ist tot..."

Martina Widmer, Direktorin des Naturmuseums in Bern, fühlte sich vollkommen erschöpft. Den ganzen Tag hindurch hatte der hektische Betrieb nicht nachgelassen. Kaum war die Feuerwehr abgezogen, waren die Leute vom Spurensicherungsdienst der Polizei eingetroffen und hatten die Umgebung der Brandstelle während drei Stunden minutiös abgesucht. Noch vor Mittag war ein Inspektor der Gebäudeversicherung aufgekreuzt und hatte den materiellen Schaden eingeschätzt. Um fünfzehn Uhr war dann ein Kommissar namens Markus Aebischer von der Stadtpolizei vorbeigekommen, hatte sich ein erstes Bild der Situation gemacht und die Angestellten kurz befragt.

Jetzt war es sechzehn Uhr, und die Mitarbeitenden des Naturmuseums hatten sich im Seminarraum versammelt. Martina Widmer war blass im Gesicht, ihre halblangen, braunen Haare wirkten stumpf, ihre dunklen Augen blickten unruhig hin und her, ihre Wangen zeigten tiefe Falten. Das Sprechen bereitete ihr offensichtlich Mühe, die Sätze lösten sich nur langsam und zögernd aus ihrem Mund.

„Meine lieben Leute, heute hat ein grausames Schicksal in unserem Haus gewütet. Ein Feuer, dessen Ursache noch ganz im Dunkeln liegt. Unsere liebe Mitarbeiterin Nora Egger konnte leider nur noch tot aus der Flammenhölle geborgen werden."

Martina kämpfte mit den Tränen, und ihr Hals schnürte sich zu. Sie griff sich ein Taschentuch, drückte es auf ihre Augen, schnäuzte dann hinein und musste sich mehrmals räuspern, bevor sie weitersprechen konnte.

„Unser einziger Lichtblick ist, dass Patrizia Wanner, die ebenfalls im brennenden Raum war, nur leichtere Verbrennungen erlitten hat und bestimmt in einigen Tagen wieder unter uns sein wird. Leider sind auch die materiellen Schäden gross. Die Feuersbrunst hat mehrere Räume massiv geschädigt und auch einen beträchtlichen Teil unserer wertvollen Libellensammlung zerstört. Ich bitte euch, der Polizei weiterhin jede gewünschte Auskunft zu geben, damit die Ursache des Unglücks so bald wie möglich ans Licht kommt. Unsere Arbeitsplätze bleiben jetzt für etwa zwei oder drei Tage gesperrt, bis die Spurensicherung abgeschlossen ist. Ich überlasse es euch, wie ihr diese Zeit gestalten wollt. Ihr könnt zuhause arbeiten oder frei nehmen, ganz wie es für euch eben stimmt. Für die Öffentlichkeit wird das Museum sicher einige Wochen lang geschlossen bleiben."

Erneut kämpfte Martina mit den Tränen. „Sind noch Fragen dazu?"

Jakob Auers linker Arm schnellte in die Höhe.

„Jakob? Bitte!"

„Ehm... Ist das sss...sicher, dass ich zzz... zuhause... bbb...bleiben ddd...darf?"

Jakob war körperlich und geistig leicht behindert. Eigentlich konnte er beinahe normal sprechen, aber sobald er ein wenig nervös war, geriet er fürchterlich ins Stottern. Und die meiste Zeit sprach er überhaupt nicht. Er war oft völlig in sich gekehrt, und trotzdem erledigte er alle Aufträge, die man ihm gab, rasch und zuverlässig. Jakob verrichtete im Museum allerlei Hilfsarbeiten, Botengänge, Kopien machen, Kaffee nachfüllen oder Kisten schleppen. Er war ein lieber und anhänglicher Kerl, alle mochten ihn sehr.

„Ja, das ist so, Jakob", erwiderte Martina ganz sanft, „du darfst jetzt gleich nachhause gehen und brauchst morgen nicht zu kommen."

Jakob nickte eifrig. „Oh... ddd... danke sss... sehr."

„Also, ehm... meine Damen und Herren, es ist leider ein sehr tragischer Fall eingetreten."

Kommissar Markus Aebischer hielt den provisorischen Bericht über den Einsatz der Feuerwehr und der Rettungssanität in die Luft. Ungern, aber durch die Umstände gezwungen, hatte er kurzfristig auf siebzehn Uhr eine Pressekonferenz angesagt. Rund ein Dutzend Presseleute, bewaffnet mit Notizblock und Mikrofon, sowie zwei Kameramänner vom Fernsehen blickten gebannt auf den Kommissar. Markus Aebischer hasste solche kurzfristigen Übungen und fühlte sich schlecht vorbereitet. Aber er musste das jetzt einfach durchstehen! Eine Verschiebung auf den nächsten Tag wäre schlecht angekommen, weil dann die Zeitungen erst übermorgen hätten berichten können.

Der Kommissar legte den Bericht auf das Pult und blickte in die Runde. „Ich muss Ihnen mitteilen, dass die Feuerwehr heute Morgen um neun Uhr zwanzig durch einen Notruf zum Naturmuseum gerufen wurde. Zwei Räume im hinteren Flügel des Gebäudes brannten bereits lichterloh, als die Feuerwehr eintraf, und der Brand hatte auch schon einige der angrenzenden Räume erfasst. Durch den vorbildlichen Einsatz der Fachleute konnte das Feuer aber bald unter Kontrolle gebracht werden, und seit Mittag besteht keine Gefahr mehr. Tragisch ist, dass beim Brand eine Person ums Leben kam und eine zweite verletzt wurde. Und auch der Sachschaden im Museum ist beträchtlich."

Aufgeregtes Murmeln im Raum, einige Arme gingen in die Höhe, und die Fragen kamen wie aus der Pistole geschossen.

„Wer ist umgekommen? Mann oder Frau? Angestellte? Warum hat die Alarmanlage nicht funktioniert? War es Brandstiftung?"

Markus Aebischer hob abwehrend die Hände. „Bitte sehr, im Augenblick kann und darf ich Ihnen noch keine weitere Auskunft erteilen. Die polizeiliche Untersuchung ist in vollem Gange, und die Persönlichkeitsrechte der Verunglückten haben Vorrang. Ich danke Ihnen."

Uff, das wäre erledigt, dachte Markus Aebischer, hob kurz die Hand in die Runde und verliess den Raum, als wäre er auf der Flucht.

Martina Widmer nahm das klingelnde Telefon zur Hand. „Hallo, Elena."

„Mama! Ich habe es soeben im Radio gehört. Wie schrecklich! Bist du auch wirklich nicht verletzt?"

„Nein, liebe Elena, mir ist nichts passiert. Es ist einfach ein grässlicher Alptraum, das Ganze."

„Und wer ist beim Brand gestorben?"

„Es ist Nora Egger, unsere Insektenspezialistin. Ich denke, du kennst sie nicht."

„Soll ich nicht schnell bei dir vorbeikommen, Mama, um dich zu unterstützen?"

„Das ist lieb von dir, Elena, aber ich bleibe heute Abend ganz gern allein mit meinen Gedanken."

„Dann schlaf gut, Mama. Ich melde mich morgen wieder."

„Gute Nacht, liebe Tochter."

„Hast du es schon gehört?" Max Fischer schleuderte seine Mappe in die Ecke des Flurs und stapfte in die Küche, wo seine Frau Barbara am Herd stand. „So ein Unglück! Nora ist tot,

Patrizia liegt verletzt im Krankenhaus, dazu ein immenser Sachschaden in der Sammlung! Ich glaube, ich drehe noch durch!"

Barbara Fischer hatte ihren Mann noch nie so aufgebracht erlebt. Als Geologe, der sich im Naturmuseum professionell mit Mineralien und Steinen beschäftigte, war er sonst die Ruhe in Person. Weder die pubertierenden Kinder, noch die zeitweilig unzufriedene Ehefrau, noch die Sparmassnahmen der Regierung, noch die allgemeine Weltlage, und erst recht nicht seine ab und zu schmerzenden Hüften hatten Max Fischer jemals ernsthaft aus dem Gleichgewicht gebracht. Aber heute hatte es ihn wirklich erwischt!

Barbara zog Max sanft ins Wohnzimmer und nötigte ihn, auf dem Sofa Platz zu nehmen. Sie setzte sich neben ihn und legte ihm einen Arm um die Schulter. „Ja, Max, das ist ein furchtbares Unglück. Warum hat man das denn nicht verhindern können?"

Max Fischer rieb sich die Augen. „Ich glaube es einfach nicht! Wie konnte so etwas passieren? Das Feuer wurde viel zu spät entdeckt! Dabei haben wir doch erst vor kurzem die neueste Generation von Rauchmeldern installiert, aber die haben offensichtlich komplett versagt!"

„Ja, das verstehe ich auch gar nicht. Jedenfalls wird das Ganze im Stadtrat noch tüchtig zu reden geben", meinte Barbara nachdenklich. „Übermorgen ist Ratssitzung, und ich bin zur Protokollführung delegiert. Ich bin ja gespannt darauf, wie die Diskussion laufen wird. Aber lassen wir doch zuerst die Polizei arbeiten, und versuchen wir, an etwas Anderes zu denken."

Barbara erhob sich. „Ich mache jetzt das Abendbrot fertig."

Dienstag, 19. Juli

„Jakob, wäre es nicht an der Zeit, zu gehen?"
Jakob Auer schüttelte energisch seinen Kopf.

Betreuer Andreas Burger setzte sich seinem Schützling gegenüber. „Hast du heute keine Lust, zur Arbeit zu gehen? Oder ist sonst etwas los?"

Jakob nickte kaum merklich. Andreas Burger war es gewohnt, dass Jakob öfters kein Wort sprach. Aber er hatte gelernt, seine Mimik und Gestik zu lesen. Und er wusste, dass Jakob ein aufmerksamer Zuhörer war und beinahe alles verstand, was gesagt wurde. Nur eine klare Antwort darauf blieb eben häufig aus. Aber sehr oft konnte Jakob seine Gedanken durch eine Zeichnung ausdrücken. Vor allem emotionale Dinge vermochte er eigentlich nur so zum Ausdruck zu bringen. Schon als er Kind war, hatten Eltern und Lehrer erstaunt festgestellt, wie gut Jakob zeichnen und malen konnte. Ein Naturtalent, hatten sie stolz von ihm gesagt. Vielleicht würde es auch heute klappen? Andreas Burger hielt ihm einen Block und einen Packen Farbstifte hin. Jakob wandte sich zunächst etwas ab, schien zu überlegen und wiegte seinen Kopf ein paarmal hin und her. Plötzlich ergriff er Block und Stifte, stand auf und ging zum Tisch hinüber. Er wollte beim Malen immer allein sein, das wussten alle.

Jakob Auers Gehirn hatte bei seiner Geburt, vor fünfundzwanzig Jahren, zu wenig Sauerstoff bekommen, deshalb blieb er körperlich und geistig leicht behindert. Seine Eltern hatten ihn zunächst zuhause betreut, und später konnte er die Sonderschule besuchen. Jakobs Eltern wollten, dass ihr Sohn als Erwachsener ein soweit wie möglich selbstständiges Leben führen könne. Nach längerem Suchen fanden sie für ihn schliesslich eine betreute Wohngruppe und eine Anstellung als Hilfskraft innerhalb der Stadtverwaltung. Acht Jahre waren seitdem vergangen, und seit fünf Jahren arbeitete Jakob im Naturmuseum und schien damit recht glücklich zu sein.

Jakob kam jetzt zurück zu Andreas und hielt ihm seine farbige Zeichnung hin. Ein lichterloh brennendes Haus! Endlich begriff Andreas! Er hatte gestern Abend den Nachrichten im Radio nur mit halbem Ohr zugehört und nicht realisiert, dass der gemeldete Brand sich an Jakobs Arbeitsort, im Naturmuseum, zugetragen hatte.

„Jetzt kapiere ich endlich, warum du heute nicht zur Arbeit gehen kannst, Jakob!", sagte er. „Das war ja schlimm, dieser Brand. Und die Frau, die dabei ums Leben kam, hast du natürlich gut gekannt, wie traurig! Nun, dann bleibst du heute einfach zuhause und vertreibst dir die Zeit. Ich bin ja den ganzen Tag hier, wenn du mich brauchst."

Jakob nickte einige Male heftig, erhob sich umständlich und marschierte mit langen, hölzernen Schritten in Richtung seines Zimmers.

Kommissar Markus Aebischer stieg von seinem Büro im dritten Stock zu Fuss die vier Etagen bis ins Untergeschoss hinab. Noch vor ein paar Jahren war er leichtfüssig die Treppen hinauf- und hinuntergestiegen, seit einiger Zeit machte sich aber sein rechtes Knie unangenehm bemerkbar, sobald er die Stufen zu schnell nahm oder den Fuss nicht ganz gerade aufsetzte. Vielleicht sollte ich doch mal zum Arzt gehen, dachte er. Und wenn er sich vorstellte, nachher die vier Treppen wieder hinaufzusteigen, kam ihm gleich nochmals der Arzt in den Sinn. War das eigentlich normal für einen Mann gegen Ende fünfzig, wegen der paar Stufen bereits so stark ausser Atem zu geraten und so müde Beine zu bekommen? Da sah er vor sich seine Waage, die zuhause im Bad stand, und wunderte sich schon weniger über seine Kurzatmigkeit. Rund zwanzig Kilos über dem Normalgewicht zeigte sie leider an, das erklärte wohl Vieles…

Markus Aebischer ging im Untergeschoss bis zum Ende des Flurs und gelangte zu einer Tür mit der Aufschrift *Labor 3*. Kaum hatte er angeklopft, erschien Lena Müllers erfrischendes Gesicht und lächelte ihn an.

„Hallo, Markus! Du brauchst nicht zu fragen, ob du störst, komm einfach herein. Ich kann mir ja denken, was dich interessiert."

Aebischer trat ein und schaute sich um. War das hier unten doch eine andere Welt! Der Raum, der nur durch einen seitlichen Lichtschacht ein wenig Tageslicht bekam, war eine Art Kombination von Chemie- und Physiklabor, vollgestellt mit kleineren und grösseren Apparaturen, deren Funktionsweise Aebischer sowieso nie begreifen würde. Umso mehr bewunderte er es, dass eine Frau wie Lena Müller hier arbeiten konnte. Eine junge, attraktive, modisch gekleidete und fast immer gutgelaunte Frau, hier unten vergraben in diesem Bunker? Immerhin, kam es jetzt Markus in den Sinn, arbeitet sie nur zu achtzig Prozent. Da hat sie wenigstens noch drei Tage pro Woche frei, um draussen Sonnenlicht zu tanken. Wie wohl ihr Privatleben aussah? Er hatte nicht die geringste Ahnung…

„He, Kollege Aebischer! Was ist los?"

Verwirrt tauchte Markus aus seinen Gedanken auf. „Entschuldige, Lena, ich war wohl kurz woanders…"

„Das habe ich allerdings gemerkt!" Lena lachte ihn an und wies dann mit der Hand auf einen kleinen runden Tisch in der Ecke des Raumes hin. „Setz dich, Markus, dann informiere ich dich gerne über die Spuren vom gestrigen Brand im Naturmuseum. Wir wissen da schon Einiges", sagte sie selbstsicher.

Fast das ganze Tischchen war mit Papierstössen belegt, und Aebischer schaffte es gerade noch, seinen A4-Block daneben zu zwängen. Lena brachte ihr Laborjournal und einige bedruckte Papiere mit.

„Also, ich mache es kurz und lasse die Bombe gleich los", sagte sie. „Es war eindeutig Brandstiftung."

Markus blickte erstaunt auf. „Oh! Das kommt überraschend! Und woraus schliesst du das?"

Lena lachte. „Sehr einfach. Im Ausstellungsraum, in dem der Brand ausbrach, war am Fenster, hinter dem dicken Vorhang, ein Zeitzünder und leicht brennbares Material versteckt."

„Was, ein Zeitzünder! Das ist ja wie im Krimi!"

„Aber, aber, Herr Kommissar, wir sind doch nicht im Fernsehen!", frotzelte Lena. „Natürlich haben wir die verkohlten Reste des Zeitzünders genau untersucht. Ein handelsübliches Modell, ohne weitere Spuren. Und der Zunder bestand aus simplen, mit Wachs imprägnierten Holzspänen. Das Ganze kommt mir irgendwie ziemlich amateurhaft vor."

„Interessant, amateurhaft..." murmelte Aebischer und betrachtete fasziniert Lenas wunderschöne, wasserblaue Augen, ihre langen, schwarzgefärbten Wimpern, die lilafarbenen Lidstriche. Einfach unglaublich schön, dieses Gesicht...

Dann riss er sich zusammen. „Gab es noch weitere Spuren auf der Brandstätte, Lena?"

„Nun, das Feuer hat nicht überall gleich intensiv gewütet. Deshalb konnten wir noch zahlreiche Fingerabdrücke und Hautschuppen bergen. Aber ziemlich sicher wird uns das nichts nützen. Da der Raum, in dem das Feuer ausbrach, ja öffentlich zugänglich ist, dürften die Spuren von Hunderten verschiedener Personen stammen. Ein höchst interessantes Detail gibt es aber noch. Der an der Decke montierte Rauchmelder war nämlich inaktiviert worden."

Markus hob seine Augenbrauen „Oh la la! Kein Wunder, ist der Brand so spät bemerkt worden! Ist denn das so einfach zu machen?"

Lena hob ihren rechten Daumen. „Ja, bei diesem Modell muss man nur den kleinen Schalter drehen, und schon ist das Gerät inaktiv."

Aebischer schüttelte den Kopf. "Aber das ist doch eine höchst fahrlässige Konstruktion… Offensichtlich wollte der Täter, dass der Brand so lange wie möglich unbemerkt bliebe. Aber warum das? Wohl kaum, um sich selber davonzumachen. Sonst hätte er doch keinen Zeitzünder gebraucht..."

Lena stupste Markus leicht in den Oberarm. „Nun, *diese* Frage zu beantworten, ist nicht mehr *mein* Job. Damit darfst *du* dich jetzt herumschlagen."

„Klar", stimmte Markus zu. „Jedenfalls herzlichen Dank für deine schnelle und zuverlässige Arbeit, Lena."

Wie er erwartet hatte, schleppte sich Markus Aebischer mühsam und mit schmerzendem Knie die vier Treppen wieder hoch. Aber er biss sich durch, weil er der Meinung war, ein wenig Training müsse wohl schon sein. Trotzdem fühlte er sich bestens gelaunt. Diese Lena Müller ist schlicht ein Phänomen, sagte er sich. Fachlich einfach perfekt, und dabei immer freundlich und hilfsbereit, eine wahre Goldgrube für die Stadtpolizei. Eine bessere Zusammenarbeit kann man sich einfach nicht vorstellen. Wenn sie nur nicht etwa von einer anderen Kripostelle abgeworben wird! Unsere Stadt ist leider nicht reich und kann keine Spitzenlöhne zahlen, da wäre ein anderes Angebot natürlich verlockend für sie. Aber ich hoffe wirklich, sie bleibt uns treu. Natürlich auch, weil sie mit Abstand die schönste Frau im Polizeidepartement ist...

Mit jeder Treppenstufe geriet Aebischer stärker ins Schnaufen, aber ebenso ins Träumen. Sein vergangenes Liebesleben zog wie eine Karawane an ihm vorbei. Hoch und Tiefs hatten sich stetig abgewechselt, fast wie beim Wetter, aber immerhin in etwas weniger schneller Folge. Seltsamerweise war seine erste *richtige* Beziehung gleichzeitig seine längste gewesen. Fast elf Jahre war er mit Monica zusammen gewesen, und obwohl nach sieben Jahren die gemeinsame Tochter Vera dazugekommen war, hatten sie nie ernsthaft ans Heiraten gedacht. Und auch mit einer Heirat hätte die Beziehung nicht länger gehalten, das stand für Markus fest. Er musste lächeln, wenn er jetzt an seine Tochter Vera dachte. Siebenundzwanzig war sie jetzt, eine elegante und ehrgeizige junge Dame, die vorigen Sommer ihre erste Stelle als Juristin beim Kanton angetreten hatte. Er traf sie nicht oft, aber jedes Mal, wenn er sie ansah, tauchte auch Monica vor ihm auf, so wie sie in Veras Alter gewesen war. Dieselben Augen, dieselbe Nase, derselbe Mund, dieselben Ohren, und nur das etwas kantige Kinn und die dunklen Haare hatte Vera von ihrem Vater geerbt. Und immer, wenn er sie sah, traf ihn ein Stich mitten ins Herz, übermannte ihn wieder eine leise Sehnsucht nach der schönen Zeit mit Monica…

Nach der im Grossen und Ganzen einvernehmlichen Trennung von Monica hatte für Markus eine Reihe von emotional unruhigen Jahren begonnen. Je disziplinierter er sich im Polizeiberuf aufwärts kämpfte, desto chaotischer wurde sein Privatleben. Frauenbekanntschaften wechselten sich im Dreimonatsrhythmus ab, und für seine Tochter, die bei Monica lebte, brachte er, immer mit schlechtem Gewissen, viel zu wenig Zeit auf.

Erst sein vierzigster Geburtstag brachte wieder ruhigere Wellen in sein Leben. Er hatte eine kleine Party organisiert, Monica hatte zwei ihrer engsten Freundinnen mitgebracht, und noch am selben Abend hatte es zwischen Markus und Daniela mächtig gefunkt. Das Feuer loderte weiter, und fünf Monate später waren sie verheiratet. Daniela, eine grosse, schöne Frau, arbeitete in einer verantwortungsvollen Kaderstelle bei einer Versicherung und hatte ihren Kinderwunsch längst begraben, was Markus nur recht gewesen war. Daniela, nach wie vor eine gute Freundin von Monica, hatte die kleine Vera ins Herz geschlossen und erreichte es, dass Vera jedes zweite Wochenende bei Markus und ihr zu Besuch war. Markus war dankbar dafür und schaffte es, nach und nach zu Vera eine tragfähige Beziehung als Vater aufzubauen. Nun, das Glück hielt nicht wirklich lange. Nach sechs Jahren hatten sich die Eheleute so weit auseinandergelebt, dass die Scheidung für beide der einzig logische Schritt war.

Danach fiel Markus wieder in ein ziemlich tiefes Loch. Die Beförderung zum Hauptkommissar schmeichelte ihm zwar, aber privat wusste er kaum mehr, wo er hingehörte. Erneut folgte eine Phase mit rasch wechselnden Freundinnen, manchmal Zufallsbekanntschaften, aber auch Kontakten aus Internet-Portalen. Aber nie ergab sich eine Beziehung von längerer Dauer...

Markus Aebischer hatte sein Büro beinahe erreicht. Was für dumme Gedanken das doch sind, sagte er sich und blickte den Flur entlang. Sein innerer Blick wanderte zurück zum Brandfall im Naturmuseum. Wen sollte er mit den weiteren Ermittlungen betrauen? Für ihn selber war der Fall eine Schuhnummer zu klein, er musste Prioritäten setzen. Er ging in Gedanken sein Team durch und rief sich die aktuellen Ermittlungen in Erinnerung. Plötzlich wusste er es: Das war doch die perfekte Herausforderung für Nadja Huser! Nur: Würde sie es schaffen? Ja, sagte er sich, ich muss sie ein wenig herausfordern, ihren Ehrgeiz wecken. Jetzt, mitten in ihrer Weiterbildung, ist dieser Fall doch ein ideales Übungsfeld für sie. Sie wird es sich zunächst nicht zutrauen, aber ihr mangelndes Selbstbewusstsein kann nur durch konkrete Erfolge wachsen. Ja, ich werde Nadja den Fall übergeben!

Entschlossen betrat Aebischer sein geräumiges Büro.

Das Museum ist wegen eines Brandes bis auf Weiteres geschlossen, stand auf dem improvisierten, mit schwarzem Filzstift beschriebenen Kartonschild an der Eingangstür. Kopfschüttelnd drehten sich Berta und Franz Huser um und gingen die vier Treppenstufen langsam wieder hinunter.

„Natürlich", sagte Franz plötzlich, „ich hätte es doch wissen müssen. Die Nachricht vom Brand im Naturmuseum stand doch heute in der Zeitung! Es habe sogar ein Todesopfer gegeben, hat es geheissen. Wie schrecklich!"

„Du Dummerchen", meinte Berta vorwurfsvoll, „warum hast du mir denn nichts davon erzählt? Dann hätten wir uns den Weg hierher wirklich sparen können!"

„Jetzt sei doch nicht gleich eingeschnappt!", konterte Franz, „du könntest ja selber mal Zeitung lesen…"

„Aha! Und wer macht dann das Frühstück für dich?", erwiderte Berta zornig, „und wer den Abwasch? Du meinst wohl, ich könne von morgens bis abends im Lehnstuhl sitzen und lesen? Und das bisschen Haushalt macht sich von alleine?"

Franz machte eine bekümmerte Miene. „Entschuldige, so habe ich es doch nicht gemeint. Ich dachte mir nur, statt den halben Vormittag im Café mit deinen Freundinnen zu tratschen, könntest du doch auch mal in die Zeitung sehen…"

„Du Frechdachs!" Bertas Stimme war richtig laut geworden. „Tratschen nennst du das! Eine Beleidigung! Das lasse ich mir nicht gefallen. Wir sind ab sofort geschiedene Leute!"

„Na gut, wenn du meinst…" Franz schüttelte seinen Kopf, wandte sich ab und marschierte mit langen Schritten davon.

Nach wenigen Sekunden hatte ihn Berta eingeholt und packte ihn am Arm. „Bist du wahnsinnig? Du kannst doch nicht einfach so davonlaufen! Franz, komm doch zur Vernunft!"

„Du hast doch soeben etwas von geschieden gesagt…"

„Aber Schatz! Nimm doch nicht alles gleich wörtlich…"

Franz druckste noch eine Weile herum und amüsierte sich köstlich dabei. Ach, wenn er seine Berta nicht hätte! Nach einer angemessenen Zeitspanne schlang er beide Arme um seine Frau und küsste sie auf den Mund.

„Ach, mein lieber Franz…", hauchte sie leise, nahm seine Hand und zog ihn, zunächst ganz sanft, dann zunehmend energisch mit sich fort.

„Nadja, du übernimmst den Fall Naturmuseum!"

Nadja Huser fühlte sich vollkommen überrumpelt und höchst unsicher. Sie, die angehende Kriminalkommissarin, die bisher noch keinen einzigen *heissen* Fall selbstständig bearbeitet hatte, sollte ausgerechnet diese Brandgeschichte mit Todesfolge übernehmen?

Kommissar Markus Aebischer schmunzelte und legte ihr sanft eine Hand auf die Schulter. „Nur keine Angst, Nadja, ich lasse dich nicht hängen. Aber das ist *die* Gelegenheit für dich, zu zeigen, wozu du fähig bist. Versuche es einfach, und wenn du es nicht schaffen solltest, halte ich dir den Rücken frei. Einverstanden?"

Nadja atmete hörbar auf. Wie habe ich bloss so einen tollen Chef verdient, dachte sie.

Markus streckte ihr die Hand hin, und sie schlug ein.

Nadja Huser hatte im letzten Herbst die zweijährige, berufsbegleitende Weiterbildung zur Kriminalkommissarin begonnen. Das bedeutete, jeden Samstag an sechs Stunden Unterricht oder an praktischen Übungen teilzunehmen und zusätzlich während der Woche noch Hausarbeiten zu schreiben. Nur jetzt, während der Schulferien, hatte sie frei.

„Jetzt wird es aber ernst", erklärte Aebischer, setzte sich an den Tisch und nahm seine Notizen zur Hand. „Ich war heute Vormittag bei Lena Müller unten. Die Leute von der Spurenanalyse haben wieder einmal hervorragend gearbeitet. Keine Rede von einem hübschen, kleinen, zufällig ausgebrochenen Feuerchen… Hier, lies mal den vorläufigen Bericht."

Nadja verschlang die zwei Seiten in einem Zug. „Das ist wirklich aussergewöhnlich", sagte sie dann. „Das Feuer, das im hintersten, öffentlich zugänglichen Raum des Naturmuseums ausbrach, wurde demnach durch einen Zeitzünder ausgelöst, der zunächst eine kleine Menge gewachster Holzspäne und danach den Vorhang in Brand gesetzt hat. Und der automatische Rauchmelder in diesem Raum war von Hand deaktiviert worden! Das heisst, es war eindeutig Brandstiftung, und zwar nach einem ganz perfiden Plan! Das Feuer sollte möglichst lange unentdeckt bleiben."

Markus nickte. „Und was stellt sich jetzt als *die* grosse Frage?"

Nadja wurde unsicher. „Hm… Worauf willst du bloss hinaus? Ich muss kurz nachdenken… Ach so, natürlich, die Opfer! Eine

Tote und eine Verletzte. War es nur Brandstiftung, oder war es vielleicht sogar ein geplanter Anschlag auf Leib und Leben? Und wenn ja, war wirklich diese Nora Egger das beabsichtigte Opfer, oder galt der Anschlag doch jemand anderem? Etwa der verletzten Patrizia Wanner?"

Markus Aebischer nickte zufrieden. „Ausgezeichnet überlegt, Nadja. Jede Menge offener Fragen. Und nun wünsche ich dir viel Erfolg!"

Nadja blieb sitzen und druckste herum, offensichtlich lag ihr noch etwas auf der Zunge. „Ehm... Markus, darf ich noch etwas fragen? Wirst du auch Jan in dieser Ermittlung einsetzen?"

Aebischer kapierte sofort. Jan Voser war, seit er vor zwei Jahren in Aebischers Gruppe gekommen war, immer wieder Anlass zu kleinen Reibereien gewesen. Jan war etwas jünger als Nadja und hatte auch weniger Dienstjahre bei der Polizei hinter sich. Aber er war aussergewöhnlich ehrgeizig und hatte sich klare Karriereziele gesetzt. Nicht dass Jan ein schlechter Polizist gewesen wäre, aber Nadja hatte einfach mehr Erfahrung und wurde deshalb von Aebischer für die schwierigeren Aufträge eingesetzt, während sich Jan vorläufig mit einfacheren Fällen begnügen musste. Offen beklagt hatte sich Jan noch nie, aber sein Verhalten liess deutlich erkennen, dass er sich manchmal zurückgesetzt fühlte.

Aebischer räusperte sich. „Zurzeit ist Jan noch mit dem Fall Koller ausgelastet. Wenn dieser dann abgeschlossen ist, werden wir zwei uns zuerst darüber unterhalten, ob und wie Jan dich unterstützen könnte."

„Danke, Markus!" Nadja atmete erleichtert auf und ging beschwingt in ihr Büro zurück.

Zum ersten Mal in ihrem Leben betrat Nadja Huser das Gebäude des Naturmuseums. Ihre Eltern, Berta und Franz, gingen ja ständig hier ein und aus, aber Nadja hatte das nie im Geringsten interessiert. Präparierte Füchse, ausgestopfte Vögel, aufgespiesste Schmetterlinge und Heuschrecken, getrocknete Pflanzen, bunte Steine, was sollte sie damit anfangen? Nein, ihre Hobbies waren ganz anders gelagert. An erster Stelle stand viel Bewegung, primär aus einem inneren Bedürfnis heraus, aber ebenso, um sich für den Polizeidienst fit zu halten. Volleyball, Waldläufe, Schwimmen und Skifahren, das waren ihre Lieblingssportarten. Aber auch Bücher faszinierten sie. In den langen, dunklen Wintertagen, da sass sie gerne auf ihrem Sofa und verschlang reihenweise Kriminalromane. Möglichst wenig Action, dafür viel Psychologie und technische Analysen, das mochte sie eindeutig am liebsten bei den Krimis.

Yvonne Sager, stand auf dem Namensschild der Frau, die in der Eingangshalle des Naturmuseums hinter einer kleinen Theke am Computer sass. Nadja war heute in ihrer Polizeiuniform gekommen. Sonst war sie oft in Zivil unterwegs, aber zu Beginn einer neuen Ermittlung fühlte sie sich in der Uniform sicherer.

„Guten Tag, Frau Sager, ich bin Nadja Huser vom Kriminalkommissariat. Ich habe mich bei Direktorin Widmer telefonisch angemeldet."

„Selbstverständlich. Büro 103 im ersten Stock. Nehmen Sie gleich hier rechts die Treppe."

Yvonne Sagers Augen waren gerötet, offenbar hatte sie vor kurzem noch geweint. Schliesslich hatte sie gestern eine Arbeitskollegin verloren, dachte Nadja und fühlte sich sofort betroffen. Sie stieg die steinerne, von den vielen Tausend darüber gegangenen Schuhen glattpolierte Treppe hoch und folgte dem mit *Direktion* angeschriebenen Pfeil.

Direktorin Martina Widmer hatte die Besucherin durch die offene Bürotür kommen hören und kam sofort auf sie zu. „Willkommen, Frau Huser, in unserem momentan leider nicht mehr so schönen Haus. Ich schlage vor, dass wir uns gleich auf einen Rundgang begeben, damit Sie sich selber ein Bild von der Situation machen können. Ihr Kollege Aebischer war zwar gestern schon hier, aber ich nehme an, Sie möchten sich persönlich umschauen."

„Oh ja, sehr gern", antwortete die Polizistin, „leider ist es ja eine unerfreuliche Situation, die Sie jetzt bewältigen müssen."

„Das kann man wohl sagen", erwiderte die Direktorin, während sie den Flur entlang gingen. „Nora Egger, die in den Flammen ihr Leben lassen musste, war eine langjährige, kompetente Mitarbeiterin, die wir alle sehr geschätzt haben, und sie hinterlässt auch in meinem Herzen eine schreckliche Lücke …"

Martina Widmer blieb stehen, wandte ihren Kopf ab und hielt sich ein Taschentuch vor das Gesicht. Als sie wieder aufblickte, waren ihre Augen feucht. „Wenigstens ist Patrizia Wanner nichts Gravierendes passiert…"

Am Ende des Flurs nahmen sie die Treppe zum zweiten Stock und gingen bis zum Ende eines weiteren kurzen Flurs. Die Direktorin öffnete eine Tür zu einem grossen Raum.

„Sehen Sie, hier sind wir im entlegensten Teil des ganzen Museumsgebäudes. Und hier ist auch, oder vielmehr war, unsere einzigartige Insektensammlung. Mehr als fünfhundert breite, flache Holzkästen, voll von sorgfältig präparierten und beschrifteten Sechsbeinern, insgesamt fast achttausend verschiedene Arten. Bei dem Brand ist leider, leider ein immenser Schaden entstanden. Viele der Kästen sind komplett zerstört, andere werden wir aufwändig reparieren müssen. Insbesondere unsere schweizweit grösste Sammlung von Libellen wurde durch das Feuer vollständig vernichtet…" Ihre Stimme stockte. „… und das tut schon sehr weh."

Nadja Huser sah sich um. Fast der gesamte Raum wurde von einer sogenannten *Kompaktusanlage* eingenommen, einem System von auf Rollen beweglichen, bis zur Decke reichenden Schränken. Mit einer solchen Anlage konnte man fast doppelt so viele Objekte in einem Raum unterbringen als mit fest montierten Schränken. Der Fensterfront entlang standen mehrere Arbeitstische voller Bücher und Mikroskope. Der gesamte Raum war mit schwarzem Russ bedeckt, und es roch immer noch intensiv nach abgestandenem Rauch und nach der feuchten Schmiere.

„In der Tat", sagte die Polizistin, „sehr schade um Ihre Sammlung. Wenn ich auch persönlich, das muss ich zugeben, mit Insekten nicht so viel anfangen kann... Aber soweit ich orientiert wurde, ist doch das Feuer gar nicht hier ausgebrochen?"

„Nein, natürlich nicht." Martina Widmer ging zurück in den Flur und öffnete eine andere Tür. „Hier war es, in unserer öffentlich zugänglichen Insektenausstellung."

Auch dieser Raum sah fürchterlich aus. Boden, Wände, Decke und auch alle Glasvitrinen waren komplett schwarz von einer dicken Schicht Russ, und etliche Glasflächen waren geborsten und lagen in Splittern am Boden.

Nadja Huser schaute sich im Ausstellungsraum um. „Nun, Frau Widmer, unser Spurensicherungsdienst hat bereits sehr bemerkenswerte Tatsachen herausgefunden. Zum einen handelt es sich eindeutig um Brandstiftung..."

„Was, Brandstiftung! Wie furchtbar!" Martina Widmer hielt sich eine Hand vor den Mund.

„... und zwar wurde der Brand durch einen hier im Raum angebrachten Zeitzünder verursacht. Zudem war der an der Decke installierte automatische Rauchmelder ausser Funktion gesetzt worden."

„Oh je! Deshalb also wurde der Brand viel zu spät entdeckt! Wer kann das nur getan haben, und warum?"

„Das werden wir von der Polizei hoffentlich herausfinden. Was denken denn *Sie* darüber, Frau Direktorin? Können Sie sich vorstellen, dass jemand ein Interesse daran hatte, Ihrem Museum zu schaden?"

Zur Überraschung der Polizistin lachte Martina Widmer laut heraus. „Ha! Ob jemand uns schaden wolle? Aber natürlich! Unser Museum steht doch auf der Abschussliste! Unser hochverehrter, demokratisch gewählter Stadtrat würde das alte Haus am liebsten sofort abreissen und stattdessen ein florierendes Renditeobjekt hinstellen. Wer braucht schon so ein verstaubtes Museum? Fragen Sie ruhig mal bei Peter Keller nach…"

Nadja Huser rieb sich das Kinn. „Ehm… Keller, ist das nicht einer der Stadträte?"

„Jawohl, und was das Ganze noch schlimmer macht, ja geradezu grotesk: Dieser Typ ist mein Ex-Ehemann, und zwar mit expliziter Betonung auf *Ex*… Alles unternimmt er, um mir und meinem Museum zu schaden… Was meinen Sie: Hat *er* es etwa getan?"

Martina Widmer hatte sich ins Feuer geredet. Jetzt lehnte sie ihren Kopf gegen die Wand und schluchzte leise vor sich hin.

Nadja Huser war schockiert. Was sich da schon bei der ersten Befragung für Abgründe auftaten! Sie legte der Direktorin sanft eine Hand auf die Schulter. „Soll ich später nochmals vorbeikommen?"

„Nein, nein, bleiben Sie ruhig. Es geht schon wieder."

Die Museumsdirektorin straffte sich und blickte der Polizistin wieder in die Augen. „Wissen Sie, was ich gar nicht verstehe, ist dieser merkwürdige Telefonanruf."

„Welchen Anruf meinen Sie?"

„Nun, gestern Morgen war ich in meinem Büro und habe diverse Pendenzen erledigt. Etwa um viertel nach neun klingelt mein Telefon, und eine mir unbekannte, aber auffallend dunkle Frauenstimme meldet sich. Sie sagt, sie wohne in unserer Nachbarschaft, und sie wolle mir mitteilen, dass bei uns im Haus ein Brand ausgebrochen sei. Natürlich denke ich zuerst an einen Scherz, aber als ich zum Fenster hinaus schaue, sehe ich tatsächlich schwarzen Rauch aus dem hintersten Gebäudeteil aufsteigen. Die unbekannte Frau hat unterdessen aufgehängt. Was sollte wohl dieses ganze Theater?"

Nadja Huser runzelte ihre Stirn. „Wirklich seltsam, dieser Anruf. Sie haben also keine Ahnung, wer die unbekannte Anruferin sein könnte?"

„Nein, ich kann mir das nicht erklären. Ich habe natürlich sofort die Feuerwehr alarmiert, und dann rannte ich in Panik in Richtung des Brandes. Als ich hier ankam, war schon alles voll schwarzem Rauch. Wenigstens gelang es mir, unsere Mitarbeiterin Patrizia Wanner zu retten, aber für Nora Egger kam leider jede Hilfe zu spät... Arme Nora. Warum nur musstest du dein Leben lassen? Erstickt in der Flammenhölle, wie grausam!"

„Ja, das ist sehr schlimm. Erzählen Sie mir doch kurz etwas von dieser Frau."

„Also, Nora Egger, unsere Entomologin, das heisst die Spezialistin für Insekten, war seit fünfzehn Jahren im Museum angestellt. Eine wunderbare Kollegin und Freundin. Über ihr Privatleben hat sie aber nur selten gesprochen. Seit einigen Jahren wohnte sie, nach einer längeren Beziehung, wieder allein im Breitenrainquartier. Und irgendwie..."

„Ja?"

„Ehrlich gesagt, habe ich das Gefühl, sie habe gelitten. Ob es nur die Trennung von ihrer Partnerin war oder noch etwas anderes, weiss ich nicht, aber sie erschien mir in letzter Zeit zunehmend... wie soll ich das sagen... verbittert? Ja, das trifft es. Irgendwie unzufrieden mit dem Leben, denke ich."

„Eine bemerkenswerte Aussage. Wissen Sie etwas über Angehörige von Nora Egger, die wir benachrichtigen könnten? Bei der Einwohnerkontrolle hat man nämlich bisher niemanden gefunden. Und das kommt tatsächlich nur ganz selten vor."

Die Direktorin zuckte mit den Achseln. „Ich weiss nur, dass Noras Eltern verstorben sind. Von Geschwistern ist mir nichts bekannt, und Kinder hatte sie offensichtlich keine. Am besten fragen Sie dazu Vanessa Moser, Noras beste Freundin. Ich habe sie gestern angerufen, um ihr Bescheid zu geben. Sie wohnt im selben Quartier wie Nora, aber ihre genaue Adresse müssten Sie selbst herausfinden."

„Ja, das mache ich gerne. Eine letzte Frage für heute: Waren denn, als der Brand ausbrach, sämtliche Museumsmitarbeitenden im Haus?"

„Ja, alle ausser Yvonne Sager, die montags, wenn das Museum geschlossen hat, immer frei hat."

„Frau Widmer, ich danke Ihnen sehr für die Auskünfte. Wir werden uns wieder bei Ihnen melden, sobald wir mehr wissen."

Adrian Münger hatte genug. Nein, es geht nicht, murmelte er vor sich hin. Keine Chance! Ich kann mich einfach nicht konzentrieren. Ständig schwirrt mir diese Feuersbrunst im Kopf herum. Wie soll man da nur arbeiten können?

Entnervt schaltete er seinen Computer aus, holte sich in der Küche ein grosses Glas Wasser, setzte sich im Wohnzimmer auf das hellbraune Ledersofa und streckte die Beine lang aus. Er legte seinen Kopf nach hinten auf die Sofalehne, schloss die Augen und begann, ausgiebig zu gähnen. Sein Hund Zeno, ein rötlichbrauner Irish Setter, kam aus dem Flur angetrottet, legte sich zu seinen Füssen und döste auch vor sich hin. Eine Zeitlang kreisten noch die Gedanken in Adrians Kopf, dann dämmerte er allmählich weg.

Er wachte auf, weil ihn etwas an der Nase kitzelte. Seine Augen gingen einen Spaltbreit auf, und sein Mund verzog sich zu einem Lächeln. „Yvonne, Schatz, du bist da!"

Yvonne Sager beugte sich von hinten über ihn, so dass sich ihre Lippen umgekehrt aufeinander legten. Ein ungewohntes, aber nicht minder angenehmes Gefühl…

Yvonne erhob sich wieder, legte sich dann so auf das Sofa, dass ihr Kopf in Adrians Schoss ruhte, und schaute zu ihm hoch. „Und du, Adrian, konntest du arbeiten heute?"

Er verzog das Gesicht. „Ach wo, kaum eine Spur! Dauernd dreht sich mein Kopf… Verdammt! Träumen wir eigentlich, oder ist tatsächlich Nora in diesem Feuer gestorben? Es ist alles ein einziger Albtraum…"

Yvonne streichelte Adrians Handrücken. „Ja, Schatz, auch ich bin ganz durcheinander. Was ist überhaupt genau passiert? Ich war heute nach dem Einkaufen noch kurz im Naturmuseum. Es sieht ganz schrecklich aus dort, und der Geruch ist ekelhaft. Und alles voller Arbeiter, die aufräumen und das Nötigste reparieren. Martina Widmer war auch dort. Sie hat erzählt, die Polizei sei heute dagewesen, und mir angedeutet, es sei vermutlich Brandstiftung gewesen, und sie hat von einem Zeitzünder gesprochen. Stell dir vor, das ist ja furchtbar, jemand wollte unser Haus zerstören und hat dabei Menschenleben in Kauf genommen!"

Adrian strich über Yvonnes langes kastanienbraunes Haar. „Ja, es ist unvorstellbar. Umso mehr müssen wir jetzt scharf nachdenken, ob wir nicht etwas zur Lösung des Rätsels beitragen könnten. Haben wir irgendetwas beobachtet, etwas Ungewöhnliches bemerkt?"

Adrian kratzte sich ausgiebig am Kopf. „Du, ich habe da eine Idee. Der Täter muss doch diesen Zeitzünder erst vor kurzem montiert haben, wahrscheinlich am letzten Wochenende, sonst hätte man ihn bestimmt entdeckt. Ich selber war ja am Wochenende nicht am Arbeitsplatz. Aber du hattest am Samstag Dienst und warst meist im Eingangsbereich des Museums. Dort siehst du doch alle Leute ein- und ausgehen. Da müssten dir ungewöhnliche Besucher aufgefallen sein."

Yvonne schüttelte vehement ihren Kopf. „Was heisst denn da ungewöhnliche Besucher?" Ihre Stimme klang verärgert. „Meinst du, man erkenne einen Brandstifter am Gesichtsausdruck, an der Haarfarbe oder am Hemd? So einfach ist das nicht!"

Yvonne war ziemlich heftig geworden. Adrian war perplex. Sie war doch sonst die Ruhe in Person! Habe ich etwas falsch gemacht? Ich wollte doch nur das Beste!

„Verzeihung, Schatz, du hast natürlich recht. Aber was sollen wir denn machen? Wir sind es doch der armen Nora schuldig, alles zu unternehmen, was wir können!"

„Hoffen wir auf einen günstigen Zufall, und natürlich auf die Polizei", erwiderte Yvonne ohne Überzeugung.

Adrian zuckte mit den Schultern, erhob sich und ging in Richtung Küche. „Ich mache Abendbrot", verkündete er lakonisch.

Kaum war Nadja Huser nach Hause gekommen, läutete schon die Türglocke. Oh nein, sagte sie ärgerlich zu sich, hat man denn keine Ruhe nach solch einem anstrengenden Tag? Missmutig ging sie öffnen.

„Ach, ihr seid es!" Ausgerechnet jetzt müssen auch noch meine Eltern hereinplatzen! Aber nimm dich zusammen, Mädchen! Nadja gab ihren Eltern einen Kuss und bat sie herein.

„Wir wollten dich ja nicht stören", sagte Mutter Berta, „aber wir haben uns eben Sorgen gemacht."

„Ja, weisst du", ergänzte Vater Franz, „dieser Bericht in der Zeitung über den tödlichen Brand im Naturmuseum. Bist du denn an dieser Ermittlung beteiligt? Wir hoffen nur, dass du da nicht zu stark hineingezogen wirst."

„Aber Papa! Ich bin Polizistin und angehende Kriminalkommissarin! Da gehört es einfach zu meinem Beruf, mich mit solchen Ereignissen zu befassen. Aber setzt euch doch, ich mache schnell einen Kaffee."

„Danke", sagte Berta zerstreut, „aber sag mal, kann das für dich nicht gefährlich werden? Meinst du nicht auch, Franz?"

Nadja legte ihrer Mutter eine Hand auf die Schulter. „Ja, Mama, auch Gefahren können zu meinem Beruf gehören. Aber wir sind sehr gut ausgebildet und wissen mit gefährlichen Situationen umzugehen."

Nadja holte den Kaffee aus der Küche.

Ihre Mutter war immer noch unruhig. „Oh je, sogar gefährliche Situationen musst du erleben! Ach, warum konntest du auch nicht einen normalen Beruf wählen, Kind? Dann müssten wir uns nicht ständig solche Sorgen machen. Franz, du hättest deiner Tochter wirklich besser zureden können."

Nadja musste auf die Zähne beissen, um nicht aufzuschreien. Immer wieder dieses fürsorgliche Getue, dabei war sie immerhin zweiunddreissig! Natürlich wusste Nadja ganz genau, was eigentlich dahinter steckte. Ihre Eltern warteten sehnlich darauf, dass ihr einziges Kind endlich heiraten und ihnen Enkel schenken würde. Nein, damit konnte sie vorläufig nicht dienen!

Nadja versuchte, wieder auf die sachliche Ebene zu kommen. „Wisst ihr, diese Brandgeschichte ist zwar sehr tragisch, weil ein Mensch dabei umgekommen ist, aber schlussendlich läuft sie auf eine ganz normale Ermittlung hinaus. Indizien auswerten, Leute befragen und Protokolle schreiben. Und irgendwann ist der Fall abgeschlossen, und die Verantwortlichen kommen vor Gericht."

„Oh je", seufzte Mutter Berta, „vor Gericht, wie schrecklich! Wenn ich mir vorstelle, wie so ein Richter in seinem roten Talar mit tiefer Stimme sein Urteil verkündet …"

„Bitte, Mama, du musst dir das überhaupt nicht vorstellen. Nie im Leben wirst du vor Gericht kommen."

„Ja, das fehlte noch!"

Nadja versuchte erneut, abzulenken. „Nun, zum Glück ist nur ein kleiner Teil des Naturmuseums beschädigt worden, vor allem die Insektenabteilung hat es getroffen. So denke ich, dass ihr schon bald wieder hingehen und die ausgestopften Luchse und Vögel anschauen könnt."

Berta seufzte schon wieder. „Oh ja, das wäre schön. Franz, warum sagst du eigentlich nichts?"

Nadja legte ihren Zeigefinger über die Lippen und flüsterte: „Psst, Papa ist auf dem Sofa eingenickt…"

„Tatsächlich", schmunzelte Berta, „er ist eben nicht mehr der Jüngste. Dann gehen wir wohl jetzt besser nach Hause. Franz, komm!"

Dieser zuckte zusammen. „Oh… Bin ich tatsächlich eingeschlafen?" Er rappelte sich mühsam in die Höhe.

Nadja geleitete ihre Eltern zur Tür, verabschiedete sie und atmete erleichtert auf. Endlich wieder allein!

Mittwoch, 20. Juli

„Komm, Zeno, auf geht's!"

Natürlich hatte der *Irish Setter* schon lange vor dieser Aufforderung seines Herrn gemerkt, dass der Morgenspaziergang bevorstand. Ein Hund vermag eben noch die unscheinbarsten Indizien zu registrieren und zu deuten.

Heftig wedelnd stand Zeno jetzt vor der Wohnungstür. Adrian Münger befestigte die Leine, liess Zeno hinaus und stieg dicht neben ihm die vier Holztreppen hinunter ins Erdgeschoss. Ach, dachte Adrian, wie freue ich mich darauf, bald ein eigenes Häuschen mit Garten zu haben, wo der Hund herumtollen kann und nicht ständig an der Leine gehen muss!

Die Strassen und Gehsteige waren, jetzt um viertel vor sechs, noch beinahe leer. Der Himmel zeigte sich in einem milchigen Blau, die wenigen kleinen Wolken leuchteten in der soeben aufgegangenen Sonne in einem Ton zwischen rosa und orange. Die Luft war lau und windstill. Herr und Hund schritten zügig aus und erreichten nach kaum zehn Minuten den Bremgartenwald. Am Wochenende gab es für Zeno immer die grosse Runde durch den Wald, während unter der Woche morgens oft nur Zeit für einen Quartierrundgang blieb. Aber heute waren die Arbeitsplätze im Naturmuseum noch gesperrt, und Adrian Münger konnte den Tag nach eigenem Gutdünken gestalten. Deshalb hatte er sich heute die grosse Runde vorgenommen.

Am Waldrand gab er die maximale Leinenlänge frei, so dass der Hund etwa zehn Meter weit nach vorne, nach hinten und zur Seite herumtollen konnte. Zeno schnupperte, wühlte und scharrte, was das Zeug hielt.

Auch hier, im Wald, waren erst ganz vereinzelt Jogger und Hundehalter unterwegs. Das morgendliche Vogelkonzert war zwar schon deutlich schwächer als im Frühling. Trotzdem jubilierten immer noch etliche Amseln, Buchfinken und

Singdrosseln mit ihren schönen Melodien um die Wette, während Meisen, Kleiber, Spechte, Elstern und Tauben ihre für menschliche Ohren eher eintönigen Laute durch den Wald klingen liessen. Schade, dachte Adrian, in spätestens zwei Wochen wird die Brutsaison und damit auch das Vogelkonzert für dieses Jahr zu Ende gehen. Danach würde es bis zum nächsten Frühjahr im Wald erheblich stiller sein. Na ja, so ist eben die Natur, sagte er sich.

Der breite Weg machte jetzt eine langgezogene Rechtskurve. Auf dem anschliessenden geraden Stück kam Adrian eine Frau mit einem weissen *Spitz* entgegen. Adrian zog die Leine ein. „Ganz ruhig, Zeno."

Die Frau kam ihm irgendwie bekannt vor, aber woher bloss?

„Guten Morgen", rief sie ihm fröhlich entgegen. Die Hunde beschnupperten sich eifrig und ohne jedes Zeichen von Aggression.

„Mein Spitz ist ihrem Setter offenbar ziemlich sympathisch", lachte die Frau.

Und seine Herrin dem Herrn ebenfalls, dachte Adrian spontan, und sein Blick blieb an der schönen Frau hängen.

Aber schon wandte sie sich wieder ab. „Komm jetzt, Pica!", sagte sie energisch. „Und Ihnen noch einen schönen Tag!"

Adrian erwiderte den Gruss und ging weiter.

Die Frau aber drehte sich noch einmal um. Den Mann kenne ich doch… Aber woher? Ach so, jetzt hab ich es! Der arbeitet im Naturmuseum, wo ich ab und zu dienstlich zu tun habe. Kein Wunder, hat er ein Fernglas umgehängt. Ein hübscher Kerl, vielleicht treffe ich ihn wieder mal an? Sie sah dem Mann noch lange nach.

Nadja Huser erschien pünktlich um zehn Uhr zum üblichen Rapport bei Markus Aebischer. Seine Bürotür stand halb offen. Nadja trat hinzu und spähte vorsichtig in den Raum hinein. Im ersten Moment setzte ihr Herzschlag beinahe aus. Nein! Ist er tot? Der grosse, etwas übergewichtige Mann sass ganz weit zurückgelehnt in seinem hellbraunen Ledersessel, seine Beine lagen lang ausgestreckt unter dem Schreibtisch, die Arme hingen schlaff nach unten, sein Kopf lag, leicht nach links geneigt, auf der Sessellehne, die Augen waren geschlossen. Mit einem Seufzer der Erleichterung erkannte Nadja aber sofort ihren Irrtum. Bin ich dummes Ding doch schreckhaft! Der Kommissar ist ja bloss konzentriert am Studieren... oder ist er eingeschlafen?

Sie klopfte leicht an die Tür. Sogleich gingen Markus' Augen einen Spalt weit auf, und ein Grinsen erschien auf seinem Gesicht.

„Komm nur herein, Nadja. Ich musste gerade ein wenig nachdenken..."

Soll ich es zugeben, fragte sich Nadja, dass ich so erschrocken bin? Ihm raten, lieber die Tür zu schliessen, wenn er ein Nickerchen macht? Ach, Blödsinn, das geht mich doch gar nichts an!

„Guten Morgen, Markus, ich wollte nur zum Rapport kommen. Soll ich später nochmals...?"

„Nein, nein, bleib nur."

Aebischer hatte sich aufgerichtet und ordnete die verstreut auf seinem Pult herumliegenden Papiere. „Jetzt bin ich aber neugierig, was du zu diesem Brandfall schon alles herausgefunden hast."

Nadja zögerte. „Nun... Viel ist es leider noch nicht..."

„Schiess einfach los!"

„Also: Der Raum, in dem am Montagmorgen, kurz nach neun Uhr, der Brand ausbrach, enthält die öffentliche Insektenausstellung des Naturmuseums. Ich vermute jetzt, und auch die Direktorin ist derselben Meinung, dass der Zeitzünder, der den Brand ausgelöst hat, erst kurz vorher angebracht wurde. Sonst wäre er höchstwahrscheinlich vom Personal oder von den Besuchern entdeckt worden. Es muss demnach am Wochenende oder allenfalls erst am Montagmorgen passiert sein. Nun, am Wochenende war das Museum jeweils von zehn bis siebzehn Uhr geöffnet, aber wegen des schönen Wetters kamen relativ wenige Leute in die Ausstellung. Das heisst, jeder dieser Besucher hätte es problemlos einrichten können, für eine gewisse Zeit allein in diesem Raum zu sein, den Rauchmelder zu inaktivieren und den Zeitzünder samt Brennhilfe anzubringen. Den Rauchmelder auszuschalten, ist übrigens ganz einfach. Man muss sich nur zur Decke strecken und den kleinen Schalter drehen. Und der Zeitzünder war hinter einem dicken Vorhang verborgen, mit dem zusätzlichen Vorteil, dass der Vorhang schnell Feuer fangen würde."

Der Kommissar räusperte sich. „Aber… Im Prinzip hätte natürlich auch jeder Museumsmitarbeiter den Brand legen können?"

„Das ist zweifellos richtig. Nur… Warum hätte der Brandstifter dann einen Zeitzünder anbringen sollen, wenn er doch sowieso in der Nähe war?"

„Nun, er könnte sich ein Alibi verschaffen, wenn er zur Zeit des Brandausbruchs nachweislich weit weg vom Brandherd war. Waren denn am Montagmorgen alle Mitarbeitenden anwesend?"

„Ja, das hat mir die Direktorin bestätigt. Alle ausser Yvonne Sager, der Rezeptionistin, die montags frei hat."

„Und, ehm… wie steht es um die beim Brand verletzte Mitarbeiterin?"

„Sie heisst Patrizia Wanner und ist für die Administration und die Buchhaltung des Museums zuständig. Sie liegt mit einer schwachen Rauchvergiftung und einigen mittelschweren Brandwunden im Universitätsspital. Ich werde sie heute Nachmittag besuchen können."

„Sehr gut. Ist denn schon irgendein denkbares Motiv für die Brandstiftung in Sicht?"

„Erstaunlicherweise ja", nickte Nadja. „Die Direktorin hat ausgesagt, ihr Museum stehe unter starkem politischem Druck, geschlossen zu werden und einem Neubau mit anderer Ausrichtung zu weichen."

Aebischer hob seine Augenbrauen. „Oho, das ist aber ein starkes Stück! Und der Brand sollte wohl aufzeigen, dass die Sicherheit im Haus nicht mehr gewährleistet sei, und so die Schliessung beschleunigen... Und das Todesopfer? War das bloss Zufall, oder...?"

Nadja seufzte. „Ja, wenn wir das wüssten! Jetzt kommt aber noch ein sehr merkwürdiges Detail hinzu. Die Museumsdirektorin sagt nämlich aus, sie sei durch den Telefonanruf einer unbekannten Frau, die sich als Nachbarin ausgegeben habe, auf den ausgebrochenen Brand hingewiesen worden."

„Wie bitte? Was für eine Nachbarin?"

„Das ist es eben. Es scheint gar keine solche zu geben. Ich habe gestern Abend und heute früh noch sämtliche infrage kommenden Wohnungen und Büros rund um das Museum herum ausfindig gemacht und kontaktiert. Viele der Befragten haben den Brand beobachtet, aber niemand will ein solches Telefon gemacht haben. Also entweder lügt eine dieser Personen... oder die Direktorin hat die Geschichte erfunden."

„Aber wozu? Um von etwas anderem abzulenken?"

Nadja zuckte mit den Schultern. „Nun, wir könnten schon herausfinden, ob es diesen Anruf gegeben hat und woher er kam."

„Du denkst an eine rückwirkende Auswertung bei den Telefongesellschaften? Ja, das wäre sinnvoll. Aber du weisst ja, dass wir dafür die Genehmigung des Staatsanwaltes brauchen. Ich werde ihn noch heute deswegen kontaktieren."

„Vielen Dank, Markus!"

Der Kommissar war offensichtlich bestens gelaunt. „Liebe Nadja", sagte er schmunzelnd, „auch ich habe noch eine kleine Zugabe in petto. Hier ist der Bericht der Autopsie von Nora Egger. Die Todesursache ist keine Überraschung. Ersticken durch Rauchvergiftung, sekundär tödliche Verbrennungen. Erstaunlich ist aber, dass die Frau vor ihrem Tod offenbar eine grössere Menge an Schlaftabletten geschluckt hat. Dazu fällt mir jetzt spontan gar keine Erklärung ein."

„Oh", rief Nadja aus, „das ist allerdings interessant!"

Nachdenklich ging Nadja den Flur entlang in Richtung der Kantine. Jetzt brauchte sie dringend einen Kaffee und ein Brötchen. Sie hatte ein mulmiges Gefühl, und ihr Magen krampfte sich leicht zusammen. Ihr erster selbstständiger Fall, und der sah schon jetzt verwirrend komplex aus. Wie sollte das noch weitergehen? Würde sie es schaffen, die Fäden in der Hand zu behalten bis zum Ende? Ja, sie hatte plötzlich wieder ein gutes Gefühl. Markus würde sie vorbehaltlos unterstützen, davon war sie überzeugt.

„Guten Morgen, Nadja!"

Sie zuckte zusammen. „Oh, hast du mich jetzt erschreckt! Morgen, Jan."

Jan Voser grinste sie unverblümt an. „Aber, aber, eine schreckhafte Polizistin… Kann das wirklich gut herauskommen?"

Nadja streckte ihm wütend die Zunge hinaus. „Bäh! Was fällt dir eigentlich ein?"

Jan hörte sofort auf zu grinsen. „Entschuldige, Kollegin, ich habe es nicht so bitterernst gemeint."

„Okay, schon gut. Und, wie läuft es bei dir?"

„Na ja. Ich bin schon etwas frustriert wegen der langweiligen Routinearbeit im Fall Koller. Tagelang diese eintönigen Recherchen… Da hast du es natürlich besser mit deiner knackigen Brand- und Mordgeschichte." Jan war sichtlich unzufrieden.

Nadja rümpfte die Nase. „Du brauchst überhaupt nicht neidisch zu sein, Jan. Auch ich habe schon Dutzende von öden Routinefällen hinter mir. Bestimmt wird dir Markus auch bald wieder etwas Besseres zustecken."

„Hoffen wir es. Immerhin bin ich auch schon zwei Jahre hier bei Aebischer. Und der Schlechteste bin ich auch nicht. Es wäre schon an der Zeit, vorwärtszukommen."

Mit einem knappen Gruss verabschiedete sich Jan, und Nadja blieb konsterniert stehen. Immer diese Sticheleien und

Seitenhiebe, muss das wirklich sein? *Ich* bin doch auch nicht die Schlechteste! Wird das je aufhören, solange Jan in unserer Gruppe bleibt? Wahrscheinlich glaubt er, er könne zielgerichtet auf Aebischers Nachfolge hinarbeiten. Aber da haben zum Glück auch andere noch ein Wörtchen mitzureden!

Nadja raffte sich auf. Jetzt brauchte sie wirklich dringend einen Kaffee und ein Brötchen!

Patrizia Wanner hatte ein Einzelzimmer bekommen. Ihr Gesicht war blass, ihre langen, blonden Haare lagen weich auf dem Kopfkissen. Die Arme hatte sie auf der Bettdecke ausgestreckt. Mehrere dicke, weisse Mullbinden bedeckten einen grossen Teil ihrer Arme. Es war heiss hier im Spitalzimmer, Schweisstropfen glänzten auf Patrizias Stirn.

Als die Besucherin zu ihr ans Bett trat, huschte der Hauch eines Lächelns über ihr Gesicht, und ihre blauen Augen leuchteten. Ihre Stimme war leise, aber fest. „Da ich Sie nicht kenne, nehme ich an, dass Sie von der Polizei sind?"

Nadja war in Zivil gekommen, sie trug eine hellblaue Bluse, dunkelblaue Sommerhosen und flache Sandalen. "Nadja Huser, Stadtpolizei. Guten Tag, Frau Wanner. Wie geht es Ihnen denn jetzt?"

"Ach, schon wieder ziemlich gut. In zwei oder drei Tagen wird man mich wohl nach Hause gehen lassen. Ich hatte wirklich einen phänomenalen Schutzengel bei diesem Brand…"

„Ja, das denke ich auch. Erinnern Sie sich überhaupt an das Ereignis, und daran, was mit Ihrer Kollegin Nora Egger passiert ist?"

Die Patientin richtete sich etwas im Bett auf, stützte sich auf den rechten Ellbogen, nahm den halbvollen Teebecher vom Tablett und trank ihn langsam aus. Dann sank sie wieder zurück auf ihr Kissen.

„Hm, meine Antwort ist Ja und Nein. Ich habe das Gefühl, meine Erinnerung sei verwischt und unscharf, als sei sie durch einen grauen Filter hindurch gegangen. Also, ich versuche es mal. Es war am Montagmorgen. Wie üblich traf ich gegen acht im Museum ein und ging in mein Büro, das im ersten Stock neben dem Direktionsbüro liegt. Ich prüfte die anstehenden Pendenzen und erledigte einige Mails und Telefonate. Dann begab ich mich, wie immer an einem Montagmorgen, zu einem Rundgang durch das ganze Haus. Wissen Sie, ich bin dafür verantwortlich, dass alle Abläufe klappen und dass der Museumsbetrieb reibungslos läuft. Weil montags das Museum für die Öffentlichkeit geschlossen ist, schaue ich mir dann jeweils alle Räume an, um sofort reagieren zu können, wenn etwas nicht stimmt. Es dürfte kurz nach neun Uhr gewesen sein, als ich die Insektenabteilung erreichte. Meine liebe Kollegin Nora Egger sass an ihrem Arbeitstisch und untersuchte im Mikroskop irgendeines dieser komischen sechsbeinigen Dinger... Wir begrüssten uns, alles schien ganz normal. Als ich danach die Tür zum daneben liegenden Ausstellungsraum öffne, schlägt mir dicker, schwarzer Rauch entgegen. Ich höre jetzt noch meine eigenen Schreie... Nora kam natürlich sofort herbeigeeilt, aber was dann geschah, liegt für mich total im Dunkeln..."

„Ja, es ist nicht ungewöhnlich nach solch einem extremen Erlebnis, dass die Erinnerung teilweise fehlt", bestätigte die Polizistin. „Ich wünsche Ihnen jedenfalls von Herzen gute Besserung!"

„Ach, die arme Nora", seufzte die Patientin, ihr Kopf sank auf das Kissen, und ihre Augen fielen langsam zu.

Nach dem Besuch im Spital war Nadja Huser nochmals zum Naturmuseum gefahren und sass jetzt erneut der Direktorin gegenüber.

„Frau Widmer, leider haben wir noch keine neuen Erkenntnisse darüber, wer den Brand gelegt und den Tod Ihrer Mitarbeiterin verursacht haben könnte."

Martina Widmer wirkte angespannt und übernächtigt. „Schade", sagte sie. „Aber wenigstens erholt sich Patrizia Wanner sehr rasch. Ich habe sie über Mittag kurz besucht."

„Oh, dann hätten wir uns ja beinahe im Spital getroffen! Ich komme soeben von dort."

„Das ist aber nett von Ihnen, dass Sie sie besucht haben."

Nadja Huser ging nicht darauf ein. „Frau Widmer, um die Ermittlungen voranzutreiben, muss ich mir ein Bild von den Verhältnissen hier im Museum machen können. Ich bitte Sie deshalb, mir Ihre Mitarbeiterinnen und Mitarbeiter von ihrer beruflichen und privaten Seite kurz vorzustellen."

Die Direktorin öffnete eine Schublade und zog ein Blatt Papier heraus. „Nun, das geht am einfachsten anhand unseres Organigramms. Fangen wir mit der Spitze an. Mich kennen Sie ja schon ein wenig. Neben meiner Funktion als Direktorin betreue ich die Pflanzensammlungen des Museums. Ich bin dreiundfünfzig, *sehr* glücklich geschieden, heisse wieder Widmer wie vor meiner Heirat und habe eine zweiundzwanzigjährige Tochter, Elena, die Medizin studiert. Patrizia Wanner haben Sie ja auch schon kennengelernt. Als Betriebsökonomin ist sie verantwortlich für die ganze Administration und Buchhaltung des Museumsbetriebs. Sie ist vierzig und hat einen Freund namens Luca, den ich aber nicht näher kenne. Eine angenehme und zuverlässige Mitarbeiterin, darf ich sagen. Patrizia unterstellt ist unser Nesthäkchen, Yvonne Sager, dreissigjährig und sozusagen Mädchen für alles. Sie betreut unseren kleinen Shop im Eingangsbereich, erteilt Auskünfte, macht Bestellungen und sorgt für die Aufsicht im öffentlichen Bereich des Hauses. Leider bewilligt uns das Personalamt keine zusätzliche Stelle. Weil das Museum aber sechs Tage pro Woche offen hat, übernimmt Patrizia Wanner jeweils für einen Tag Yvonne Sagers Aufgaben. Beim Wochenenddienst wechseln sich die beiden ab, und am Montag, wenn das Museum geschlossen ist, hat Yvonne frei. Patrizia zieht sich ihren freien Tag flexibel ein. Seit etwa drei Jahren ist Yvonne liiert mit unserem Mitarbeiter Adrian Münger. Ein schönes Paar, ich freue mich sehr über die beiden! Soviel ich weiss, wollen sie demnächst heiraten. Adrian, einundvierzig, ist unser Spezialist und Präparator für die Wirbeltiere. Ein treuer und sehr angenehmer Berufskollege. Die verstorbene Nora Egger war, als spezialisierte Entomologin, für unsere sehr wertvolle Insektensammlung zuständig."

Martina Widmer wischte sich eine Träne ab, bevor sie fortfuhr. „Dann ist da unser Senior im Team, Max Fischer, achtundfünfzig, verheiratet mit Barbara, drei erwachsene Kinder. Als Geologe betreut Max unsere Sammlung von Steinen und Mineralien. Auch ein ruhiger und sehr netter Kollege, seit über zwanzig Jahren im Museum angestellt. Ja, wer fehlt jetzt eigentlich noch? Natürlich, der Jakob! Jakob Auer, unser Laufbursche, ist körperlich und geistig leicht behindert und verhält sich überwiegend autistisch, ist aber ein lieber, erfrischender Kerl. Ich bin sehr dankbar, dass ich ihn anstellen durfte. Er zeichnet und malt sehr viel und kann einen manchmal auf die verrücktesten Ideen bringen, oder einfach nur zum Lachen..."

„Das ist schön", sagte die Polizistin. „Übrigens, wann werden die Leute ihre Arbeit hier im Haus wieder aufnehmen können?"

„Gut, dass Sie fragen. Vor einer Stunde habe ich nämlich vom Baudepartement grünes Licht erhalten. Morgen früh können alle Angestellten ihre Arbeitsplätze wieder beziehen."

„Ich danke Ihnen sehr für das Gespräch, Frau Widmer."

Nadja Huser ging zu Fuss nach Hause und versuchte, die Aussagen der Direktorin einzuordnen. Hatte sie überhaupt irgendetwas Wichtiges erfahren? Alles sah so unglaublich harmlos aus. Ein gutes, eingespieltes Team, keine Probleme am Arbeitsplatz, alle sind auffällig nett, die reinste Idylle! Eine trügerische Idylle? Kann es so etwas überhaupt geben? Hatte der Brandfall etwa gar keine Beziehung zum Museumsteam? Alles war möglich, die Ermittlungen standen noch ganz am Anfang, da konnte noch manche Überraschung auf sie zukommen!

Barbara Fischer trat ins Wohnzimmer und gab ihrem Mann einen Kuss. „So, Max, hast du einen weiteren Tag als Hausmann gut überstanden?"

Max machte gar keine begeisterte Miene und brummelte nur herum. „Es geht so. Eigentlich wollte ich, wenn ich schon mal Zeit habe, einige liegengebliebene Fachartikel studieren. Aber das ging mehr schlecht als recht. Dann habe ich den neuen Krimi zu lesen begonnen, aber nicht mal dabei war ich richtig konzentriert. Dauernd spukten mir die Brandgeschichte und die arme Nora im Kopf herum. Ich bin ja froh, dass morgen wenigstens meine Arbeitsräume im Museumsgebäude wieder zugänglich sind. Aber ob ich mich dort besser werde konzentrieren können? Und wie ist es dir ergangen, mein Schatz?"

Barbara stiess einen tiefen Seufzer aus. „Ach, ich bin ganz kaputt. Wie du ja weisst, war ich für die heutige Stadtratssitzung wieder mal als Protokollführerin eingesetzt, und das ist immer extrem streng."

Barbara Fischer arbeitete als Chefsekretärin im städtischen Departement für Umwelt und Soziales unter Stadträtin Viola Schäfer. Dazu gehörte auch das Amt einer zweiten Protokollführerin.

„Aber ich erzähle dir lieber während des Abendessens davon. Stell dir vor, ich habe richtig Kohldampf!"

„Oh, das trifft sich gut. Ich habe nämlich schon eine Maispizza im Ofen garen", erwiderte Max und zwinkerte seiner Frau listig zu. Er machte sich immer ein wenig Sorgen, weil Barbara, jedenfalls von ihm aus gesehen, zu wenig ass. Sie wollte um keinen Preis auch nur ein Kilo zunehmen. Ihm dagegen wären ein paar Kilos mehr auf ihren Hüften nur recht gewesen. Dies auch deshalb, weil er selber beim Essen nicht knauserte und sich sein Bauchumfang von Jahr zu Jahr um einen oder zwei Zentimeter vergrösserte.

„Oh, Maispizza, das klingt gut", antwortete Barbara lachend, „vielleicht könnte ich mich doch noch an deine Rolle als

Hausmann gewöhnen... Aber ich nehme vor dem Essen noch schnell eine Dusche, wenn du erlaubst."

„Sicher, kein Problem", lachte Max und verschwand wieder in die Küche.

Die erste Hälfte der Maispizza hatten sie schweigend verzehrt. Dann war der gröbste Hunger gestillt, und Barbara begann, von der Stadtratssitzung zu erzählen.

„Die üblichen Traktanden gingen eigentlich glatt und friedlich über die Bühne. Aber beim letzten Punkt, der Diskussion des Museumsbrandes, da sind sich die werten Damen und Herren ganz tüchtig in die Haare geraten."

Max schaute auf. „Echt handgreiflich, meinst du?"

Barbara bekam einen Lachanfall, der bald in ein Husten überging. „Nein, so nicht gerade. Wir sind ja nicht in Italien... Aber verbal sind tatsächlich die Fetzen geflogen. Es begann schon damit, dass Stadtpräsident Walter Buser den Brand als ein *unglückliches Ärgernis* bezeichnete. Da kam er aber bei meiner Chefin, Viola Schäfer, ganz schlecht an! Sie schimpfte mit ihm wie mit einem kleinen Buben! Seine Aussage sei selber ein Ärgernis und absolut pietätlos. Schliesslich sei ein Mensch ums Leben gekommen. Man müsse jetzt sofort alles unternehmen, damit sowas nie mehr vorkommen könne. Ich muss sagen, einen Stadtratskollegen so heftig anzugreifen, ist sogar für Viola Schäfer, die bekannt für ihre scharfe Zunge ist, ungewöhnlich. Sie war tatsächlich extrem in Rage geraten. Natürlich hat dann sofort Peter Keller eingegriffen. Du weisst ja, der Exmann deiner Chefin Martina Widmer. Formal ist das Museum Kellers Bildungs- und Kulturdepartement unterstellt. Und natürlich hat er sein ewig gleiches Lied wiederholt. Die Sicherheitsvorkehrungen im Naturmuseum entsprächen in keiner Weise dem notwendigen Stand, und sie liessen sich, weil das Gebäude so alt sei, auch mit vertretbarem Aufwand gar nicht sanieren. Wir wissen alle zur Genüge, dass Peter Keller das Haus am liebsten sofort abreissen und einen Neubau mit einer lukrativeren Nutzung hinklotzen würde. Und damit, ganz nebenbei, seiner Exfrau tüchtig eins auswischen könnte. Ich verstehe es nicht, aber Keller hat offensichtlich seine Scheidung von Martina immer noch nicht richtig verdaut. Und das will ein erwachsener Mann und Stadtrat sein!"

Max schmunzelte darüber, wie seine Frau doch wegen der Politik in Rage geraten konnte. Er selber hatte es längst aufgegeben, sich wegen Dingen, die er so oder so nicht zu ändern vermochte, aufzuregen. Er schluckte den letzten Bissen seiner Maispizza hinunter und spülte mit einem Schluck Wein nach.

„Ja, ja, immer wieder dieselbe Litanei! Bin ich froh, dass ich nicht Politiker bin und mir ständig die alten Leiern anhören muss!"

Barbara seufzte. „Und ich muss immer wieder denselben Käse im Protokoll wiederkäuen... Nun, offenbar gehört das einfach zur Politik." Sie rang ihre Hände. „Ach, manchmal hätte ich wirklich Lust, den ganzen Bettel einfach hinzuschmeissen und etwas völlig Neues anzufangen. Aber dafür ist mit vierundfünfzig der Zug wohl definitiv abgefahren... Jedenfalls hat dann Monika Peyer vom Bau- und Verkehrsdepartement eingegriffen und betont, man solle doch bitte sachlicher argumentieren, und solch wichtige Fragen könnten doch nur durch eine saubere Expertise gelöst werden. Worauf sich Peter Keller brüstete und erklärte, selbstverständlich werde er sofort eine neutrale Expertise zum Zustand des Naturmuseums in Auftrag geben. Der fünfte im Stadtrat, Finanzdirektor Paul Wyss, hat der ganzen Diskussion nur stumm zugehört. Wahrscheinlich hat er sich köstlich amüsiert."

Barbara lachte kurz auf. „Und dann platzte zum Schluss noch eine kleine Bombe! Stadträtin Monika Peyer, eine Cousine von Kommissar Markus Aebischer, der die Ermittlungen leitet, teilte inoffiziell und vertraulich mit, es habe sich im Naturmuseum um Brandstiftung gehandelt."

„Ja, ich weiss", entgegnete Max zu Barbaras Erstaunen, „Martina hast es auch schon verkündet. Dies bedeutet, dass jemand vorsätzlich unser Museum kaputtmachen wollte! Ein Skandal sondergleichen! Ich vermute wirklich langsam, dass da am Ende noch dieser Peter Keller selber dahintersteckt...?"

Barbara war es überhaupt nicht gewohnt, dass ihr Mann emotional so aufgebracht war. Seit Montag zeigte er sich von einer ganz neuen Seite. Toll, sagte sie sich, wenn das doch nur öfter vorkäme! Und gerne ab und zu auch abends in unserem Schlafzimmer...

Lena Müller war im Bad und machte sich zurecht. Sie freute sich ungemein auf einen gemütlichen Abend mit ihrer besten Freundin, Nadja Huser. Sie arbeiteten zwar im selben Gebäude bei der Stadtpolizei, aber nur selten hatten sie tagsüber Zeit für eine gemeinsame Pause. Am Abend jedoch gingen sie oft zusammen in die Stadt. Heute waren sie im Restaurant *Da Capo* zum Essen verabredet. Lena schminkte sich sorgfältig zu Ende und ging dann zu ihrem grossen Kleiderschrank. Was sollte sie heute bloss anziehen? Und welche Schuhe dazu? Lena liebte es, Kleider zu kaufen, und hatte deshalb eine grosse Auswahl an Farben und Stilen vor sich. Sie dachte an Nadja. Ja, die hatte es viel einfacher! Sie kam immer in Hosen und flachen Schuhen, hatte die Haare zu einem Pferdeschwanz gebunden und war kaum geschminkt. Lena hingegen genoss es, sich für den Abend richtig schön zu machen. Allerdings bekam sie dann immer ein schlechtes Gewissen, sobald sie mit Nadja zusammen war. Es brauchte nicht viel, um bei Nadja wieder ihre alten Minderwertigkeitsgefühle zu wecken. Und diese bezogen sich ebenso auf ihre äussere Erscheinung wie auf ihre Fähigkeiten und Talente. Deshalb befürchtete Lena immer, Nadja könnte ihre elegante Erscheinung als Provokation auffassen. Energisch schüttelte sie die negativen Gedanken von sich und entschied sich für ihre heutige

Abendgarderobe. Zwanzig Minuten später verliess sie ihre Wohnung und fuhr mit dem Bus ins Stadtzentrum.

Nadja wartete schon vor dem Eingang zum *Da Capo*. Die Freundinnen umarmten sich herzlich.

„Was meinst du?", fragte Lena. „Ist es noch warm genug, um im Freien zu essen?"

„Von mir aus sehr gerne!"

Sie fanden einen hübschen Zweiertisch am Rand der Gartenterrasse.

Und schon stand der Kellner, ein süditalienischer Typ, da und machte eine kleine Verbeugung. „*Buona sera*, die Damen. Was darf ich Ihnen bringen?"

„Die Speisekarte und…", Lena schaute Nadja an, „was meinst du zu einem Glas Weissen?"

Nadja streckte einen Daumen hoch.

„… und eine Flasche Aigle."

Der Kellner nickte und entfernte sich.

„Ach, ist das gemütlich hier", rühmte Nadja und räkelte sich auf ihrem Stuhl, „was meinst du, halten wir das Thema Polizei heute Abend tabu?"

„Auf jeden Fall!", lachte Lena, „wir haben doch wohl noch andere Themen als die Arbeit…"

„Ja, zum Beispiel dein *Outfit*. Du siehst ja heute wieder so toll aus, Lena. Bluse, Jupe, Strümpfe und Schuhe, alles passt perfekt zusammen. Und wie elegant du geschminkt bist!"

„Bitte, Nadja, mach mich nicht grösser und dich nicht geringer. Wir haben beide unseren eigenen Stil, und das ist gut so. Plaudern wir doch lieber von den alten Zeiten."

Nadja nickte und dachte an früher. „Ja, unsere gemeinsame Schulzeit… Wir standen uns schon damals so nahe. Immer sind wir nebeneinander gesessen, haben einander gegenseitig abgeschrieben… Nie hatten wir Geheimnisse voreinander, haben immer zusammengehalten."

Der Kellner brachte den Weisswein, und sie stiessen mit den Gläsern an.

„Zum Wohl! Ja, und weisst du noch", ergänzte Lena lachend, „wie du am Abschlussfest der Sekundarschule zum ersten Mal Wein getrunken hast? Und dann gleich etwas sehr viel davon..."

„Allerdings!", lachte Nadja mit. „Alkohol war doch überhaupt neu für mich. Mir wurde schwindlig, und ich wusste nur noch halbwegs, was ich tat. Ich kann noch von Glück reden, dass mich nicht einer von unseren Jungs gegen meinen Willen abgeschleppt hat. Trotzdem, wenn ich an die Schuljahre zurückdenke, es war eine tolle Zeit."

„Das habe ich auch so in Erinnerung", bestätigte Lena, „und es war so *mega* traurig, als wir nach der letzten Klasse auseinandergehen mussten. Zum Glück haben wir zwei den Kontakt zueinander nie verloren. Du bist einfach immer noch meine beste Freundin, Nadja!"

„Und du genauso die meine!" Nadja hatte Lenas Hände umfasst. „Ja, das Ende der Sekundarschule war für mich eine schwierige Zeit. Ich wusste doch als Fünfzehnjährige überhaupt nicht, was ich später machen sollte! Da hattest es du viel einfacher, Lena. Mit deinen Top-Noten war es einfach klar, dass du ins Gymnasium gehst. Ich habe echt darunter gelitten, dass ich nicht ins *Gymi* mitkommen durfte."

Lena streichelte Nadjas Handrücken. „Das habe ich schon bemerkt. Nur... das Gymnasium hat das Problem der Berufswahl einfach einige Jahre nach hinten verlagert. Auch ich war, bis kurz vor der Matura, noch ganz unsicher, was ich nachher machen solle."

„Und wie kam es dann zu deiner Entscheidung? Bestimmt hast du mir das schon zehnmal erzählt, aber ich höre dir immer so gerne zu, Lena."

„Nun, meine Interessen und Bestnoten lagen ja klar im naturwissenschaftlichen Bereich, aber auch da blieb noch eine grosse Auswahl an Studienrichtungen übrig. Medizin hätte mich als

Fach sehr interessiert, aber ich traute mir einfach nicht zu, wirklich eine gute Ärztin zu werden. Auch schreckten mich die Erzählungen über die scharfe Konkurrenz zwischen den Studenten, das Gerangel um die Assistentenstellen und die Weiterbildungsplätze ab. Auch das Pharmaziestudium wäre spannend gewesen, aber Apothekerin als Beruf konnte ich mir überhaupt nicht vorstellen. Und bei den Ingenieuren kam auf zwanzig männliche Studenten höchstens eine Frau, das schreckte mich von vornherein ab. Und nur Physik oder nur Chemie zu studieren, das schien mir irgendwie zu einseitig. Zum Glück konnte ich mich dann durchringen, in die Studienberatung zu gehen. Und dort wurde mir schnell klar, was ich machen wollte: Die Ausbildung zur Umweltingenieurin."

„Ein tolles Wort", sagte Nadja, „auch wenn es auf den ersten Blick paradox klingt. Was lernt man denn da genau?"

„Die Ausbildung ist sehr breit und praxisorientiert und deswegen so interessant. Alle möglichen Fächer kommen da vor: Physik, Chemie, Ökologie, Abfallwirtschaft, Verkehrsplanung, Umweltrecht, Hochwasserschutz, Messungen von Schadstoffen, Trinkwassermanagement, Landschaftsentwicklung und so weiter."

„Das klingt phantastisch, aber auch sehr schwierig! Und wie bist du schlussendlich auf die Kriminalistik gekommen?"

„Du hast recht, die Ausbildung zur Umweltingenieurin ist anspruchsvoll. Und man könnte nachher in viele verschiedene Berufe einsteigen. Aber du kennst ja die alte Liebe, die wir beide uns teilen, nämlich die Kriminalromane. Auch während meines Studiums habe ich in der spärlichen Freizeit am liebsten Krimis aller Art verschlungen. Und irgendwann kam ich auf die Idee, mich über das Berufsbild der Kriminaltechnikerin zu informieren. Und ich war begeistert davon! Als Umweltingenieurin hatte ich schon sehr gute Grundlagen und musste nach meinem Abschluss nur noch einige Kurse in Kriminalistik belegen. Kriminaltechniker sind gesucht, und so habe ich dann nach meinem

Abschluss, also vor fünf Jahren, sofort meine Stelle hier in meiner Heimatstadt Bern gefunden. Und ich würde sie niemals wieder hergeben!"

Nadja seufzte tief, und Lena wusste schon, was jetzt gleich kommen würde…

Aber zuerst kam der Kellner und brachte die Hauptspeisen. Nadja bekam ihre Nudeln mit Meeresfrüchten, Lena ihr Lachsfilet mit Reis und Lauchgemüse. Sie schenkten sich vom Weisswein nach und stiessen nochmals mit den Gläsern an.

„Auf uns zwei!" sagten sie praktisch unisono und brachen deswegen gleich in Lachen aus.

„Schmeckt hervorragend", lobte Lena nach den ersten paar Bissen, und Nadja doppelte nach.

„Ja, meines ist auch perfekt. Aber weisst du, Lena, manchmal komme ich mir neben dir ganz klein vor. Weniger hübsch, weniger gescheit, weniger erfolgreich, ach, lauter *weniger*…"

Nadjas Augen hatten sich mit Tränen gefüllt. Lena hatte es kommen sehen und ergriff sofort wieder Nadjas Hände.

„Meine Liebe, mache dich doch nicht kleiner, als du bist. Du hast deinen Weg genauso gut gemeistert wie ich den meinen. Erinnere dich mal daran, was du nach der Schule alles gemacht hast und wie erfolgreich! Und wie du dich enthusiastisch in den Polizeiberuf gestürzt hast!"

Nadja trocknete sich die Tränen ab und putzte sich die laufende Nase. „Na ja, es war schon ein langer Weg. Mein Entscheid, nach der Schule eine kaufmännische Lehre zu machen, das war zunächst einfach eine Verlegenheitslösung, mit dem Ziel, mir für später alle Möglichkeiten offen zu halten. Und ich habe auch bald realisiert, dass ich auf Dauer mit der Büroarbeit nicht glücklich werde, dass ich raus muss, unter die Leute, an die Luft… Dass ich meine kaufmännische Lehrstelle ausgerechnet im Polizeidepartement bekommen habe, war natürlich reiner Zufall. Aber die Leute bei der Polizei haben mich dann so sehr beeindruckt, dass ich mich ein Jahr nach dem Lehrabschluss für die Polizeischule beworben habe."

Lena drückte Nadjas Hände. „Und jetzt bist du auf dem besten Weg, Kriminalkommissarin zu werden, das ist doch phantastisch!"

Lena atmete auf. Endlich schien Nadja ihre negativen Gedanken verscheucht zu haben!

„Ach, Lena, du machst mir immer wieder Mut, ich bin so froh, dass du da bist! Weisst du, Markus Aebischer hat mir für den aktuellen Fall, diesen ungeklärten Brand im Naturmuseum, die Verantwortung übergeben, und das macht mir ziemliches Bauchweh... Oh je, jetzt habe ich unser Tabu gebrochen..."

„Kein Problem", lachte Lena, „ich merke ja, wie sehr es dich beschäftigt. Ich finde das toll von Markus, dass er dir die Chance gegeben hat, diesen Fall zu lösen. Nur leider werde ich dir dabei kaum helfen können. Du weisst ja, dass ich die gefundenen Spuren selber im Labor ausgewertet habe. Es ist zum Verzweifeln, aber ausser dem Zeitzünder ist nichts Brauchbares vorhanden!"

„Ich habe immer noch die Hoffnung, dass wir bei der Herkunft des Zeitzünders fündig werden", sagte Nadja, „aber sonst gibt es wirklich keine harten Indizien. Entweder tauchen doch noch neue Fakten auf, oder wir werden den Fall allein mithilfe der Befragungen lösen müssen."

Nadja seufzte und lehnte sich zurück. „Übrigens, wie läuft es mit dir und Ralf?"

Lenas Lächeln fiel nur schwach aus. „Ja, Ralf... Ich habe immer mehr den Eindruck, es sei doch nichts wirklich Ernstes. Es ist ja seltsam, ich wüsste absolut nichts Negatives über ihn zu sagen. Er sieht toll aus, kleidet sich gut, ist nett, zuvorkommend, treu, tiefsinnig und trotzdem humorvoll, engt mich nicht ein. Und trotz allem..."

„Willst du sagen, ein... Langweiler?"

„Das wäre übertrieben. Aber in der Tendenz hast du nicht unrecht. Was mir Angst macht, ist die zunehmende Routine in unserer Beziehung. Schon jetzt, nach nur drei Monaten, schleicht sie sich überall ein."

„Ist denn das nicht normal? Und auch sehr schön? Also wenn ich mir dich und Ralf vorstelle, spüre ich gleich einen kleinen Anflug von Neid…"

„Ich weiss es, liebe Nadja. Bestimmt sind meine Ansprüche an eine Beziehung viel zu hoch, wahrscheinlich unerfüllbar. Es ist ja beileibe nicht das erste Mal, dass ich an diesem Punkt stehe. Bei Lukas und bei Martin war es genau dasselbe Gefühl gewesen. Aber irgendwie kann ich einfach nicht anders. Entweder stimmt es total für mich, oder ich lasse es lieber sein. Ja, die Liebe ist ein kompliziertes Thema, und auch Ralf wird letztendlich nur eine Episode in meinem Leben bleiben. Und wie sieht es bei dir aus? Immer noch so ambivalent?"

Nadja zuckte mit den Schultern. „Ja, so ist es. Ich gebe zu, ich verstehe das überhaupt nicht. Jetzt bin ich zweiunddreissig, und immer noch im Unklaren darüber, ob mich eigentlich Männer oder Frauen stärker anziehen. Du erinnerst dich bestimmt, im letzten Winter war es dieser Thomas vom Drogendezernat, der mich so fasziniert hat."

Nadja lächelte verträumt. „Ich war ja total verliebt und habe nur noch rosa gesehen. Wir hatten es auch gut zusammen. Aber irgendwann hat er sich in eine andere verliebt. Meine Enttäuschung war grenzenlos. Aber einige Zeit danach wurde mir plötzlich bewusst, mit welcher Sehnsucht ich begann, anderen Frauen nachzublicken. Auf der Strasse, im Tram, am Arbeitsplatz, wo auch immer. Das war mir auch früher schon ab und zu passiert, aber dieses Mal schien es mir stärker, konstanter, drängender zu sein. Während längerer Zeit habe ich mich dann ganz bewusst selber beobachtet. Ich versuchte, dieses spezielle Gefühl tief wahrzunehmen, ganz auszuloten, in mir wirken zu lassen, um herauszufinden, was denn eigentlich mein Ziel sei."

Lena schaute ihre Freundin gebannt an. „Phantastisch! Das ist doch genau der richtige Weg! Und was ist inzwischen passiert?"

„Na ja, nicht eben viel. Die grosse Erleuchtung blieb aus. Einige attraktive Frauen habe ich kennengelernt, habe ein bisschen rumgeschmust. Das war ja auch ganz schön, aber schlussendlich fühlte ich mich nicht klüger als zuvor. Weisst du, meine Eltern warten sehnsüchtig auf Enkelkinder, aber ich zweifle immer mehr daran, ob ich ihnen das je bieten kann und will."

Jetzt klopfte aber Lena ganz energisch auf den Tisch. „Also hör mal, Nadja, du musst doch nicht deinen Eltern etwas bieten, du musst dir selber etwas bieten, und zwar das Beste, was du kriegen kannst!"

Nadja blickte in eine unbestimmte Ferne. „Natürlich hast du ganz recht. Wenn ich nur wüsste, was das Beste ist…"

Donnerstag, 21. Juli

Die Arbeitsräume im Naturmuseum waren wieder zur Benutzung freigegeben, und mit Ausnahme der noch im Spital liegenden Patrizia Wanner hatten sich alle eingefunden und versucht, ihre gewohnte Arbeit wieder aufzunehmen. Natürlich war dies niemandem wirklich gelungen. Schon der penetrante Geruch nach kaltem Rauch und feuchtem Russ, der immer noch das ganze Gebäude durchzog, fachte die Erinnerung an die Feuersbrunst ständig an. Zudem war im Haus ein ständiges Kommen und Gehen von Arbeitern, welche die durch das Feuer und das Löschwasser verursachten Schäden provisorisch beheben mussten.

Immerhin, wenigstens ein winziger Hauch von Normalität ist zurückgekehrt, dachte Martina Widmer, als sie die dringendsten Büroarbeiten erledigt und einen Rundgang durch alle Räume beendet hatte. Sie ging zu der kleinen Küche, die man vor wenigen Jahren am Ende des Flurs im ersten Stock eingebaut hatte, und machte sich einen Kaffee.

Ganz plötzlich merkte sie, dass etwas anders war als sonst. Sie versuchte, in sich hineinzuhören. Was war passiert? Ja, jetzt wusste sie es: Sie fühlte sich abgrundtief einsam. Als wäre ihr der Boden unter den Füssen weggezogen worden, und als sässe sie jetzt mutterseelenallein in einem unterirdischen schwarzen Loch. Was ist denn los mit mir, fragte sie sich. Ist es einfach die Trauer über Noras Tod? Oder ist es die Einsamkeit, die jede Chefin in einer schwierigen Situation fühlt? Oder steckt etwas anderes dahinter? Meine Midlife Crisis etwa? Martina konnte sich im Moment keine Antwort geben. Irgendwie musste sie einfach wieder aus diesem Loch herauskommen! Sie versuchte, sich selber gut zuzureden. Ich habe doch einen verantwortungsvollen Job, habe gute Arbeitskollegen, erfülle einen wichtigen Auftrag zur Sensibilisierung der Bevölkerung für die Anliegen des Naturschutzes, habe eine wunderbare Tochter, habe ein eigenes

Haus mit einem schönen Garten, ein gutes Einkommen... Martina schauderte, sie spürte eine Gänsehaut an Armen und Beinen hochkriechen. Ist das jetzt wirklich die Erfüllung? Verdammt, Martina, was fehlt dir denn eigentlich? Brauchst du vielleicht einen Mann? Blödsinn, sagte sie sich, erhob sich energisch, ging in ihr Büro und machte sich daran, die nächsten Pendenzen abzuarbeiten.

Franz Huser nahm einen Schluck von seinem Kaffee und faltete die Tageszeitung auseinander. Da kam ihm der Brand im Naturmuseum in den Sinn. Ob wohl Nadja unterdessen etwas herausgefunden hatte? Franz blätterte rasch die Seiten durch. Von der Küche her kamen die wohlvertrauten Geräusche. Berta bereitete das Frühstück zu. Seit Franz in Pension war, hatten sie es sich zur Gewohnheit gemacht, zunächst noch im Bett einen Kaffee zu trinken und dann erst gegen zehn Uhr reichhaltig zu frühstücken. Oft gab es zuerst ein Porridge, dann Rührei mit Schinken, und zum Abschluss eine Auswahl an Früchten der Saison. Das traditionelle Mittagessen hatten sie entsprechend nach hinten verlagert, meist so gegen sechzehn Uhr, und zum Abendbrot gab es in der Regel nur noch eine Kleinigkeit.

Aha, hier war es! Endlich erschien ein etwas detaillierterer Bericht über den Brand in der Zeitung.

„Berta, kommst du mal schnell? Hier steht etwas über das Naturmuseum."

Berta erschien sofort aus der Küche, und Franz begann vorzulesen. „Wie schon berichtet, hat am Montag im hiesigen Naturmuseum eine verheerende Feuersbrunst gewütet. Dabei kam eine Mitarbeiterin ums Leben, eine zweite wurde verletzt, und der Sachschaden ist enorm. Der Spurensicherungsdienst der Polizei hat herausgefunden, dass es sich eindeutig um Brandstiftung handelt..."

„Was!", rief Berta dazwischen, „irgend so ein mieser Typ hat unser schönes Museum angezündet, wie schrecklich!"

„Ja, eine Katastrophe!", bestätigte Franz und fuhr fort zu lesen. „In einem Ausstellungsraum war ein Zeitzünder platziert, der zunächst einen Zunder und dann den Vorhang in Brand setzte. Zudem hatte der Täter den Rauchmelder ausgeschaltet, deshalb wurde das Feuer lange nicht entdeckt."

„Wie gemein, so etwas!", ereiferte sich Berta.

„Jetzt wird es spannend, es werden Zeugen gesucht", fuhr Franz fort: „Die Polizei bittet die Bevölkerung um ihre Mithilfe. Wer im oder in der Nähe des Naturmuseums etwas beobachtet hat, das mit der Brandstiftung in Zusammenhang stehen könnte, möge sich bei der Stadtpolizei melden."

Franz räusperte sich. „Jetzt müssen wir ganz scharf nachdenken, liebe Berta. Wir sind doch häufig im Museum. Haben wir etwas Verdächtiges gesehen?"

„Aber Franz", wandte Berta ein, „was sollen wir kleinen Leute schon gesehen haben? Die Polizei würde uns doch sowieso nicht glauben."

Franz schloss seine Augen. Die gerunzelte Stirn zeigte an, dass er intensiv nachdachte. „Doch, doch, die Polizei würde uns schon glauben. Also wenn ich an die letzten paar Male denke, wo wir im Museum waren... Ah, jetzt erinnere ich mich! Da war doch dieser seltsame Mann... Weisst du nicht mehr?"

„Was für ein seltsamer Mann?"

„Er ist mir sofort aufgefallen. Wie er gekleidet war, wie er herumging, wie er schaute... Habe ich dir nicht noch gesagt, dieser Mann passe irgendwie nicht zum Naturmuseum? Wir haben ihn sogar zwei- oder dreimal dort gesehen."

„Du hast Recht!", rief Berta und klatschte laut in die Hände. „Wir sind ja so oft im Museum, dass wir mittlerweile den Blick dafür haben, was für Leute sich für die Ausstellung interessieren und welche nicht. Aber, Franz..."

„Ich weiss schon, was du sagen willst", unterbrach er sie.

Aber Berta fuhr unbeirrt fort. „Was sollen wir denn der Polizei erzählen? Wir wissen ja gar nicht, wer dieser Mann ist!"

„Ja, da haben wir ein Problem. Wir hätten ihn fotografieren sollen!"

Plötzlich leuchteten Bertas Augen auf. „Du, ich habe eine tolle Idee. Angenommen, die Polizei verdächtigt schon jemanden. Dann müssten wir doch diesen anhand eines Bildes oder einer Gegenüberstellung mit dem Mann im Museum vergleichen können."

"Natürlich, du sagst es! Wir rufen heute noch Nadja an und fragen sie."

Berta stiess einen tiefen Seufzer aus. „Was meinst du, Franz, wie schön das wäre, wenn ausgerechnet *wir* den Schuldigen fänden...?"

Vanessa Moser wirkte vollkommen unauffällig. Auf der Strasse hätte ich diese Frau wohl gar nicht wahrgenommen, überlegte sich Nadja Huser, als ihr die Tür geöffnet wurde. Ein leidlich hübsches Gesicht, ganz ohne Schminke, mittellange, blonde Haare mit einigen grauen Strähnen, leicht molliger Körper. Die Frau war blass, ihre Augen gerötet, ihr Blick traurig. Sie musste lange um ihre beste Freundin Nora Egger geweint haben.

„Bitte, Frau Kommissarin, treten Sie ein und sehen Sie sich ungeniert um."

Vanessa Moser trug ein verwaschenes T-Shirt über der Schlabberhose, und sie schlurfte in ausgefransten Pantoffeln herum. Ihre Wohnung im Erdgeschoss eines vierstöckigen Altbaus an einer ruhigen Quartierstrasse wirkte billig und phantasielos möbliert. Überall waren Zeichen der Verwahrlosung sichtbar. Der Holztisch im Wohnzimmer war fleckig, das graue Stoffsofa ebenfalls, der kleine Salontisch schmierig, und den Wänden entlang reihten sich die Staubmäuse aneinander. Es roch nach abgestandenem Zigarettenrauch. Die Küche sah noch schlimmer aus. Alles war überstellt mit schmutzigem Geschirr, Essensresten, angebrauchten Lebensmittelpackungen und leeren Flaschen. Der Boden war voller Krümel und eingetrockneter Weinflecken. Ein kurzer Blick ins Schlafzimmer bestätigte Nadja Huser den Eindruck der Verwahrlosung. Das Bett wirkte schmuddelig, überall lagen Kleider herum. Die ganze Wohnung erweckte den Eindruck von Depression und Ausweglosigkeit. Was war bloss mit dieser armen Frau los?

Nadja Huser setzte sich an den Wohnzimmertisch. „Frau Moser, ich bin zu Ihnen gekommen, weil Martina Widmer, die Direktorin des Naturmuseums, Sie als beste Freundin der verstorbenen Nora Egger bezeichnet hat."

„Ja, das trifft schon zu…" Vanessa hielt ihr Gesicht halb in den Händen verborgen, ihre Stimme war rau und brüchig, aber ihre Aussagen sehr präzise. „Wissen Sie, wir waren fast zehn Jahre lang *richtig* zusammen, hatten eine gemeinsame Vierzimmerwohnung. Vor etwa zwei Jahren haben wir beschlossen, wieder getrennte Wege zu gehen, aber wir sahen uns weiterhin sehr oft und konnten wunderbar über alles reden. Ach, Nora…"

„Frau Moser", unterbrach sie die Polizistin, „wir sind immer noch auf der Suche nach Angehörigen von Nora Egger, und auch nach jemandem, der einen Schlüssel zu ihrer Wohnung hat."

Vanessa Moser erhob sich, schlurfte zum Flur und nahm einen Schlüssel vom Wandbrett. „Hier, bitte. Finkenweg acht. Gleich hier um die Ecke. Kontakt zu Verwandten hatte Nora eigentlich keinen. Zur Beerdigung ihrer Mutter, das war vor etwa drei Monaten, sind ein paar Tanten, Onkel und Cousins gekommen, aber ich habe die auch nicht gekannt. Natürlich ist auch ihr Halbbruder David aufgekreuzt, aber dieser Typ ist dann sehr bald wieder verschwunden."

Aha, dachte Nadja, Nora hatte einen Halbbruder. Immerhin. Dort wäre vielleicht ein Anknüpfungspunkt. „Frau Moser", sagte sie laut, „wir haben unterdessen herausgefunden, dass der Brand vorsätzlich gelegt wurde, wissen aber nicht, ob damit auch beabsichtigt war, jemanden zu verletzen oder gar zu töten. Könnten Sie sich persönlich vorstellen, dass jemand Nora Egger schaden wollte?"

Vanessa Moser sagte lange Zeit nichts und starrte ins Leere. Dann, ganz plötzlich und hastig: „Wissen Sie, Nora war so ein lieber, grundanständiger Mensch. Man müsste meinen, niemand auf der Welt könne ihr Böses wollen. Wenn da nicht… nun…, wenn da nicht David wäre."

„Ihr Halbbruder"

„Genau. Man würde niemals glauben, dass die beiden Geschwister sind. Genau genommen, sind sie ja auch nur Halbgeschwister. Zwei verschiedene Väter, Sie verstehen? Aber Noras Mutter hatte das grosse Glück, einen wundervollen Ehemann zu finden, nachdem Davids Vater sich einfach aus dem Staub gemacht hatte. Nun, dieser Halbbruder David schlägt offensichtlich ganz seinem Vater nach. Ein Streuner, Tunichtgut, Abenteurer, Spekulant, Bankrotteur, verschuldet bis über beide Ohren… alles was Sie wollen, nur eben keine Spur von seriös. Wenn ich daran denke, was Nora alles über ihn erzählt hat… Aber das waren ja bloss alte Geschichten, Nora und David hatten seit vielen Jahren keinen Kontakt mehr zueinander."

„Ja, das klingt sehr traurig", erwiderte Nadja Huser, „aber warum sollte denn dieser David seiner Halbschwester schaden wollen?"

Vanessa Moser lachte bitter. „Na ganz einfach: Er will das Geld, den Zaster, die Kohle!"

„Ich verstehe leider noch nicht."

„Entschuldigen Sie, ich muss es Ihnen erklären. Noras Vater, ein erfolgreicher Neurochirurg, starb vor einigen Jahren, und vor drei Monaten folgte ihm ihre Mutter ins Grab. Sie hinterlässt ein beträchtliches Vermögen. Damit könnte David mit einem Schlag seinen ganzen Schuldenberg abtragen. Aber eben nur dann, wenn er das Ganze erhält und nicht mit Nora teilen muss."

„Ach so, dort liegt der Hase im Pfeffer… Wissen Sie, ob es noch weitere Erben gibt?"

„Nora hat mir alles erzählt. Abgesehen von einigen Legaten, deren Empfänger sie nicht namentlich erwähnt hat, gibt es ausser David keine anderen Erben."

„Fühlte sich denn Nora seit dem Tod ihrer Mutter von ihrem Halbbruder bedroht?"

„Eben leider *nicht*! Ich habe ihr immer wieder gesagt, ich hielte David zu allem fähig, und ihr geraten, besonders vorsichtig zu sein. Aber sie wollte nichts davon hören. Ach, arme Nora…"

„Dann wissen Sie wohl auch, wo dieser David wohnt?"

„Schön wäre es! Nein, dieser Schlingel ist mal hier, mal dort. Eben immer dort, wo ihn sein Schuldenberg nicht gerade verfolgt… Nein, Sie müssen ihn schon selber suchen."

„Das schaffen wir schon. Ich danke Ihnen für Ihre Offenheit, Frau Moser."

Die Villa war vom Eingangstor aus überhaupt nicht zu sehen. Der alte Baumbestand und die vielen Sträucher durchkreuzten hartnäckig jeden Versuch, das Haus des Multimillionärs zu Gesicht zu bekommen. Auch der hohe, metallene Zaun, der das Grundstück vor unerwünschten Gästen sicherte, war wegen der dichten Hecke beinahe unsichtbar.

Peter Keller drückte den Klingelknopf neben dem Eingangstor. Er war sich vollkommen bewusst darüber, dass die rechts vom Tor angebrachte Kamera ihn längst im Fokus hatte, und dass ihn einer der Hausangestellten jetzt konzentriert beobachtete. Plötzlich leuchtete neben dem Klingelknopf ein grünes Lämpchen auf, und das schwere, schmiedeeiserne, mit allerlei tierischen Figuren verzierte Tor glitt langsam und fast geräuschlos zur Seite. Peter Keller folgte dem breiten Kiesweg, der sich, raffiniert gesäumt von allerlei exotischen Sträuchern, in mehreren Windungen zur Villa hinauf zog. Abseits vom Weg streckten sich riesige Buchen, Eichen und Linden in die Höhe und gaben dem Park ein beinahe waldähnliches Aussehen. Was hat dieser Mann nur für ein Grundstück gekauft, dachte Peter Keller und spürte eine

Welle von Neid in sich aufsteigen. Das müssen ja mehrere Hektaren sein! Wenn ich da an meine eigene bescheidene Attikawohnung am Stadtrand denke... Er blieb vor der Villa stehen und blickte sich um. Zwar war er schon einige Male hier gewesen, aber die Ausmasse des Anwesens beeindruckten ihn jedes Mal von neuem. Das aus gelblichen Sandsteinquadern erbaute Haus war eine echte Patriziervilla. Hohe Fenster, breite Simse, massive Balkone, alles wie für die Ewigkeit gebaut.

Die schwere eichene Eingangstür öffnete sich ganz langsam, und plötzlich stand er vor ihm: Albert von Tavel! Ganz nüchtern betrachtet, war es einfach ein alter, schlecht rasierter Mann in einem ausgebleichten Morgenmantel und alten Hausschuhen. Aber halt! Ein Multimillionär ist nicht so einfach zu fassen... Albert von Tavel strahlte, trotz der nachlässigen Kleidung, so wie er dastand, eine Art von klassischer Eleganz aus, die ganz von selbst ihre Wirkung entfaltete.

„Mein lieber Peter", sagte er lächelnd, „willkommen in meiner bescheidenen Klause, und verzeih mir die saloppe Aufmachung! Ich habe heute Morgen etwas länger geschlafen und bin noch nicht zum Ankleiden gekommen. Komm herein, wir nehmen zusammen ein kleines, verspätetes Frühstück auf der Terrasse ein. Mein guter Willy hat schon alles vorbereitet."

Peter folgte seinem Gastgeber durch die quadratische Halle, die eigentlich eher eine Galerie von griechischen und römischen Statuen war. Götter und Göttinnen, Helden und Heldinnen zuhauf standen den Wänden entlang, je nach Zustand mit oder ohne Beine, mit oder ohne Rumpf, mit oder ohne Arme, mit oder ohne Nase. Natürlich waren alle nur Gipskopien von Museumsoriginalen.

„Mein einziger Kompromiss", pflegte Albert von Tavel jedem Besucher zu verkünden. „Die Statuen sind leider nicht im Original zu bekommen. Im ganzen Rest des Hauses findest du ausschliesslich Originale." Und jedes Mal fügte er lachend hinzu: „Ich selber zähle mich ja auch dazu..."

Von der Halle aus ging es rechts ins Wohnzimmer. Na ja, das kann man wohnen nennen, dachte Peter Keller mit einem erneuten Anflug von Neid. Das Zimmer mass mindestens siebzig Quadratmeter, war beinahe so breit wie lang und gegen Südwesten hin durch eine bodentiefe Fensterfront begrenzt, durch die man die grosse Terrasse und einen Teil des leicht abfallenden Parks überblickte. Die drei anderen Wände hingegen hätten problemlos den bedeutendsten Museen der Welt Konkurrenz machen können. Sie präsentierten eine sorgfältig ausgewählte, nach Ländern geordnete Sammlung alter Meister. Man begann links vorne in Deutschland mit Albrecht Dürer und Hans Holbein, reiste dann flugs nach Holland zu Rembrandt, Vermeer und Frans Hals, weiter nach Italien zu Tintoretto, Correggio und Caravaggio, machte einen Schlenker nach Spanien, zu Velazquez und Goya, und landete schliesslich, auf der rechten Hälfte der hinteren Wand, in England bei Hogarth und Turner. Die moderneren Gemälde, das wusste Peter von früheren Besuchen her, waren in den Räumen des oberen Stockwerks verteilt. Was wohl allein die Versicherungsprämie kostet, fragte er sich. Wahrscheinlich mehr als mein gesamtes Einkommen als Stadtrat...

„Komm jetzt endlich hinaus", rief Albert, schon etwas ungeduldig.

Peter wurde rot und schämte sich im selben Moment schon darüber. Er riss sich von den Gemälden los und trat auf die weite, mit rechteckigen Natursteinplatten ausgelegte Terrasse. Willy, der Butler, stand neben dem gedeckten Tisch und begrüsste den Besucher mit einer kleinen, wortlosen Verbeugung. Er schenkte Tee ein und eilte dann, etwas wie ‚Essen kommt sofort...' murmelnd, ins Haus.

Albert und Peter hatten sich in die bequemen Sessel fallen lassen, nippten an ihrem Tee und blickten in den Garten hinaus. Die Morgensonne blinzelte durch das dichte Grün der Bäume hindurch, Amseln und Buchfinken sangen aus voller Kehle, und zwei Eichhörnchen verfolgten sich in rasendem Tempo die

Baumstämme hinauf und hinunter. Einfach traumhaft ist es hier, dachte Peter, und schon wieder spürte er einen kleinen Knoten im Bauch.

Schliesslich sagte Albert von Tavel, beinahe feierlich: „Mein lieber Peter, ich habe dich eingeladen, um mit dir über mein Projekt, oder sozusagen unser Projekt, zu sprechen. Nun, was da am Montag passiert ist, das gefällt mir überhaupt nicht! Obwohl es… das Projekt allenfalls sogar vorwärts bringen könnte…"

„Meinst du, *mir* gefällt das?", erwiderte Peter unwirsch. „Ein hübsches kleines Feuer, das wäre ja ganz nützlich gewesen, aber ein Todesfall, der wirbelt doch viel zu viel Staub auf…"

Willy war mit einem grossen Tablett zurückgekommen. Mit geübten Gesten servierte er Rauchlachs, Rührei, Käse, Toast, Butter und Marmelade. Auf einen winzigen Wink seines Herrn hin entfernte er sich darauf sofort wieder.

„Nun also", nahm Albert das Thema wieder auf, „wie weiter? Du weisst es, meine Beteiligung steht bereit. Und das neue Haus würde ein sehr schöner Bau, davon bin ich überzeugt. Und auch für dich würde nebenbei noch eine Kleinigkeit herausspringen… Aber eben: Wie weiter?"

Peter Keller zögerte. Er fühlte sich gar nicht wohl. Diese tote Frau brachte alles durcheinander! Die Polizei würde noch lange herumschnüffeln, der Stadtrat würde die Entscheidung noch länger hinauszögern, die versprochene Expertise würde ewig auf sich warten lassen, und seine Provision würde sich mehr und mehr verzögern… Peter fuhr sich mehrmals ungeduldig durch die Haare. Er durfte jetzt keinesfalls eine Schwäche zeigen!

„Ehm…", begann er zögerlich, „ich bin nach wie vor sehr zuversichtlich, Albert, dass unser Projekt sehr bald zur Realisierung kommt. Leider wird dieser unerwartete Todesfall eine kleine Verzögerung mit sich bringen. Du weisst ja, Polizei und so. Aber danach werde ich den Stadtrat schon überzeugen können, dass dieses… völlig überflüssige Museum geschlossen werden muss."

Albert runzelte die Stirn. „Hm, dieser Stadtrat… Brauchst du allenfalls… eine kleine Extraportion an Spesen, um die Damen und Herren schneller zu überzeugen? Ein paar grosszügige Gutscheine vielleicht?"

Peter atmete auf. Das klang doch sehr vernünftig! „Mein lieber Albert, so eine kleine Geste könnte sich tatsächlich positiv auswirken."

Albert streckte ihm die rechte Hand hin, und Peter schlug kraftvoll ein. Sie blickten sich in die Augen und nickten dazu. Der *Deal* war beschlossen.

Damit war das heikle Thema beendet, und die beiden Herren konnten sich ausgiebig den exquisiten Leckereien dieses Sommermorgens widmen.

Yvonne Sager hatte die elektronischen Mails, die an das Naturmuseum gerichtet waren, beinahe vollständig abgearbeitet. Eine einzige Anfrage blieb noch übrig. Ein gewisser Herbert Hauser aus Laupen fragte in höflichen Worten an, ob er allenfalls eine Kopie der schon längst vergriffenen Publikation *Das geheime Leben im Wassertropfen* bekommen könne. Was für alte Sachen doch die Leute noch interessieren, wunderte sich Yvonne. Das kleine Heft war ja schon über fünfzig Jahre alt! Aber schliesslich war das Museum ein Dienstleistungsbetrieb, und so schrieb sie zurück, selbstverständlich werde die Kopie in wenigen Tagen geliefert.

Yvonne ging ins Nebenzimmer, wo die Publikationen aufbewahrt wurden, griff sich zielsicher das gewünschte Heft und stieg ins Untergeschoss, wo der Kopierer stand. Sie schaltete den Apparat ein, aber nach einigen Sekunden erschien auf dem Display die Meldung *Error: Toner aufgebraucht.* Mist, fluchte Yvonne vor sich hin, muss das ausgerechnet jetzt sein… Sie versuchte zuerst, die Kopien trotzdem zu machen, aber der Apparat weigerte sich standhaft, auch nur ein einziges Blatt zu drucken. Na gut, dachte Yvonne, dann muss ich eben eine neue Tonerkassette bestellen. Normalerweise macht das ja Patrizia Wanner, aber ich werde das schon irgendwie schaffen. Yvonne kehrte ins Büro zurück und startete im Computer die entsprechende Software. Es war schon lange her, seit sie zum letzten Mal für Patrizia einspringen und etwas bestellen musste. Aber sie fand sich schnell wieder zurecht und öffnete die elektronischen Belege der früheren Bestellungen. Meist war ja eine Nachbestellung auf diesem Weg einfach zu machen.

Plötzlich stutzte sie. Da konnte doch etwas nicht stimmen! Laut Beleg waren erst vor vier Wochen zwei Tonerkassetten geliefert worden. Die konnten doch nie und nimmer jetzt schon wieder leer sein! Wo hatte Patrizia sie wohl versteckt? Yvonne fühlte sich unsicher. Sollte sie doch warten, bis Patrizia zurück war? Sie gab sich einen Ruck. Nein, ich gehe jetzt gleich Martina fragen. Ich brauche ja sowieso ihre Unterschrift, um die Bestellung zu machen.

Martina Widmer war echt überrascht. „Neue Tonerkassetten? Davon weiss ich wirklich nichts. Wenn Patrizia sie erst vor kurzem bestellt hat, dann müssen sie ja irgendwo sein. Sobald Patrizia wieder zurück ist, wird es sich bestimmt aufklären. Unterdessen bestellst du einfach eine neue. Hier ist meine Unterschrift."

Yvonne war nur halb zufrieden. Irgendetwas stimmte nicht!

Nora Eggers Wohnung am Finkenweg förderte kaum neue Erkenntnisse zutage. Nadja Huser spürte, als sie durch die Räume ging, dieselbe Empfindung, die ihr schon in Vanessa Mosers Wohnung aufgefallen war. Eine Art von Dumpfheit und Resignation herrschte in den Räumen, als ob sich das richtige Leben schon längst daraus zurückgezogen hätte. Hatte wohl dies die beiden Frauen miteinander verbunden? Oder gab es diesen Hang zur Melancholie erst seit ihrer Trennung? Nora Egger hatte auffallend wenig wirklich persönliche Dinge besessen. Keine Fotoalben, keine Postkarten von Freundinnen, keine Tagebücher.

Die Möblierung war billig und fade, dafür leuchteten die Wände in allen Farben. Hunderte von Fotos mit Insekten aus aller Welt waren aufgeklebt, und aus allen Richtungen fixierten ihre riesigen Facettenaugen die Besucherin. Offensichtlich waren diese fremdartigen Wesen wirklich Noras ganz grosse Passion gewesen! Nadja schauderte und verliess die Wohnung nach einer flüchtigen Durchsuchung rasch wieder. Sie nahm lediglich eine gerahmte Foto von Vanessa Moser sowie Noras privaten Laptop mit, um ihn von den Spezialisten untersuchen zu lassen. Kaum war sie auf der Strasse, kam ihr die Aussage der Museumsdirektorin in den Sinn. Als verbittert hatte sie Nora bezeichnet. Ja, dies passte genau zu ihrer kargen, lieblosen Wohnung! Was hatte die Frau in eine solche Verbitterung getrieben? War es die Trennung von ihrer Partnerin Vanessa, oder gab es ganz andere Gründe? Und war das überhaupt wichtig? Oh ja, es kann durchaus entscheidend sein, sagte sich Nadja. Sie glaubte immer weniger daran, dass Nora Egger ein rein zufälliges Opfer der Feuersbrunst gewesen war…

Als Nadja ihr Büro betrat, fand sie eine Telefonnotiz des Sekretariats vor. Die Einwohnerkontrolle hatte gemeldet, unterdessen habe sie mehrere Verwandte Nora Eggers ausfindig gemacht und über den Todesfall orientiert. Auf der Liste war auch David Egger, Noras Halbbruder. Nadja nahm sich vor, ihn morgen aufzusuchen. Plötzlich musste sie herzhaft gähnen. War das doch ein anstrengender Tag gewesen!

Nach dem Besuch in Nora Eggers Wohnung war sie nochmals ins Naturmuseum gegangen und hatte der Reihe nach die anwesenden Angestellten zum Brandereignis befragt: Adrian Münger, Max Fischer und Yvonne Sager. Leider war nichts Neues dabei herausgekommen. Alle drei sagten aus, sie hätten den Brand erst bemerkt, als sie die Sirene der Feuerwehr hörten. Zuerst hatte sich Nadja darüber gewundert. Aber wenn man die Distanzen zwischen den Arbeitsplätzen und dem Brandherd berücksichtigte, waren diese Aussagen durchaus plausibel. Natürlich hatten alle drei, als sie die Sirene hörten, versucht, sofort in Richtung des Brandes zu eilen, aber die Feuerwehr hatte sie daran gehindert, näher heranzugehen. Deshalb hatte auch niemand etwas von der Bergung Patrizias und Noras aus den Flammen mitbekommen. Erst als die Bahren in den Rettungswagen verladen wurden, realisierten sie, dass die beiden Kolleginnen mitten in den brennenden Räumen gewesen waren.

Einzig den Laufburschen, Jakob Auer, hatte Nadja bisher nicht gesprochen. Martina Widmer hatte ihr empfohlen, ihn zuhause in seiner Wohngruppe zu besuchen. Dort sei die Wahrscheinlichkeit grösser, dass er ein wenig auftauen und vielleicht die eine oder andere Aussage machen würde. Nadja schaute auf ihre Uhr. Zehn nach fünf, das könnte doch eine günstige Zeit für einen Besuch in der Wohngruppe sein. Sie zog den Zettel mit der Adresse aus ihrer Tasche. Waisenhausgasse fünf, das sind ja keine zehn Minuten zu Fuss von hier, realisierte sie. Ein hübscher Bummel durch die Altstadt also!

Nadja machte absichtlich einen Umweg, spazierte kreuz und quer durch die verwinkelten, engsten Gassen der Stadt. Kleine und kleinste Verkaufsläden reihten sich hier aneinander, boten Kleider, alte Möbel, Spielzeuge, antiquarische Bücher, Bastelbedarf, Nippsachen oder Delikatessen an. Winzige Kneipen hatten zwei oder drei Tischchen auf die Strasse gestellt, an denen Arbeiter ihr Feierabendbier und Frauen mit Kinderwagen ihren Kaffee tranken. Ach, ich könnte stundenlang so durch die Gassen schlendern, dachte Nadja wehmütig, aber ich habe ja noch etwas Wichtiges vor. Sie gab sich einen Ruck und bog in die Waisenhausgasse ein.

Das fünfstöckige Gebäude sah ausgesprochen wuchtig aus. Dicke, weiss verputzte Mauern, kleine, tiefliegende, im Erdgeschoss mit Gitterstäben gesicherte Fenster, ein mächtiges, leicht vorspringendes Ziegeldach. Beinahe wie eine Festung, dachte Nadja. Etwas rechts der Gebäudemitte befand sich eine dicke, eichene Doppeltür mit einem geschmiedeten Knauf. Neben der einzigen, mickrigen Klingel ein messingenes Schild mit einer Aufschrift in geschnörkelter Schrift: *Städtisches Wohnheim / Sozialdepartement*. Nadja klingelte, die schwere Tür öffnete sich automatisch und erstaunlich geräuschlos. Jakob Auer, Wohngruppe vier, stand auf Nadjas Zettel. Eine im riesigen, erstaunlich kühlen und etwas düsteren Eingangsbereich montierte Tafel wies sie in die dritte Etage.

Die schön gearbeiteten Treppen aus Sandstein zeigten Spuren eines wohl jahrhundertelangen Gebrauchs. Da und dort roch es nach Urin. Von Katzen oder von Menschen? Wie damals in den Palazzi, als sie mit Sandro durch Rom gelaufen war, kam es Nadja in den Sinn. Doch sofort verscheuchte sie die negativen Gedanken an diese unglückliche Liebe. Das war schon ewig vorbei, und jede Erinnerung daran war vergeudete Mühe.

Gleich nach dem ersten Klingeln wurde die Tür geöffnet, und ein Mann um die fünfzig hiess die Polizistin mit sympathisch tiefer Stimme willkommen. Ein Sozialarbeiter, wie er im Buche steht, dachte Nadja sofort. Dreitagebart, Pferdeschwanz, alte Jeans, grobkariertes Hemd, Sandalen an den blossen Füssen.

„Andreas Burger", stellte er sich vor.

Nadja hatte sich telefonisch angemeldet, allerdings ohne eine genaue Zeit für den Besuch festzulegen. „Komme ich nicht in einem ungünstigen Moment?", fragte sie deshalb.

„Im Gegenteil", winkte Burger ab, „Jakob ist in der Küche mit der Vorbereitung des Abendessens beschäftigt. So wird er Sie nicht so stark beachten und sich nicht eingeengt fühlen. Auf diese Weise haben wir die besten Chancen, dass er sich auch verbal äussert. Und wenn nicht, können wir seine Zeichnungen anschauen. Kommen Sie mit."

Der Sozialarbeiter ging voraus. Vom langen Flur gingen auf jeder Seite vier geschlossene Türen ab, wohl zu Schlafräumen und Badezimmern. Geradeaus kam man in ein grosses Wohn- und Esszimmer. Es als aufgeräumt zu bezeichnen, wäre übertrieben gewesen. Fast die gesamte Bodenfläche und alle Regale waren bedeckt mit einem Durcheinander von Kleidern, Schuhen, Heften, Malutensilien und allerlei Werkzeugen. Einzig der lange Esstisch war freigeräumt und mit sieben mehr oder weniger windschief ausgerichteten Gedecken belegt.

Andreas machte eine ausgreifende Geste mit den Armen. „Unser Wohnheim ist, wie die Adresse schon andeutet, ein ehemaliges Waisenhaus. Im achtzehnten Jahrhundert erbaut, diente es während mehr als zweihundert Jahren als Heimstätte für Kinder, die ihre Eltern verloren hatten. In den neunzehnsiebziger Jahren wurde das Haus umfassend renoviert und wird seitdem als Wohnheim für leichtgradig Behinderte genutzt. Zur Zeit leben in unserer Wohngruppe sechs Männer."

Linkerhand ging es zu einer sehr geräumigen Küche, in der drei Männer unter Anleitung einer jüngeren Frau an der Zubereitung des Abendessens waren.

„Der links ist Jakob", sagte Andreas Burger leise.

Jakob schaute nur kurz auf, als sein Betreuer und Nadja die Küche betraten, und fuhr dann ruhig fort, Karotten und Salat zu schneiden. Mit einem Wink gab Andreas der Polizistin zu verstehen, dass sie jetzt Fragen stellen könne.

„Und sagen Sie einfach Jakob zu ihm", flüsterte er ihr noch zu.

Nadja startete einen ersten Versuch. „Jakob, erinnern Sie sich an das grosse Feuer im Museum?"

Keine Reaktion. „Wo waren Sie, als Sie das Feuer bemerkt haben?"

Keine Reaktion. „War sonst noch jemand in Ihrer Nähe?"

Immer noch keine Reaktion. Jakob schnetzelte stur an seinen Karotten herum. Nadja war frustriert.

Burger zog sie am Ellbogen aus der Küche heraus. „Jakob versteht Sie ganz genau, ich sehe es ihm an. Wissen Sie, mit der Zeit lernt man, auf die winzigste Mimik und Gestik zu achten. Aber wahrscheinlich geht ihm die Erinnerung emotional noch zu nahe, als dass er darüber sprechen könnte. Dass es ihn stark aufgewühlt hat, zeigt sich darin, dass er in den letzten Tagen viel mehr gezeichnet und gemalt hat als üblich. Sie werden es gleich selber sehen können. Es ist unglaublich, wie präzise sich Jakob mit Bildern ausdrücken kann. Ein richtiges Naturtalent."

Nadja schöpfte wieder Hoffnung. Vielleicht hatte Jakob wirklich etwas Entscheidendes gesehen und gemalt? Andreas ging voran in den Flur und öffnete eine der seitlichen Türen.

„Das hier ist sein Zimmer. Unsere Schützlinge sind daran gewöhnt, dass die Betreuer überall ein- und ausgehen dürfen. Aber wir respektieren natürlich soweit wie möglich ihre Privatsphäre und greifen nur im Notfall ein."

Nadja schaute sich um. Fast wie ein Zimmer eines ganz normalen alleinstehenden jungen Mannes, dachte sie. Ein schlecht gemachtes Bett, ein offenstehender Kleiderschrank, ein Schreibtisch voller Papiere, Farbstifte und Pinsel, einige halboffene, überfüllte Schubladen, ein bequemer Sessel vor einem Ecktisch, auf dem neben einem Stapel von bebilderten Tierbüchern ein kleiner Fernseher stand. Was ihr sofort ins Auge stach, waren die Wände. Von Kniehöhe bis Kopfhöhe gab es nirgendwo eine grössere Lücke. Alles war belegt mit aufgeklebten farbigen Zeichnungen. Häuser, Berge, Autos, Schiffe, Menschen, Tiere und Bäume dominierten als Motive. Und die Qualität der Bilder war wirklich erstaunlich.

„Hier", sagte Burger und deutete auf einen Bereich der Wand links des Fensters, „hier sind die Bilder, die er seit dem Brand gemalt hat. Etwa zwei Dutzend in den drei Tagen, an denen er zu Hause bleiben musste. Eine beachtliche Leistung."

Nadja sah sich sorgfältig ein Bild nach dem anderen an. Auf sämtlichen Bildern waren Flammen und Rauch zu sehen, meist auch Personen. Nadja war echt verblüfft. Die Zeichnungen waren so gut, dass alle Museumsangestellten auf Anhieb zu erkennen waren: Martina Widmer, Max Fischer, Adrian Münger, Yvonne Sager. Sogar Jakob Auer war ein paar Mal im Selbstportrait gezeichnet. Nora Egger und Patrizia Wanner kamen nur je ein einziges Mal vor, neben dem Ambulanzfahrzeug auf der Bahre liegend.

„Wirklich ein echtes Talent", murmelte Nadja anerkennend. Sie ging die Bilder noch ein zweites Mal durch, konnte aber nirgendwo einen möglichen Hinweis auf die Brandursache erkennen.

„Gut", sagte sie, „Jakobs Bilder helfen uns zwar im Moment nicht konkret weiter, aber vielleicht wird er ja noch mehr davon malen?"

Andreas Burger zuckte mit den Achseln. „Wohl möglich! Aber wissen können wir es nicht."

Nadja bedankte sich für das Gespräch und verabschiedete sich. Sie beschloss, zu Fuss nach Hause zu gehen. Wiederum, und diesmal ohne Zeitdruck, liess sie sich durch die engen Gässchen der Altstadt treiben, freute sich am warmen Sommerabend, betrat da und dort einen Verkaufsladen, stöberte im Angebot herum, beobachtete die anderen Kundinnen, kaufte sich eine Kleinigkeit. Aber kaum hatte sie die Altstadt hinter sich gelassen, geriet sie ins Grübeln. Im Geist ging sie Jakobs Bilder nochmal durch. Vielleicht weiss ich jetzt einfach noch zu wenig über den Fall, dachte sie, um einen versteckten Hinweis überhaupt wahrnehmen zu können. Ja, ich muss später nochmals hingehen. Und überhaupt wird dieser Jakob bestimmt noch mehr Bilder zum Brand malen. Irgendwo *muss* doch ein Hinweis verborgen sein!

Nadja beschleunigte ihren Schritt. Ein gutes Gefühl durchströmte sie. Zum ersten Mal, seit ihr Markus Aebischer diesen schwierigen Fall übergeben hatte, blickte sie optimistisch in die Zukunft. Sie, Nadja Huser, wird den Fall lösen! Sie lächelte. In zehn Minuten würde sie zuhause sein, sich ihr Abendbrot auf dem Balkon zurechtmachen und danach bis zum Schlafengehen in ihrem neuen Krimi lesen.

Die spannende Krimi-Lektüre wurde dann unsanft unterbrochen. Um zehn nach acht schrillte das Telefon, und Nadja nahm seufzend ab.

„Oh, Papa, welche Überraschung! Wie geht es euch? ... Ob sich schon Zeugen gemeldet hätten? Nein, ich wüsste nichts davon. ... Ach ja, es hat in der Zeitung gestanden. ... Oh, *Ihr selbst* habt jemanden Verdächtiges im Museum gesehen? Natürlich, das ist wichtig. ... Ja, das ist eine sehr gute Idee von dir, Papa. Aber leider haben wir im Moment noch gar keine konkret Verdächtigen, um euch Fotos zu zeigen. Aber ich melde mich wieder, sobald wir mehr wissen. ... Ja, versprochen! Also dann, gute Nacht, Papa, und liebe Grüsse an Mama!"

Erleichtert liess sich Nadja auf ihr Sofa sinken und schlug wieder Seite neunzehn auf.

Heute war wieder Yvonne Sager an der Reihe. Sie und Adrian Münger verbrachten in der Regel den Dienstagabend und den Donnerstagabend gemeinsam und wechselten sich immer ab, wer zu wem in die Wohnung kam. Yvonne hatte soeben das Gemüse in die Pfanne gekippt, als sie die Tür gehen hörte.

„Na, wer kommt denn da?"

Wie immer war Zeno als erster bei ihr. Yvonne ging in die Knie und kraulte den rothaarigen *Irish Setter* ausgiebig am Kopf. Zeno liess ein wohliges Knurren hören, und sein Schwanz schlug rhythmisch auf den Küchenboden. Jetzt kam auch Adrian in die Küche und begrüsste Yvonne mit einem Kuss.

„Und, wie steht's?", fragte sie ihn.

Sie hatten zwar heute beide im Naturmuseum gearbeitet, sich aber den ganzen Tag hindurch kaum gesehen. Adrian zog eine Grimasse.

„Na ja, immerhin habe ich es heute geschafft, ein paar Stunden konzentriert an meinen Präparaten zu arbeiten. Die Zeit vergeht zum Glück wie im Fluge, wenn man so einen Luchs komplett ausnimmt und wieder lebensecht zusammensetzt. Und wie ist es dir ergangen?"

Yvonne zuckte wenig begeistert mit den Schultern. „Solange Patrizia Im Krankenhaus ist, muss ich ja auch einen Teil ihrer

Arbeit übernehmen. Und das gibt mehr zu tun, als ich erwartet hatte. Aber ich will nicht klagen, ich bin ja so froh, dass Patrizia nichts Schlimmes passiert ist. Und ihre Pendenzen habe ich heute fast vollständig erledigen können."

„Na also", sagte Adrian lachend, „dann ist doch alles bestens!" Beinahe hätte Yvonne die Sache mit den Tonerkassetten erwähnt, aber sie liess es dann doch bleiben.

Eine Stunde später hatten sie den von Yvonne gekochten, pikant gewürzten Gemüse-Linsen-Eintopf bis zum letzten Löffel aufgegessen, und Zeno hatte seine Portion Fleisch erhalten.

Adrian wischte sich den Mund ab. „Ach, Yvonne, du kochst einfach phantastisch. Ich könnte jeden Tag bei dir essen."

Yvonne lachte, streckte ihren Arm aus und zerzauste ihm sein blondes Haar. „So, so. Aber wenn du schon davon anfängst: Wie sieht es mit unseren Plänen für ein gemeinsames Haus aus?"

Adrian zuckte ein klein wenig zusammen. „Ich weiss, ich weiss, wir hatten abgemacht, dass *ich* zuerst die Angebote studiere und eine Vorauswahl treffe. Aber es war so viel los in letzter Zeit, dass ich einfach nicht dazugekommen bin."

„Ist schon gut. Aber du weisst ja, wie schwierig es heutzutage ist, etwas Schönes und Zahlbares zu finden. Und viele Angebote sind ja erst im Bau. Wenn wir also wie geplant nächstes Frühjahr heiraten wollen, wäre es schön, dann auch unser neues Heim beziehen zu können."

„Auf jeden Fall, mein Liebling. Am Samstag mache ich mich an die Arbeit. Versprochen! Und jetzt mache ich uns einen schönen Kaffee."

„Weisst du eigentlich etwas Neues über den Brand?", fragte Adrian, als er mit den zwei Tassen aus der Küche zurückkam, „ich bin ja heute kaum aus meiner Präparier-Klause hinausgekommen."

Yvonne stiess einen Seufzer aus. „Ja, und ich kann es immer noch kaum glauben. Das Feuer wurde tatsächlich mit Absicht gelegt. Ein Zeitzünder und ein ausgeschalteter Rauchmelder. Stell dir das mal vor: Ein Brandstifter, der den Tod unserer Kollegin in Kauf nimmt! Und wozu das alles?"

„Oh je, oh je", murmelte Adrian, setzte sich neben Yvonne auf das Sofa und trocknete ihr mit seinem Taschentuch behutsam ihre jetzt mit Macht hervorquellenden Tränen ab.

„Ja, wozu?", sagte er leise und merkte, dass auch seine Augen feucht wurden. „Die arme Nora! Ich sehe kein anderes Motiv für die Tat, als damit unserem Museum schaden zu wollen. Und wer könnte sich das wünschen? Wohl nur unser verehrter Stadtrat Peter Keller! Also *ich* bin überzeugt, dass er in irgendeiner Form dahintersteckt!"

Yvonne hatte sich wieder gefangen und trank ihren Kaffee aus. „Ja, so könnte es gewesen sein. Aber, ach, ich wünschte mir, alles ungeschehen zu machen und wieder lachen zu können."

Adrian fasste ihre Hände und bedeckte sie mit Küssen. „Yvonne, mein Liebling, ich bin so froh, dass du da bist und dass dir nichts passiert ist."

Yvonne lächelte, erhob sich und zog Adrian vom Sofa hoch. Unter dem Türrahmen küsste sie ihn sanft auf den Mund. „Komm, wir gehen ins Bett, ich habe eine unglaubliche Sehnsucht nach deiner Umarmung…"

Freitag, 22. Juli

„Darf ich kurz stören?" Markus Aebischer streckte den Kopf zur Tür hinein.

„Aber sicher, Markus!" Nadja Huser drehte sich auf ihrem Bürostuhl herum.

„Ich habe eine kleine Überraschung, Nadja. Hier, die rückwirkende Auswertung der *Swisscom* über die Telefonanrufe. Was meinst du, wer war die angebliche Nachbarin, die der Direktorin den Brandausbruch gemeldet hat? Das errätst du nie!"

Nadja lachte auf. „Na, wenn ich es schon nicht errate, dann kannst du es mir ja auch gleich sagen…"

„Es ist wirklich überraschend. Der Anruf kam von Nora Eggers Handy, der Frau, die in den Flammen umgekommen ist."

Nadjas Augen weiteten sich. „Oh! Das klingt ja sehr merkwürdig. Aber… warum hat dann die Direktorin am Telefon Noras Stimme nicht erkannt? Und warum ruft Nora überhaupt Martina an und nicht gleich die Feuerwehr? Und was sollte das Geschwafel von Nachbarin?"

„Eben. Es passt überhaupt nicht zusammen. Und wir können auch nicht wissen, ob tatsächlich Nora Egger angerufen hat. Alles, was wir wissen, ist, dass es ihr Handy war."

„Ach ja, logisch! Jemand könnte das Handy entwendet haben… Trotzdem: Was soll das alles?" Die beiden schauten sich ratlos an.

Markus Aebischer hatte sich gesetzt, einen Notizblock auf die Knie gelegt und schaute in eine unbestimmte Ferne. „Was wissen wir eigentlich bis jetzt über diesen Fall?"

Nadja seufzte. „Leider noch sehr wenig. Ein Motiv für die Brandstiftung könnte sein, dass gewisse politische Kreise das Museum schliessen und durch eine andere Nutzung ersetzen möchten. Und Gelegenheit, den Brand zu legen, hätten im Prinzip viele Personen gehabt. Sicher mal alle im Museum

Angestellten. Und dann alle, die am Wochenende das Museum besucht haben. Und natürlich gibt es keine Liste davon."

„Hm", brummte Markus nachdenklich, „wenn wir konkrete Verdächtige hätten, könnten wir vielleicht herausfinden, ob diese im Museum gesehen wurden. Aber verdammt nochmal: Wir haben keine konkreten Verdächtigen!"

Nadja lächelte vor sich hin. *Einen* Trumpf hatte sie doch noch im Ärmel! „Immerhin kennen wir jetzt ein denkbares Motiv, das für die Beseitigung Nora Eggers gereicht hätte."

Markus schaute überrascht auf. „Oho! Lass hören!"

Nadja erzählte ihm kurz die Geschichte, die Vanessa Moser von David Egger und dem Erbe seiner Mutter berichtet hatte. „Dieser Egger hatte also tatsächlich ein starkes Motiv" sagte sie abschliessend, „ich versuche, ihn heute noch zu sprechen."

„In Ordnung, Nadja. Immerhin ein Hoffnungsschimmer! Merkwürdig ist einfach… Wenn er seine Halbschwester umbringen wollte, warum dann auf eine so komplizierte und riskante Weise mit einem Brand und nicht mit einer der, ehm… üblichen Methoden? Ja, warum?"

Weil das Museum für die Öffentlichkeit immer noch geschlossen war und Yvonne Sager alle von Patrizia Wanner übriggebliebenen Pendenzen erledigt hatte, gab es für sie heute nicht viel zu tun. Sie trödelte mehr oder weniger lustlos in ihrem Büro herum. Aber die Geschichte mit den fehlenden Tonerkassetten ging ihr nicht aus dem Kopf. Diese kosteten zusammen immerhin mehr als 700 Franken! Sie hatte nochmals nach den Kassetten gesucht, sie aber nicht gefunden. Ihre Neugier, der Sache weiter nachzugehen, wurde immer grösser, und gleichzeitig schwanden ihre Skrupel dahin. Warum sollte sie nicht einfach in Patrizias Büro nachschauen gehen? Sie war schliesslich ihre offizielle Stellvertreterin und hatte alle notwendigen Schlüssel zur Verfügung. Aber dann zögerte sie doch wieder. War es richtig, in den Unterlagen zu schnüffeln? Ja, es konnte nicht falsch sein! Martina

Widmer hatte doch bestätigt, dass sie nichts von diesen Toner-kassetten wusste. Warum sollte sie also dem nicht nachgehen? Schliesslich hielt sie es nicht mehr aus und ging hinüber in Patrizias Büro, wo in einem abgeschlossenen Schrank die Papierbelege der Buchhaltung in einer langen Reihe von Ordnern aufbewahrt wurden. Yvonne fand sich schnell zurecht. Die Ablage war vorbildlich organisiert, die Belege sauber nach Thema und Datum geordnet. Tatsächlich, hier war es: Tonerkassetten geliefert, Betrag von 712 Franken am nächsten Tag überwiesen. Ein böser Verdacht keimte in Yvonne auf. Hatte Patrizia die Kassetten etwa nach Hause genommen, um sie für ihren privaten Drucker zu verwenden? Das wäre nicht gerade die feine Art, von ihrem Arbeitgeber zu profitieren!

Jetzt war Yvonnes Neugier definitiv nicht mehr zu bremsen. War vielleicht etwas Ähnliches schon früher vorgekommen? Beinahe fieberhaft blätterte sie den ganzen Ordner durch. Ein Beleg fiel ihr in die Augen: *Beamer* ersetzt, 1279 Franken. War wirklich einer der beiden *Beamer* des Museums kaputt gewesen? Sie konnte sich jedenfalls nicht erinnern, dass jemand das erwähnt hätte. Yvonne nahm den nächsten Order zur Hand. Nein, hier war gar nichts Auffälliges zu finden. Beim dritten Order stutzte sie schon nach wenigen Seiten. Zwei Bürostühle der modernsten Bauart, total 2380 Franken. Solche Stühle standen aber bestimmt nirgends im Museumsgebäude! Aber vielleicht bei Patrizia zuhause? Das wäre ja die Höhe! Gegen Ende des Ordners kam eine Rechnung über 3400 Franken für eine Reparatur an der Heizungsanlage. Das konnte nun wohl kaum Patrizias eigene Wohnung betreffen. Aber von einem Defekt in der Heizung des Museums hatte sie auch nie etwas gehört. Was ging hier eigentlich vor sich? Yvonne fühlte sich komplett unsicher. Jagte sie einem Phantom nach? Sie nahm sich fest vor, bald mit Martina darüber zu sprechen.

Barbara Fischer war fest entschlossen. Sie musste es herausfinden! Ihre ganze Hoffnung ruhte jetzt auf Tom Weber, einem Informatiker im Umwelt- und Sozialdepartement. Sie kannte ihn schon lange, er war der unbestrittene Spezialist, wenn es darum ging, irgendwelche geheimen oder gelöschten Daten wieder zum Vorschein zu bringen. Andererseits war Tom Weber, das war bekannt, ein Frauenheld sondergleichen, der keine Gelegenheit ausliess… Barbara Fischer zögerte. Sollte sie es wirklich versuchen?

Sie hatte sich nicht angemeldet. Das machte keinen Sinn. Sie erschien einfach im Eingangsbereich der Informatikabteilung und fragte nach Tom. Die sehr junge und stark geschminkte Sekretärin hob die Augenbrauen. Taxierte sie wohl jede Besucherin nach dem Marktwert für Tom? Eine Frechheit sondergleichen! Aber Barbara nahm sich zusammen. Nach einer Viertelstunde Wartezeit wurde sie von einer anderen, unnötig aufgetakelten jungen Frau in Toms Büro geführt. Tom Weber war um die vierzig, gross und schlank, nicht allzu schlecht gekleidet, also alles in allem eine Erscheinung, die vermutlich den meisten Frauen imponierte.

Barbara versuchte, ganz sachlich zu bleiben. „Hallo, Tom, ich hoffe nicht zu stören?"

Tom streckte ihr lächelnd die Hand hin. „Aber keineswegs! Willkommen, Barbara, schon lange nicht mehr gesehen. Aber du bist immer noch schön wie eh und je! Was macht unser verehrter Stadtrat?"

Barbara zuckte mit den Schultern. „Ach, mehr oder weniger *business as usual*. Aber ich habe tatsächlich ein Problem, das du vielleicht lösen könntest."

Tom schaute sie neugierig an. „Natürlich, immer zu Diensten, liebe Barbara! Je schwieriger das Problem, desto grösser mein Spass. Wo drückt denn der Schuh?"

„Zunächst einmal ist die Sache höchst vertraulich. Also vorläufig kein Wort zu jemand anderem! Bestimmt hast du von diesem Brand im Naturmuseum gehört?"

Tom Weber nickte. „Ja, sicher. Brandstiftung, hinterrücks und gemein. Aber wer hat es getan?"

„Genau, darum geht es. Das Museum steht, wie allgemein bekannt ist, auf der Abschussliste des Stadtrates, insbesondere von Stadtrat Peter Keller. Unsere Chefin hingegen, Viola Schäfer, bekämpft die Schliessungspläne, soweit sie kann. Nun habe ich einfach den Verdacht, dass Peter Keller bei dieser Brandgeschichte eine schmutzige Weste hat. Wenn das stimmt, könnte man doch vielleicht in seiner elektronischen Korrespondenz einen Hinweis dazu finden. Offenbar wurde der Brand mittels eines Zeitzünders ausgelöst. Das wäre doch ein gutes Stichwort zum Suchen. Verstehst du mich?"

Tom grinste herausfordernd. „Natürlich verstehe ich dich! Eine kleine verdeckte Recherche, nichts weiter!"

„Und, was meinst du dazu?"

„Nun, machen lässt sich das auf jeden Fall. Nur…"

Barbara blickte ihn an. „Nur was?"

Tom Weber grinste immer noch. „Nun, eine klitzekleine Gegenleistung wäre doch angebracht. Du bist eine sehr attraktive Frau… und ich habe da nebenan ein hübsches Kämmerchen…"

Barbara Fischer stand ruckartig auf und eilte zur Tür. „Nein, Tom, so geht das nicht! Guten Tag!"

Sie schmetterte die Tür von aussen zu und stapfte davon.

Immer noch mit einer Wut im Bauch, fuhr Barbara im Büro ihren Computer herunter und machte sich auf den Heimweg. Warum tue ich mir das bloss an? Jeder dahergelaufene Gigolo meint, er könne mich gleich anmachen, nur weil ich für mein Alter noch akzeptabel aussehe. Pfui Teufel! Und woher kommt eigentlich dieser Drang, mich immer in fremde Angelegenheiten einmischen zu müssen? Ob jetzt dieser Peter Keller schuldig ist oder nicht, was geht es mich eigentlich an? Das soll doch die Polizei herauskriegen! Aber ich bin eben so, wie ich bin, ich kann kein Unrecht einfach so stehen lassen.

Wütend kickte Barbara eine am Boden liegende leere Bierdose ins Gebüsch. Ein Gedanke ging ihr nicht aus dem Kopf. Soll ich Max davon erzählen? Aber was soll das bringen? Nein, entschied sie, der Vorfall geht nur mich selber etwas an.

Es war für die Einwohnerkontrolle tatsächlich keine Kunst gewesen, diesen David Egger ausfindig zu machen. Er hatte in mehreren Gemeinden Einträge im Betreibungsregister, und im Strafregister standen drei Verurteilungen wegen Betrugs und unlauterer Geschäftsführung. Zurzeit hatte David Egger seinen Wohnsitz in Mittenwald, einem Weiler etwa fünfzehn Kilometer ausserhalb von Bern.

Nadja Huser fuhr mit dem Dienstwagen hin. Absolute ländliche Idylle, dachte sie, als sie den Weiler erreichte. Früher war Mittenwald lediglich eine Gruppe von fünf nahe beieinander liegenden, auf drei Seiten von Wald umgebenen Bauernhöfen gewesen. Eines Tages hatte dann die Gemeinde, zu der Mittenwald gehört, beschlossen, rund um die Höfe eine Wohnbauzone auszuscheiden. Die Attraktivität der Wohnlage war offensichtlich: Absolut ruhig und idyllisch gelegen, trotzdem stadtnah und, weil der Wald sich gegen Süden öffnete, sonnig und mit einer prächtigen Aussicht auf die nahen Berge. Der Preis für das neugeschaffene Bauland stieg innerhalb dreier Jahre auf das Dreifache, und nur sehr gut verdienende Leute konnten sich hier mittlerweile noch eine Wohnung leisten. Neben einem Dutzend Einfamilienhäusern waren auch zwei dreistöckige Mehrfamilienhäuser mit Eigentumswohnungen entstanden. Na ja, dachte Nadja, wie hat es wohl dieser Egger geschafft, hier wohnen zu können?

Aber es war ganz anders. Die Adresse *Mittenwald 3* gehörte zum schäbigsten der fünf alten Bauernhäuser. Grau und abweisend stand das heruntergekommene Gebäude ganz am Ende der Siedlung. Der Vorplatz war von Unkraut überwuchert, unter dem Vordach stapelten sich allerlei rostige Geräte, die Haustür wirkte verzogen, die Schindeln an der Hauswand waren grau und rissig, die Farbe an den Fensterrahmen abgeblättert, und auf dem Dach waren zahlreiche Ziegel zersprungen. Nadja Huser drückte auf den winzigen Klingelknopf, neben dem ein ausgebleichtes, unleserliches Namensschild hing. Aus dem Inneren drang ein unbestimmtes Geräusch, dann waren schlurfende Schritte zu hören. Ganz langsam wurde die Tür geöffnet, und eine alte Frau erschien.

„Was gibt's?", fragte sie mit rauer, abweisender Stimme.

„Ich möchte gerne Herrn Egger sprechen."

„Ha, den Egger!", lachte sie höhnisch, „diesen Faulpelz! Wenn er überhaupt schon aufgestanden ist! Sind Sie etwa von der Polizei?"

Nadja Huser präsentierte ihren Dienstausweis, und die alte Frau grinste. „Ja, die Polizei hat uns gerade noch gefehlt! Kommen Sie, kommen Sie. Machen Sie dem Egger ruhig Beine…"

Nadja musste ein Lachen verbeissen. „Ihr Untermieter, nehme ich an?"

„Was denn sonst? Immerhin zahlt er pünktlich…"

Die alte Frau führte sie eine knarrende Holzstiege hinauf, klopfte kräftig an eine Tür und schrie: „Egger, Besuch für Sie!"

„Komme gleich…", klang es dumpf von drinnen. Aber erst nach längerem Warten - die alte Frau hatte sich unterdessen, Unverständliches murmelnd, zurückgezogen - ging die Tür auf.

„Ja?"

„Guten Tag, ich bin Nadja Huser von der Kriminalpolizei. Sind Sie David Egger?"

Der etwa fünfzigjährige Mann war überraschend gut gekleidet. Rosarotes, kurzärmliges, gebügeltes Hemd, dunkelrote Krawatte, graue Bundfaltenhosen, schwarze Lederschuhe.

„Jawohl", sagte er mit einer galanten kleinen Verbeugung, „ich bitte einzutreten."

Die kleine Wohnung im ersten Stock des alten Bauernhauses war ausgesprochen geschmackvoll möbliert. Keine teuren Stücke zwar, aber gekonnt ausgewählt und zueinander passend. David Egger war eher klein, etwas korpulent, aber sorgfältig frisiert und, bis auf einen schmalen, schwarzen Schnurrbart, rasiert. Seine Augen wirkten unruhig und hatten ein auffälliges Glitzern.

„Ihr Besuch kommt nicht ganz unerwartet", sagte David Egger und liess ein schwaches Lächeln erkennen, „bitte nehmen Sie hier auf dem Sofa Platz. Darf ich Ihnen einen kleinen Aperitif servieren?"

Nadja Huser setzte sich. „Nein danke, im Dienst trinken wir nicht. Herr Egger, Sie wissen bereits, dass Ihre Halbschwester Nora letzten Montag gestorben ist?"

„Ja, man hat mich gestern orientiert."

„Und was sagen Sie dazu?"

„Was soll ich dazu sagen? Ist es *meine* Schuld, wenn Nora in diesem verfluchten Feuer umkommt?"

„Wir wissen noch nicht, wessen Schuld es ist. Wie war denn Ihr Verhältnis zu Ihrer Halbschwester?"

„Verhältnis? Das gab es eigentlich nicht. Wir sind uns seit Jahren nicht begegnet."

Nadja Huser stutzte. „Waren Sie denn nicht an der Beerdigung Ihrer Mutter?"

„Ach so, ja, natürlich. Das war im April. Aber wir haben uns dort nur ganz kurz begrüsst, und ich bin bald wieder abgehauen."

„Tatsache ist jedenfalls, dass Sie nun, nach Noras Tod, doppelt so viel vom Erbe Ihrer Mutter erhalten werden."

„Aha! Darauf wollen Sie also hinaus. Mir die Schuld anhängen! Habgier als klassisches Mordmotiv! Zugegeben, ich werde den

Zaster mit Handkuss nehmen. Aber Nora nur deswegen umbringen? Sind Sie verrückt?"

„Das wird sich noch zeigen. Jedenfalls werden wir sehr genau prüfen, wo Sie am letzten Wochenende überall waren."

„Am Wochenende? War der Brand nicht erst am Montag?"

Huser ging nicht auf die Frage ein. „Ja, das Wochenende interessiert uns."

„Nun, da war ich mal zuhause, mal in der Stadt..."

„Geht es noch etwas präziser? Waren Sie vielleicht auch in der Nähe des Naturmuseums?"

Egger grinste jetzt penetrant. „Ja, vielleicht? Warum auch nicht? Ist doch ganz erbaulich, diese hübsche Ausstellung."

„Herr Egger, Sie kapieren wohl den Ernst der Lage nicht. Sehen Sie hier, das ist mein Handy... So, jetzt mache ich Klick, Klick, und schon habe ich einige Fotos von Ihnen im Kasten... Und wenn ich diese Bilder nun den Angestellten, die am Wochenende im Museum Dienst hatten, zeige, wird sich schnell herausstellen, ob Sie tatsächlich dort waren. Und wenn ja, stünde der Verdacht gegen Sie schon auf stabileren Füssen..."

David Egger war aufgestanden, seine Stimme wurde laut. „Jetzt hören Sie aber auf mit diesem Unsinn, Frau Kommissarin! Ich habe überhaupt nichts gegen Nora, ich habe sie nicht umgebracht, und damit basta!"

Nadja insistierte nicht weiter und verabschiedete sich rasch.

Adrian Münger war auf dem Weg nach Hause, und Zeno lief brav neben ihm her. Zum Glück durfte Adrian ihn zu seinem Arbeitsplatz mitnehmen. Andernfalls hätte er sich bestimmt keinen Hund angeschafft. Zeno fühlte sich im Naturmuseum sichtlich zuhause und zirkulierte während des Tages mehrmals durch alle Räume. Dank seines ausgesprochen friedlichen Charakters wurde er auch von den Museumsbesuchern bestens akzeptiert, und bei vielen Kindern war er als *der Museumshund* sogar die grösste Attraktion des Hauses. Heute hatte Adrian den toten

Schwarzmilan, der ihm vor drei Wochen gebracht worden war, aus der Tiefkühltruhe geholt und war den ganzen Tag damit beschäftigt gewesen, ihn zu präparieren. Schön war er geworden! Endlich mal wieder ein Erfolgserlebnis, nach all den trüben Tagen, sagte er sich.

„Zeno, was meinst du zu einem kleinen Umweg?"

Der Hund verstand vielleicht nicht genau, was sein Herr sagte, wohl aber, dass er sich um ihn kümmerte, und wedelte deshalb wie verrückt mit dem Schwanz.

„Also, gehen wir!"

Es war ein herrlicher Sommerabend, und Adrian hatte Lust zu einer zusätzlichen Runde im Wald. Er konnte sich für den Heimweg Zeit lassen. Hungrig war er noch nicht, und Yvonne ging immer freitags zum Yoga und würde ihn erst nach neun Uhr zuhause anrufen.

Am Waldrand wich die heisse, trockene Luft der Stadt schlagartig einer kühleren, feuchteren, irgendwie würzigen Waldluft. Nur vereinzelte Sonnenstrahlen drangen durch das dichte Laub der Bäume hindurch und beleuchteten in kleinen, blendenden, ganz leicht hin und her bewegten Flecken den sonst im Schatten liegenden Boden. Vom Blumenteppich, der im April mit Tausenden von Buschwindröschen, Veilchen und Schlüsselblumen den Waldboden verziert hatte, war jetzt im Sommer überhaupt nichts mehr zu sehen. Nur einige Holunderbüsche trugen noch die allerletzten Blüten, und am Wegrand sorgte da und dort eine Glockenblume für einen blauen Farbtupfer. Immer wieder gaukelte einer der bräunlich gefleckten Waldschmetterlinge zwischen den Bäumen herum, und ab und zu schwirrte sogar eine grosse Libelle auf der Jagd nach Insekten quer über den Weg.

Adrian atmete tief ein und aus. Herrlich, hier! Zeno durfte an die lange Leine und begann sofort, herumzutollen und überall eifrig zu schnüffeln. Nach einigen Minuten kamen sie zu einer Kreuzung zweier Waldwege. Adrian sah, wie sich von rechts eine Frau mit Hund näherte. Ach, das ist ja wieder dieser weisse

Spitz von vorgestern! Adrians Herzschlag machte augenblicklich einen Sprung, als er die attraktive Frau sah. Auch Zeno hatte seine Kollegin gewittert und zog heftig nach rechts.

„Na gut, dann nehmen wir eben diesen Weg", gab Adrian gerne nach und näherte sich der Frau.

„Hallo", rief sie schon von weitem. „Unsere Hunde sind sich wohl tatsächlich sympathisch, vielleicht treffen wir uns deshalb schon wieder."

Zeno und Pica umkreisten sich, gegenseitig am Hinterteil schnuppernd, und wedelten beide heftig mit dem Schwanz.

Die Frau blieb stehen. „Ich glaube, ich kenne Sie sogar. Arbeiten Sie nicht im Naturmuseum?"

Adrian war verblüfft. Wer war bloss diese schöne Frau? Sie war gross und schlank, hatte ziemlich kurze, blonde Haare und war recht auffällig geschminkt.

„Ja, das stimmt", antwortete er, „ich betreue dort die Wirbeltier-Sammlung."

Die Frau lächelte, ihre tiefblauen Augen leuchteten, und zwischen ihren dunkelrot angemalten Lippen erschienen zwei makellose, blendend weisse Zahnreihen. „Da hatte ich also recht! Wirbeltiere, sagten Sie... dazu gehören doch auch die Vögel, nicht wahr?"

Adrian musste, ohne es zu wollen, lachen. „Natürlich. Säugetiere, Vögel, Reptilien, Amphibien und Fische, das sind die fünf Gruppen der Wirbeltiere. Interessieren Sie sich denn für Vögel?"

„Was für eine Frage! Sehen Sie nicht hier mein Fernglas? Ich habe soeben den Kurs in Feldornithologie abgeschlossen."

Adrian schoss das Blut heiss ins Gesicht. Oh, wie peinlich! Wie hatte er nur das Fernglas übersehen können!

„Ja, natürlich... Bitte verzeihen Sie. In der Regel habe ich im Wald auch mein Fernglas dabei, aber jetzt komme ich direkt von der Arbeit."

Die Frau streckte ihm lächelnd ihre Hand hin. „Unter Ornithologen pflegt man ja per Du zu sein. Also, ich bin die Claudia Gehring."

Adrian schlug ein. „Gerne! Ich heisse Adrian Münger. Aber... warum erkanntest du mich eigentlich?"

"Ganz einfach. Ich arbeite als Controllerin beim Finanzdepartement und habe ab und zu auch im Naturmuseum zu tun."

„Ach so. Nun, dann hoffe ich, dass in unserer Buchhaltung immer alles perfekt in Ordnung ist?"

Claudia nickte, und ihre langen schwarzen Wimpern glitzerten verführerisch. „Sicher, bis jetzt war immer alles tipptopp. Ich hoffe, dass es auch so bleibt."

Pica hatte jetzt angefangen, heftig an der Leine zu ziehen. „Bitte entschuldige, Adrian. Mein Hund möchte dringend weiter. Also dann, schönen Abend noch!"

Claudia entfernte sich mit langen Schritten. Adrian war stehengeblieben und blickte der Frau gebannt nach. Lange schaffte er es nicht, seinen Blick von ihr abzuwenden. Bis er dann plötzlich im Geist Yvonne vor sich auftauchen sah. Was ist denn los mit mir? Warum schaue ich gebannt einer fremden Frau nach? Adrian, Adrian! Pass bloss auf!

„Plagt dich etwas, Barbara? Du wirkst so niedergeschlagen", fragte Max Fischer, als sie beim Abendessen sassen.

Barbara zuckte mit den Schultern. „Danke, dass du fragst. Ja, ich habe wohl mal wieder die Nase voll vom ganzen Betrieb in unserem Departement. Von früh bis spät mühst du dich ab, um alle Aufgaben gewissenhaft zu erledigen, und was ist der Dank dafür? Immer mehr Arbeit sollte in immer kürzerer Zeit erledigt werden, aber mehr Personal gibt es nicht. Und zu guter Letzt wirst du noch angepöbelt oder angemacht... Ach, hätte ich doch damals anders entschieden..."

Barbara konnte die Tränen nicht mehr zurückhalten.

Max nahm ihre Hand in seine. „Du meinst, als es um deine Weiterbildung ging?"

Barbara nickte schwach. „Ja, ich bereue es wirklich. Aber damals fehlte mir einfach der Mut, mich in eine so lange Ausbildung zu stürzen. Ich bin sicher, dass ich als Sozialarbeiterin jetzt viel glücklicher im Beruf wäre. Aber jetzt ist es zu spät…"

Max war echt betroffen. „Ja, ich hätte dich wohl damals stärker ermuntern sollen. Aber ehrlich gesagt war auch ich unsicher, ob du die strenge Ausbildung schaffen würdest. Immerhin hatten wir drei schulpflichtige Kinder im Haus, und ich war zu hundert Prozent im Museum tätig."

Barbara wischte sich die Tränen ab und küsste Max den Handrücken. „Ach, lassen wir die Vergangenheit vergangen sein. Apropos Kinder: Wo steckt eigentlich Miriam?"

„Sie ist noch nicht aufgetaucht. Vielleicht ist sie, wie üblich, noch zu Rahel gegangen, um gemeinsam die Hausaufgaben zu machen?"

„Weisst du, Max, ich mache mir langsam Sorgen. Das Mädchen ist kaum noch zuhause, und ich bin nicht so sicher, ob die Geschichte mit Rahel stimmt. Lernt sie wirklich genug für die Schule? Ich will doch nicht, dass sie aus dem Gymnasium rausfliegt. Oder gibt es andere Gründe? Hat sie etwa einen Freund, den sie uns nicht zeigen will? Sie ist doch erst siebzehn!"

„Ich glaube, du machst dir zu viele Gedanken", beschwichtigte Max, „ich traue Miriam zu, dass sie genau weiss, was sie tun muss."

Barbara seufzte tief. „Eben daran zweifle ich. Ich erinnere mich noch genau, wie ich selber mit siebzehn war. Den Kopf voller Flausen, grosse Träume, nette Jungs… Nur nicht an die Realität denken! Ich werde mal, von Frau zu Frau, mit Miriam reden."

Max machte keine Einwände, aber er wusste genau, dass so ein Gespräch zwischen Barbara und Miriam nicht die geringste Chance zum Erfolg hatte. Miriam würde sich total verweigern. Wenn schon, hätte eher er selbst eine Chance, ein vernünftiges

Gespräch mit Miriam zu führen. Max vertraute ganz stark darauf, dass seine Tochter ihren eigenen Weg finden würde. Dadurch war er viel lockerer im Umgang mit ihr als Barbara, die alles unter Kontrolle zu halten versuchte. Miriam wusste dies wohl zu schätzen und zeigte sich gegenüber ihrem Vater sehr offen. Vorige Woche hatte sie ihm sogar, unter dem Siegel der Verschwiegenheit, von ihrem neuen Freund Alex erzählt...

„Mama! Wie geht es dir?"

Elena umarmte ihre Mutter geradezu stürmisch und küsste sie mehrmals auf beide Wangen.

Martina Widmer war gerührt. Wie gut das doch tat, eine Tochter zu haben, die sich ganz ehrlich und ernsthaft um einen kümmerte!

„Ach, Elena, ich bin wirklich glücklich, dass du da bist! Du kannst dir ja vorstellen, wie schrecklich diese Woche gewesen ist! Der Brand, eine Tote, eine Verletzte, der ganze schwarze Russ im Haus, Feuerwehr, Polizei, Kommissare, Versicherungsleute, Baufachleute, es nahm einfach kein Ende... Aber jetzt ist Freitagabend, und ich will versuchen, abzuschalten und nur für dich da zu sein."

Martina führte Elena ins Esszimmer, wo sie gedeckt hatte.

„Oh", rief Elena aus, „wie hübsch du unseren Tisch arrangiert hast! Du hast einfach einen tollen Geschmack."

Martina lächelte. „Danke für die Blümchen, Elena. Ich habe mich wirklich auf unseren Abend gefreut. Warte mal."

Sie ging in die Küche, holte die Backform mit Lasagne aus dem Ofen und brachte sie, zusammen mit einer Schüssel gemischtem Salat, auf den Esstisch.

„Sogar meine Leibspeise hast du gekocht", freute sich Elena, „wie lieb von dir!"

Martina schöpfte, und eine Weile sassen Mutter und Tochter schweigend beim Essen.

Schliesslich brach Martina die Stille. „Sag mal, Elena, warst du eigentlich wieder mal bei deinem Vater? Ich muss zugeben, ich habe ihn beinahe seit Jahren nicht mehr gesehen."

Elena schluckte ihren letzten Bissen der Lasagne hinunter. „Ja, so etwa einmal im Monat schaue ich bei ihm zuhause vorbei. Ich habe den Eindruck, er freue sich echt darüber. Aber, ehrlich gesagt, gehe ich vor allem wegen Irina, seiner neuen Freundin, hin. So eine sympathische Frau! Ich hoffe inständig, dass sie ihn wieder auf eine bessere Bahn bringen wird…"

„Wie meinst du das genau, Elena?"

„Nun ja, wir wissen beide, dass Papa politisch sozusagen auf die schiefe Bahn geraten ist. Immer mehr nach rechts gerutscht, immer stärker verhärtet in seinen Positionen. Nur schon diese hirnrissige Idee, das Naturmuseum abzureissen und dafür irgendeinen Klotz für die moderne Kunst hinzustellen! Irina scheint mir da viel vernünftiger zu sein. Aber ob sie ihn wirklich beeinflussen kann? Ich wünsche es mir, vor allem auch für dich. Aber auch wenn nicht, wird er sowas im Stadtrat ja kaum durchbringen können."

„Oh, sei dir da nicht so sicher. Ach, Elena, ich bin ja so froh, dass du mich unterstützt. Ich mache mir tatsächlich Sorgen um die Zukunft unseres schönen Museums. Und auch ich werde nicht mehr schlau aus Peter. Wenn ich daran denke, wie er vor vielen Jahren gewesen ist…"

Elena drückte ihrer Mutter beide Hände. „Jedenfalls war es absolut richtig, dass ihr euch getrennt habt."

Martinas Blick war voller Zweifel. „Bist du ganz sicher? Hast du nicht zu sehr darunter gelitten? Weisst du, ich habe immer noch ein schlechtes Gewissen deswegen."

Elena blickte ihre Mutter durchdringend an. „Nein, es war klar die bessere Lösung. Ich war zwar damals erst elf, aber eure stetigen Meinungsverschiedenheiten haben mir so zugesetzt, dass ich für eine eindeutige Klarstellung mehr als dankbar war. Und es ging doch ganz toll weiter mit uns beiden! Nein, es wäre niemals gut herausgekommen ohne eine Trennung."

Martina seufzte. „Ja, das denke ich eigentlich auch. Und zum Glück bist du immer schon ein selbstständiges Kind gewesen. Erinnerst du dich überhaupt noch an die Tage der Trennung?"

„Und ob!", stiess Elena heraus. „Das vergesse ich bestimmt nie! Zum ersten Mal durfte ich erleben, wie stark eine Frau sein kann und auch sein muss. Wie habe ich dich damals bewundert, Mama! Nachdem Papa zum x-ten Mal fremdgegangen war, hast du ihm mit glasklarer, unbeugsamer Stimme das Ultimatum gestellt: Noch sieben Tage, und du bist draussen! Zuerst hat er ja nur gelacht. Aber es dauerte nicht lange, bis er den Ernst der Lage erkannt und den Schwanz eingezogen hat."

„Ja, ich bin dankbar, dass ich es damals geschafft habe, so mutig und konsequent zu sein."

Martina erhob sich und räumte das Geschirr ab. „Magst du auch ein Pistazieneis mit Schokokrümeln?", rief sie aus der Küche.

„Aber ja! Wie du mich heute verwöhnst, Mama!"

„Weisst du, das tut ja auch mir selber gut", kam es zurück.

„Und was macht dein Studium?", fragte Martina, als sie den Nachtisch servierte.

Elena verdrehte ihre Augen. „Oh, es ist streng, *mega* streng! Die Anatomie habe ich mittlerweile ziemlich im Griff, aber Biochemie und Pathophysiologie finde ich wirklich extrem schwierig. Eine richtige Paukerei! Nun ja, der Arzttitel will schliesslich verdient sein. Nächsten Winter beginnt dann bereits der Gruppenunterricht, in dem wir mit richtigen Patienten arbeiten. Darauf freue ich mich schon sehr."

„Ja, die Medizin ist ein sehr anspruchsvolles Studium. Ich selber hätte mir das nicht zugetraut. Zunächst gibt es da so unendlich Vieles auswendig zu lernen. Und wenn ich mir vorstelle, eine Patientin sitzt mir gegenüber und erwartet jetzt und augenblicklich ihre Diagnose, wird mir schon heiss in der Brust…"

„Aber Mama! Du hättest das bestimmt locker geschafft."
Martina zwirbelte eine Haarsträhne zwischen ihren Fingern.
„Nein, nein. Und ich habe ja einen wunderbaren Beruf gewählt, eine tolle Stelle bekommen und darf rundum zufrieden sein."

Elena blickte ihrer Mutter direkt in die Augen und zog eine skeptische Miene. „Mama, sei bitte ehrlich. Bist du nur so einigermassen zufrieden, oder bist du wirklich glücklich? Manchmal habe ich das Gefühl, du habest dich in diesem Naturmuseum begraben. Willst du wirklich bis zur Pensionierung dort ausharren? Hast du keine Träume mehr?"

Martina lachte gerade heraus. „Ach, du meine altkluge Tochter! Mit zweiundzwanzig hat man natürlich noch viele Träume. Und wie heisst doch das Indianische Sprichwort: *Träume deine Träume gross genug. Denn sie werden noch schrumpfen, bis sie auf der Erde angekommen sind.* Ein weises Wort. Nicht alle Träume können eben in Erfüllung gehen. Und auch ein einmal erreichter glücklicher Zustand wird nie ewig anhalten. Trotzdem, als Direktorin fühle ich mich wohl mit meinem Team, trage eine gewisse Verantwortung, kann mitentscheiden, was brauche ich mehr?"

„Gut, das kann ich nachvollziehen. Aber sag mal, Mama, so ewig als Single durchs Leben zu gehen, stimmt das wirklich für dich? Du wärst doch noch *mega* attraktiv für einen guten Mann!"

„Aber Elena, immer wieder kommst du mit solchen Ideen! Was ist nur in dich gefahren? Nein, ich glaube nicht, dass ich da nochmals neu anfangen möchte."

„Aber warum nicht wenigstens einen kleinen Versuch starten? Es gibt so gute Möglichkeiten, zum Beispiel im Internet…"

„Ich bitte dich, Elena, hör jetzt auf damit! Vielleicht fühle ich mich irgendwann mal bereit für so etwas, und dann werde ich auch selber aktiv. Aber wenn wir schon beim Thema sind: Gibt es eigentlich den Kemal noch?"

Elena zuckte zusammen. Jetzt muss das auch noch kommen, genau mein wunder Punkt! Soll ich mich verweigern? Aber eigentlich bin ich doch auch ein wenig froh, darüber reden zu können. Meine Mutter versteht mich einfach fast immer!

„Natürlich ist Kemal noch da, wir studieren ja zusammen. Er ist wirklich ein netter Typ und macht mir, wie man früher so schön sagte, ständig den Hof. Ich bin ja auch ein wenig verliebt in ihn, und geschmust haben wir auch schon zusammen, aber ich zögere einfach, mich näher auf ihn einzulassen."

Martina blickte auf. „Die kulturelle Differenz macht dir wohl Angst?"

Elena konnte jetzt ihre Tränen nicht mehr zurückhalten.

„Ja... Er ist zwar in der Schweiz aufgewachsen, und im Moment merkt man kaum, dass er einen fremden kulturellen Hintergrund und eine andere Religion hat. Aber ich befürchte schon, dass diese Unterschiede sich später wieder bemerkbar machen und unsere Beziehung belasten könnten. Genau das hört man doch so oft. Sobald eine Frau einen Mann aus dem islamischen Kulturkreis geheiratet hat, wird sie eingeengt und verliert ihre Freiheit."

„Möchtest du denn überhaupt heiraten? Ich meine, mit zweiundzwanzig und mitten im Studium ist es doch viel zu früh, an so etwas zu denken."

„Natürlich, das finde ich auch."

„Aber du befürchtest, Kemal könnte dich zu früh zu einer Heirat drängen?"

Elena trocknete ihre Tränen ab. „Ja, das macht mir tatsächlich Angst. Und dabei habe ich ihn doch so gern! Ach, es ist so schwierig mit der Liebe!"

Martina nahm ihre Tochter in die Arme und strich ihr zärtlich übers Haar. „Du wirst noch lernen müssen, dass Beziehungen zu Männern eigentlich immer schwierig sind. Der einzige Ratschlag, den ich dir geben kann, ist, nichts zu überstürzen und dir Zeit zu lassen. Kemal mag in Ordnung sein, aber es gibt auch noch andere flotte Männer..."

Elena richtete sich wieder auf und wischte sich die erneut fliessenden Tränen ab. „Du hast völlig recht, Mama. Ich lasse mich auf keinen Fall drängen. Ich beende zuerst mein Studium, und dann sehe ich weiter. So, jetzt verziehe ich mich wieder nach Hause. Nochmals vielen Dank für den schönen Abend, Mama!"

„Gern geschehen, und schlaf gut, Elena."

Barbara Fischer war komplett verblüfft. Damit hatte sie nun wirklich nicht gerechnet! Aber die Mail kam tatsächlich von Tom Weber persönlich! Barbara hatte nach dem Abendessen schnell ihre private Mailbox überprüft und, wie sie es aus Neugier ab und zu machte, gleich auch noch die geschäftliche Mailadresse aufgerufen. Und da stand es schwarz auf weiss:

„Liebste Barbara! Mein Benehmen von heute Vormittag war eine Katastrophe, ich gebe es zu. Und weil ich deinen kleinen Feldzug gegen Peter Keller voll unterstütze, habe ich mich sofort an die Arbeit gemacht. Und siehe da! Keller hat eine sehr verdächtige Mail abgeschickt. Er hat vermeintlich alles sauber gelöscht, aber ich konnte die Mail rekonstruieren. Leider kann ich den Adressaten nicht eruieren."

Gierig las Barbara den Text:

[Dienstag, 5. Juli] *Lieber David, wir brauchen noch Zeitzünder und Wachsspäne, um die Sache in Gang zu bringen. Kümmerst du dich darum? Vielen Dank, Peter.*

Barbara zitterte vor Aufregung. War das der Beweis? Und was sollte sie jetzt tun? Sofort zur Polizei gehen? Aber… würde solch ein illegal beschaffter Text überhaupt als Beweismittel anerkannt? Oder sollte sie Peter Keller direkt damit konfrontieren? Oder doch zuerst zu Viola Schäfer gehen? Und wie sollte sie überhaupt erklären, woher sie den Text hatte? Barbara beschloss, nichts zu überstürzen und zunächst mit Max darüber zu sprechen.

Samstag, 23. Juli

„Wo bist du denn gestern Abend so lange gewesen?"

Barbara Fischer stellte ihrer jüngsten Tochter das Frühstück auf den Esstisch und sah sie fragend an.

Miriam verdrehte ihre Augen. „Also bitte, Mama, ich bin siebzehn und nicht dreizehn. Da muss ich dir wirklich nicht alles haarklein erzählen."

„Ist schon gut", erwiderte Barbara in einem resignierten Ton und verschwand in der Küche.

Warum bin ich bloss so empfindlich?, fragte sie sich. Und immer so schnell traurig? Natürlich, sie ist siebzehn, will unabhängig sein, die normalste Sache der Welt. Und die beiden Älteren sind ja auch schon ausgezogen. Es liegt nur an mir!

Barbara klammerte sich ans Spülbecken und biss die Zähne zusammen, während dicke Tränen aus ihren Augen hervordrängten. Ja, und ich? Habe ich wohl bald ausgedient? Die Küken fliegen aus, die Mutter bleibt allein zurück... Und meine Arbeit? Chefsekretärin, das klingt ja hinreissend spannend! Wie im Film oder im Roman: Ein toller Typ als Chef, der einem den Hof macht... Haha! Traktandenlisten zusammenstellen, Einladungen verschicken, Protokolle schreiben ... Ist das nun alles in meinem Leben? Ach, wenn ich doch ganz neu beginnen könnte! Barbara hatte sich auf einen Stuhl sinken lassen und weinte still vor sich hin.

„Barbara, wo bist du denn?"

Max Fischer war in der Tür zum Esszimmer erschienen. „Ach, Miriam, du bist schon beim Frühstück!"

Miriam wies mit ihrem Daumen in Richtung Küche und sagte leise: „Sie heult wieder mal."

„Hast du sie geärgert?"

„Was heisst schon geärgert, Papa? Ich bin siebzehn, und sie will ständig wissen, wo ich im Ausgang gewesen bin. Das ist doch nicht normal, oder?"

„Ja, schon, aber ein wenig musst du auch verstehen, dass sie sich Sorgen machen könnte."

Miriams Stimme wurde schneidend. „Sorgen um meinetwegen? Das glaube ich kaum. Sie will einfach alles unter Kontrolle haben."

„Bitte, Miriam, nicht so laut."

Max ging in die Küche, aber Barbara war offenbar bereits durch die andere Tür hinausgegangen. Max machte sich einen Kaffee und kehrte ins Esszimmer zurück.

Miriam konnte es nicht lassen: „Apropos Kontrolle. Was Mama am allerwenigsten unter Kontrolle hat, ist doch ihr eigenes Leben!"

„Miriam, wie kommst du darauf, so etwas zu behaupten!"

Sie schaute auf und fixierte ihren Vater. „Logisch, dass du nichts merkst. Erstens bist du ein Mann, und zweitens bist du nie zuhause. Sogar die Wochenenden gehören mehr deinen ausgestopften Viechern als deiner Ehefrau. Und, wer weiss, vielleicht hast du dir schon eine andere angelacht?"

Max Fischer war so perplex, dass ihm für eine Weile die Worte fehlten. In seiner Hilflosigkeit trank er zunächst mal seinen Kaffee aus. Dann strich er sich mehrmals durch die Haare, schob seine leere Tasse hin und her und sagte schliesslich: „Na ja, du bist zwar unanständig frech, aber völlig unrecht hast du auch nicht. Ich habe tatsächlich etwas wenig Zeit für Barbara. Aber... dass deine Mutter ihr Leben so wenig unter Kontrolle habe, wie du sagst, das verstehe ich nicht. Kannst du mir da helfen?"

Miriam verdrehte abermals die Augen und erwiderte, sichtlich genervt: „Irgendwie ist Mama einfach völlig unzufrieden mit ihrem Leben. Ein wenig Haushalt, ein wenig Beruf, ein wenig die Tochter betreuen, ein wenig ihren Mann sehen, ein wenig Waldlauf, ein wenig Freundinnen treffen, was gibt das schon, zusammengezählt? Die grosse Erfüllung etwa? Sie müsste mal raus aus allem, etwas wirklich Neues anfangen, das wäre top!"

Wiederum war Max sprachlos. Was doch seine Tochter sich alles ausdachte! Ob wohl Barbara dieselben Ideen hatte? Schlagartig wurde ihm jetzt bewusst: Er hatte sich wirklich zu wenig um seine Frau gekümmert, um ihre Wünsche und Visionen. Noch heute, nahm er sich vor, würde er ein ernsthaftes Gespräch mit ihr führen.

Aber etwas musste er seiner Tochter gegenüber noch loswerden. „Miriam, deine haltlosen Verdächtigungen bezüglich ehelichem Fremdgehen, das verbitte ich mir. Es ist einfach nur absurd. Ist das ein für alle Mal klar?"

Miriam zuckte mit den Achseln. „Von mir aus, ich werde meinen Mund halten, was auch passiert…"

Sie räumte ihr Geschirr in die Abwaschmaschine und verschwand auf ihr Zimmer.

Nachdenklich trank Max einen zweiten Kaffee, verdrückte dazu ein Honigbrot und blätterte lustlos in der Tageszeitung. Dann ging er nochmals Barbara suchen. Aber sie war schon nicht mehr im Haus.

Adrian Münger fühlte sich beinahe wie gerädert. Seit fünf Stunden hatte er sich durch die verschiedensten Immobilien-Plattformen durchgekämpft, hatte die Preise verglichen, die Vorteile und Nachteile der Angebote geprüft und sich seitenweise Notizen gemacht. Es war einfach brutal schwierig! Einerseits platzte die schiere Fülle des Angebots an Einfamilienhäusern aus allen Nähten, andererseits schrumpfte sie, wenn man die Angebote wirklich kritisch unter die Lupe nahm, auf einen Klacks zusammen! Aber er hatte nun mal Yvonne versprochen, die Sache seriös zu prüfen, und er wollte seine Aufgabe gut machen. Er gab sich einen Ruck, ging nochmals seine Notizen durch und markierte die attraktivsten Angebote mit einem grünen Filzstift. Yvonne würde zufrieden sein!

Etwas Feuchtkaltes berührte seine Hand. Ach so, Zeno muss ja dringend raus!

Adrian erhob sich und ging in Richtung Wohnungstür, dicht gefolgt vom heftig wedelnden Hund. „Ja, mein Braver, wir gehen ja gleich. Aber heute gibt es nur einen kurzen Rundgang im Quartier. Weisst du, Yvonne kommt bald, und da müssen wir rechtzeitig zuhause sein."

Als Adrian mit Zeno in der Nähe des Waldes war, kam ihm wieder Claudia mit dem weissen Spitz in den Sinn, und er musste feststellen, dass ihr schönes Gesicht und ihre attraktive Erscheinung sich irgendwo in seinem Kopf festgesetzt hatten. Ob ihm das jetzt gefiel oder nicht, darüber war er sich überhaupt nicht im Klaren... Alles nur dummes Zeug, sagte er sich, du suchst jetzt mit Yvonne ein schönes Haus, heiratest sie und lebst glücklich mit ihr bis... Aber es half nichts. Immer wieder tauchte die schöne Claudia vor ihm auf...

„Ich weiss es echt nicht, was ich von diesem David Egger halten soll."

Nadja Huser zuckte mit den Schultern und schaute ihren Vorgesetzten mit unschlüssiger Miene an.

„Er tut so unschuldig, da kann alles oder nichts dahinterstecken. Die finanzielle Seite habe ich mit dem Erbschaftsamt abklären können. Der Tod von Nora wird David Egger eine gute Million zusätzlich einbringen. Das wäre jedenfalls ein hübsches Motiv, um jemanden zu beseitigen. Und so, wie er von seiner Schwester, besser gesagt Halbschwester, gesprochen hat, schien er mir nicht überwältigt von Trauer zu sein. Die beiden hatten seit langer Zeit keinen Kontakt mehr zueinander."

Markus Aebischer war aufgestanden und ging vor dem Fenster hin und her. „Haben wir denn irgendwelche konkreten Indizien gegen ihn?"

„Ich bin erst daran, mich zu organisieren. Ich habe gestern einige Fotos von ihm gemacht und werde diese den Angestellten des Naturmuseums zeigen. Vielleicht erkennt ihn jemand?"

„Das ist sehr gut. Und was ist eigentlich mit diesem Zeitzünder? Hat man schon herausgefunden, woher er stammt?"

„Unser Experte, Lukas Amrein, ist an der Arbeit. Jedenfalls war es kein selbst gebastelter Zünder, sondern ein handelsübliches Modell. Es gibt einige spezielle Geschäfte, in denen man diese Zünder kaufen kann, und natürlich findet man im Internet jede Menge Angebote, zum Beispiel bei Anbietern von Feuerwerk. Lukas prüft jetzt sämtliche Adressen. Eine Heidenarbeit, und meist sind die Leute sehr zurückhaltend, wenn es um Auskünfte geht, auch wenn man den Verdacht auf ein Delikt geltend macht."

Markus zeigte eine unzufriedene Miene. „Und die Geschichte mit dem Anruf von Nora Eggers Handy?"

Nadja seufzte. „Wir wissen lediglich, dass der Anruf in der näheren Umgebung des Naturmuseums getätigt wurde, und dass das Handy seither verschwunden ist. Aber was war der *Zweck* des Anrufs, und warum geschah er *anonym*? Die Idee geht mir nicht aus dem Kopf, dass die Direktorin damit zum Brandherd *gelockt* werden sollte. Aber wozu? Sollte sie Nora noch rechtzeitig retten können? Oder Patrizia? Oder sollte vielleicht *sie selber* sterben? Oder hat die Direktorin diesen Anruf doch nur erfunden? Aber zu welchem Zweck? Im Moment steckt einfach alles noch im Nebel…"

Markus stand immer noch am Fenster. „Stellen wir uns doch mal die Situation beim Brandherd vor. Es ist neun Uhr morgens, das Museum ist für Besucher geschlossen. Es sind demnach nur Angestellte im Haus, ausser es hätte sich ein Besucher am Vorabend irgendwo versteckt und die Nacht dort zugebracht, was im Prinzip möglich wäre. Patrizia Wanner macht ihren üblichen Rundgang durch das Haus und trifft Nora Egger an ihrem Arbeitsplatz in der Insektenabteilung. Als Patrizia die Tür zum Ausstellungsraum nebenan öffnet, steht dieser schon im Vollbrand. Niemand hat vorher etwas davon bemerkt, weil der Rauchmelder ja ausgeschaltet ist. Patrizia schreit natürlich auf, und Nora kommt nachsehen, was los ist. Soweit ist alles klar und logisch. Kurz vorher, oder vielleicht erst jetzt, ruft jemand mit Noras Handy, eventuell mit verstellter Stimme, die Direktorin an und macht sie auf den Brand aufmerksam. Diese alarmiert die Feuerwehr und rennt dann los, und was findet sie, gemäss ihrer eigenen Aussage? Die Tür zum brennenden Raum ist geschlossen, und es stellt sich heraus, dass die beiden Frauen noch drinnen sind. Das ergibt doch überhaupt keinen Sinn! Nora und Patrizia hätten doch sofort vom Brandherd losrennen und Alarm schlagen müssen! Oder war ihnen vielleicht der Fluchtweg durch das Feuer abgeschnitten? Wenn ich mir den Raum und die Position des Zeitzünders vorstelle, erscheint mir das aber höchst unwahrscheinlich. Es bleibt also unsere Hauptfrage: Warum in aller Welt sind die beiden Frauen nicht geflohen?"

„War vielleicht die Tür von aussen abgeschlossen?", schlug Nadja vor.

Markus blickte sie erstaunt an. „Oh, eine gewagte Idee! Das würde ja bedeuten, dass jemand Dritter mutmasslich beide Frauen umbringen wollte. Aber nach Martina Widmers Aussage war die Tür eben nicht abgeschlossen, als sie hinkam. Hat sie gelogen? Ist sie selber die Mörderin?"

Markus schüttelte den Kopf. „Jetzt müssen wir aber aufpassen, dass wir nicht zu sehr ins wilde Phantasieren geraten. Sauberes Recherchieren ist von jetzt an wieder gefragt. Allerdings mit weit offenem Geist, damit wir auch die unscheinbarsten Indizien nicht übersehen."

Er blickte seine Mitarbeiterin wohlwollend an. „Meine liebe Nadja, als ich dir vor einer Woche diesen Fall übertrug, da konnten ich noch nicht ahnen, welch schwierige Komplikationen sich dabei ergeben würden. Jetzt im Nachhinein plagt mich ein wenig das schlechte Gewissen, dass ich dir so einen buchstäblich *brandheissen* Fall übergeben habe. Aber ich versichere dir nochmals, dass du jederzeit auf meine Unterstützung zählen kannst."

Nadja lächelte dankbar zurück.

„Mache dir kein Gewissen, Markus. Natürlich bringt mich dieser Fall bestimmt an meine Grenzen. Aber ich schätze dein Vertrauen sehr und hoffe, an dieser Ermittlung persönlich und fachlich wachsen zu können."

Der Kommissar atmete hörbar auf. „Ich bin froh, dass du es so siehst. Und ich glaube immer noch daran: Gemeinsam werden wir dieses Rätsel lösen!"

Eine Stunde später sassen Adrian und Yvonne vor dem Computer und studierten die von Adrian ausgesuchten käuflichen Objekte. Alle Häuser, die finanziell ausserhalb ihrer Reichweite oder sonst völlig ungeeignet waren, hatte er schon ausgeschieden. Trotzdem waren noch etwa dreissig Angebote übrig geblieben, verteilt im ganzen Umkreis von Bern.

„Schau mal hier", rief Yvonne, „das wäre doch etwas. Gemeinde Muri, oberhalb des Bahnhofs. Sechs Zimmer, mit grosszügigem Umschwung. Was meinst du?"

Adrian wechselte auf die elektronische Landkarte und zoomte die Gemeinde Muri heran. „Oh je! Nein, das geht auf keinen Fall. Das Grundstück liegt fast direkt neben der Autobahn!"

Yvonne zog ein enttäuschtes Gesicht. „Schade. Aber hier, sieh mal: Älteres, freistehendes Einfamilienhaus in Ittigen, sanft renoviert, Obstbäume und Gemüsegarten. Wie romantisch das klingt!"

Adrian studierte die Landkarte. „Das darf ja nicht wahr sein! Oberhalb des Hauses ist eine Kiesgrube. Weisst du, wie viele Lastwagen da jeden Tag neben unserem Haus vorbeidonnern würden?"

Yvonne gab nicht auf. „Aber dieses Angebot da, das klingt doch himmlisch! Neu geplante Überbauung in Rubigen, sonnig, Aussicht in die Berge, kinderfreundlich…"

„Mal sehen", sagte Adrian und nahm die angehängten Pläne unter die Lupe. Eine ganze Weile verstrich in Schweigen, bis Adrian unvermittelt seinen Kugelschreiber auf den Tisch knallte.

„Mist! Alle guten Parzellen sind ja bereits vergeben. Was noch zu kaufen wäre, hat mit sonniger Aussicht in die Berge leider herzlich wenig zu tun. Die Häuser in der vordersten Reihe verdecken Sonne und Aussicht…"

„Aber hier", rief Yvonne ganz aufgeregt, „das ist es! Tausend Quadratmeter, in Oberbalm, mit altem Baumbestand, das Haus zwar renovationsbedürftig, aber ziemlich billig."

Adrian studierte die Landkarte. „Ja, ruhig und wunderschön gelegen ist es. Aber es kommt leider nicht infrage. Sieh mal, die nächste Bushaltestelle ist mehr als zwei Kilometer entfernt. Da bräuchten wir zwei Autos, und das möchte ich wirklich nicht."

Yvonne seufzte. „Nein, ich auch nicht. Schade! Also, dann weiter…"

Gemeinsam überflogen sie die restlichen Angebote. Plötzlich zeigte Adrian auf ein Bild. „Das hier würde mir gefallen! Zwar ein Reihenhaus, aber mit schönem Garten, in einer Seitengasse nahe beim Bahnhof Zollikofen."

Gebannt studierte Yvonne die Beschreibung. Dann schüttelte sie den Kopf. „Nein, das ist definitiv zu klein für uns. Nur vier Zimmer. Und ich möchte doch mindestens zwei Kinder haben, lieber noch drei oder vier. Tut mir leid, aber das macht keinen Sinn."

Adrian stimmte brummend zu. „Natürlich hast du recht. Ob wir wohl je etwas finden werden?"

Yvonne stand auf, nahm seine Hand und zog ihn in Richtung Schlafzimmer. Im Türrahmen blieb sie stehen, stellte sich auf die Zehenspitzen, legte ihre Arme um seinen Hals und küsste ihn lange auf den Mund. „Vergessen wir unser Traumhaus für heute. Komm, wir kuscheln noch ein wenig zusammen…"

Sonntag, 24. Juli

Für Markus Aebischer hatte der Sonntag überhaupt nicht angenehm begonnen. Schon um drei Uhr morgens war er, in
Schweiss gebadet, aus einem Traum hochgeschreckt. Das Haus,
in dem er wohnte, hatte lichterloh gebrannt, er war in Panik auf
die Strasse gerannt und hatte geschrien, so laut er konnte. Aber
niemand hatte reagiert, die Leute, die auf der Strasse hin und her
gingen, hatten nur hämisch gelacht und mit dem Finger auf ihn
gezeigt. „Selber schuld, selber schuld...", hatten sie ihm zugeru-
fen und ihm eine lange Nase gedreht. Das Feuer hatte sich unterdessen auf die benachbarten Häuser ausgedehnt und loderte mit
beträchtlichem Krachen rundherum. Markus versuchte, noch
lauter zu schreien, aber er brachte nur ein jämmerliches Krächzen zustande. Widerstrebend ergab er sich seinem Schicksal.
Plötzlich erblickte er hinter dem brennenden Haus eine Gestalt,
die schwebend langsam in die Höhe stieg. Oh, das ist ja Nadja,
dachte er überrascht. Tatsächlich, Nadja Huser schwebte wie ein
Engel über den brennenden Häusern und lachte ihn schallend
aus. „Markus, Markus, du Anfänger... schäme dich..., was
bringst du schon ohne mich zustande..., hahaha..."
Markus ging auf die Toilette, wusch sich das Gesicht mit kaltem Wasser ab und legte sich wieder ins Bett. Das Schlafzimmer-
fenster stand weit offen, die milde Nachtluft strömte sanft herein, es war fast vollkommen still. Nur ganz in der Ferne war ab
und zu ein Auto zu hören. Markus brütete eine Weile vor sich
hin. Habe ich Minderwertigkeitsgefühle? Angst, im Job nicht zu
genügen? Kaum war er wieder weggedämmert, kam schon der
nächste Traum. Seine Tochter Vera baute sich vor ihm auf und
sah ihn herausfordernd an. „Also, Papa, was soll das? Warum ist
dieser Brandfall immer noch nicht gelöst? Schäm dich, Papa! Du
bist doch kein Versager! Reiss dich zusammen..."
Markus erwachte von seinem eigenen Schreien. Was ist denn
eigentlich mit mir los, dachte er konsterniert. Vera klagt mich an,

ich genüge nicht? Unglaublich! Was weiss sie schon? Trotzdem, so ganz unrecht hat sie nicht! Verdammt! Wer ist eigentlich schuldig in diesem Brandfall? Mindestens einer der Befragten hat gelogen, aber welcher?

Nach einem unruhigen Hin und Her, Phasen des Wachens und solche des Schlafes, gab sich Markus um halb acht einen Ruck und stand auf. Die aufwühlenden Träume standen immer noch vor seinen Augen, wollten nicht so schnell weichen, verfolgten ihn nach wie vor. Er nahm sein Frühstück, überflog die Sonntagszeitung, räumte dann zerstreut seine Wohnung auf, aber wirklich zur Ruhe kam er nicht. Der ungeklärte Brandfall kreiste unablässig in seinem Kopf herum. Er kam zur Gewissheit, dass sie bisher ein entscheidendes Detail übersehen hatten. Aber welches? Würde Nadja Huser den Durchbruch schaffen? Markus realisierte plötzlich, dass dies sein grösster Wunsch war! Er sah Nadja vor sich, ihre schlanke Figur, ihr hübsches Gesicht, ihr helles Lachen, ihre blitzenden grünen Augen, ihre neckischen Fältchen… Er spürte eine Gänsehaut an seinen Armen, und in seinem Magen flatterte es ganz unruhig … Nimm dich zusammen, sagte er sich, Nadja ist nicht dein Fall, sie ist nicht mehr als eine gute Kollegin, mehr als zwanzig Jahre jünger…

„Mensch, Luca, war das eine turbulente Woche! Endlich wieder zuhause!"

Patrizia Wanner sass in ihrem sehr geräumigen Badezimmer vor dem Schminkspiegel, während sich ihr Freund Luca Massa vor dem Wandspiegel rasierte.

Luca grinste. „Das kann man wohl sagen! Du hast aber wirklich riesiges Glück im Unglück gehabt. Eine Spur länger in diesen Flammen, und du lägest noch wochenlang im Krankenhaus!"

Patrizia erhob sich und drückte Luca von hinten an sich. „Ja, Liebling, ich bin eben ein geborener Glückspilz. Auch mit dir!"

Sie rieb sich wohlig an seinem Hintern. „Aber vergessen wir, was gewesen ist, und geniessen wir unser Wochenende!"

„Tut dir wirklich nichts mehr weh, Patrizia?"

„Ach wo, es juckt noch da und dort, aber das sind bloss *Peanuts*."

Luca drehte sich um und küsste Patrizia auf den Mund. „Na dann, meine Schöne, machen wir doch bei diesem tollen Wetter eine hübsche Ausfahrt!"

„Oh ja, gerne. Du fährst, und ich kann gemütlich meine kleinen Wunden auskurieren. Wohin soll's denn gehen?"

Luca kämmte seine dichten blonden Haare nach hinten. „Zum Beispiel… auf den Weissenstein im Solothurner Jura? Dort oben ist es nicht so heiss wie hier in der Stadt, und es hat eine tolle Aussicht, gemütliche Spazierwege und ein hübsches Restaurant."

„Super! Machen wir!"

Patrizia hatte sich fertig geschminkt, ging zurück ins Schlafzimmer und überlegte, was sie anziehen solle. Sie öffnete den breiten Schrank und ging die lange Reihe ihrer ordentlich an Bügeln hängenden Hosen, Kleider, Jupes und Blusen in allen möglichen Farben durch. Ein Blick durchs Fenster sagte ihr, dass ein schöner, warmer Sommertag bevorstand. Zum Glück ist ja mein Gesicht heil geblieben, sagte sie sich, sonst würde ich mich überhaupt nicht auf die Strasse wagen! Also, die Verbände an den Armen und das Pflaster oberhalb der Brust kann ich mit einer langärmligen, hochgeschlossenen Bluse prima kaschieren. Und den dicken Verband am Knie verdecke ich mit meinem dunkelblauen Hosenrock. So bin ich bestens gerüstet für unsere Ausfahrt im Cabrio!

„Kaffee ist fertig", klang es aus der Küche.

„Komme gleich", rief Patrizia, drehte sich vor dem grossen Wandspiegel im Schlafzimmer zufrieden um die eigene Achse und ging dann ins Wohnzimmer.

Luca hatte unterdessen den Frühstückstisch gedeckt. Zopf, Butter, Honig, weiche Eier, Schinken und Käse standen bereit.

„Hübsch siehst du aus, mein Engel", sagte er lächelnd und küsste Patrizia auf den Mund. „Greif zu und stärke dich für unsere Fahrt ins Grüne."

Patrizia schenkte sich Kaffee ein und belegte ein Stück Zopf mit Schinken. „Herrlich, so ein Sonntagsfrühstück! Jede Menge Zeit und kein Gehetze, um nicht zu spät zur Arbeit zu kommen. Apropos Arbeit, wie ist es eigentlich mit deiner Offerte gelaufen?"

Luca verdrehte seine Augen. „Ach, vergiss es! Wieder mal abgelehnt… Es ist wahrlich nicht einfach, selbstständig erwerbend zu sein. Diese Trottel von Managern fallen natürlich wie immer auf das billigste Angebot der Konkurrenz herein, und ich bleibe auf meiner hochstehenden Offerte sitzen… Jeder Anfänger meint heutzutage, er verstehe etwas von *Webdesign*, und ich mit meiner profunden Erfahrung bleibe auf der Strecke, nur weil ich etwas teurer bin…"

„Scheisse", kommentierte Patrizia lakonisch, „und jetzt?"

„Es wird sich schon etwas Neues ergeben. Ich habe ja noch vier andere Offerten laufen. Trotzdem, ich meine, du hast ein garantiertes, schönes Gehalt…"

„Mein grosser Schlingel", lachte Patrizia und fuhr Luca durch den blonden Haarschopf. Dann ging sie in ihr Arbeitszimmer, schloss mit ihrem Schlüssel den Schreibtisch auf, nahm ein kleines Bündel Hunderternoten heraus und brachte sie Luca.

„Hier, dein Taschengeld…"

Es gab ihr jedes Mal einen Stich ins Herz, wenn ihr Freund sie anbettelte. Nicht einmal ernähren konnte er sich selber! Seine Selbsteinschätzung befand sich konstant himmelweit über der Realität, und sein vermeintlicher Arbeitseifer verpuffte immer wieder in Nebensächlichkeiten. Und wenn er wirklich mal einen grösseren Auftrag an Land gezogen hatte, hielt das Honorar bei seiner Vorliebe für teure Sachen nicht lange vor. Obwohl es

Patrizia eigentlich wehtat, ihm ihr sauer verdientes Geld in den Rachen zu werfen, verspürte sie gleichzeitig eine gewisse Befriedigung dabei, wenn er ständig in ihrer Schuld stand und ihr deswegen keine Bitte abschlagen konnte. Dieses leise Gefühl von Macht gefiel ihr sogar ausgesprochen gut. Zudem, dachte Patrizia, habe ich ja auch seine Büroeinrichtung immer wieder auf den neuesten Stand gebracht.

„Übrigens, Luca, wie macht sich denn dein neuer *Beamer*? Und wie fühlt sich dein neuer Bürostuhl an?"

„Ausgezeichnet, Liebling, ausgezeichnet!"

Luca liebkoste Patrizias Nase mit seinem Zeigefinger. „Und sie waren ja so erstaunlich preisgünstig…"

„Du sagst es! Aber wollen wir nicht langsam aufbrechen?"

Zwanzig Minuten später fuhr Luca mit dem dunkelblauen BMW-Cabriolet vor dem Haus vor. Patrizia nahm neben ihm Platz, und sie fuhren in flottem Tempo durch die noch wenig belebten Strassen aus der Stadt hinaus. Statt die Autobahn zu nehmen, wählte Luca eine Route durch die Dörfer und kleinen Städtchen der Berner Landschaft. Der Fahrtwind war angenehm warm, und Patrizia rekelte sich entspannt auf dem Beifahrersitz.

„Genau das Richtige für meine Brandwunden, so ein laues Lüftchen", schwärmte sie lachend.

Luca lachte mit und tätschelte ihr das Knie, während er mit nur einer Hand am Lenkrad über die Landstrassen brauste.

Die hochsommerliche Witterung hielt nun schon zehn Tage an, und mit Ausnahme eines kurzen Gewitters war es seitdem trocken geblieben. Überall standen Kühe und Kälber auf den Weiden und liessen sich das immer noch saftige Gras munden. Der zweite Heuschnitt war eingebracht, die Gerste geschnitten, und auch der Weizen färbte sich langsam gelb. An allen Kirschbäumen standen Leitern, und vereinzelt sah man auch am Sonntag Leute beim Pflücken. Auch die langen Beete der Gemüsebauern boten ein schönes Bild. Zu Tausenden standen Salate, Kohlrabi, Fenchel, rote Beete, Karotten und Kohlköpfe in Reih und Glied und wurden von Tag zu Tag grösser. Auf ein feuchtes Frühjahr war ein trockener Sommer gefolgt, und dies liess das Herz jedes Landwirts höher schlagen.

„Dort hinten, da steht der Weissenstein", sagte Luca und zeigte mit dem Arm nach links.

Die weite, nur mit sanften Hügeln bestückte Ebene des Mittellandes war gegen Norden zu ziemlich scharf begrenzt. Steil und von dichtem Buchenwald bedeckt, erhoben sich die Abhänge des Solothurner Juras beinahe tausend Meter in die Höhe. In den oberen Partien war der Wald lockerer, mit Fichten und Föhren durchsetzt und immer wieder von grösseren Felspartien unterbrochen. Der weithin hell leuchtende Kalkfels hatte auch dem Weissenstein, mit gut 1300 Metern über Meer einem der höchsten Hügelzüge des Juras, seinen Namen gegeben.

Nach dem letzten Dorf wurde die Landstrasse schmal und wand sich in engen Kurven sehr steil in die Höhe. An der steilsten Stelle betrug die Steigung stolze zweiundzwanzig Prozent. Für den starken BMW stellte das natürlich überhaupt kein Problem dar. Zügig nahm Luca die Kurven, und keine zehn Minuten später hielt er vor dem mächtigen, alten Kurhaus Weissenstein an.

„Wow, diese Aussicht hier oben, und die herrlich frische Luft!", rief Patrizia, als sie aus dem Auto gestiegen war.

Sie ging sofort zu einer kleinen Anhöhe, wo auf zwei Pfosten eine beinahe zwei Meter lange metallene Tafel mit eingraviertem Alpenpanorama stand. Alle sichtbaren Berge, vom Säntis im Osten bis zum Montblanc im Südwesten, waren mit Namen und Höhe beschriftet.

Luca kam nach und fasste Patrizia um die Taille. „Na, habe ich zu viel versprochen?"

Sie küsste ihn auf den Mund. „Natürlich nicht, mein grosser Schlingel! Nur schade, dass man heute wegen des Dunstes die Berge nur verschwommen sieht", meinte Patrizia.

Luca nickte. „Ja, im Sommer ist die Luft eben nur selten ganz klar. An einem schönen Wintertag, wenn sich die Bergspitzen kristallklar über das Nebelmeer erheben, kommen wir wieder!"

„Versprochen?"

„Versprochen! Aber Fahren macht hungrig und durstig. Gehen wir etwas nehmen?"

Patrizia nickte und ging voraus ins Restaurant hinein.

Im Flur des Gasthauses hingen eine Menge alter Fotografien, Dokumente aus der langen Geschichte des bereits 1827 erbauten und seither mehrmals umgebauten und erweiterten Kurhauses Weissenstein. An der gegenüberliegenden Wand hatte es gemalte Bilder, die das frühere bäuerliche Leben auf den Jurahöhen zeigten. Die Menschen waren arm und das Klima rau gewesen, das Auskommen der Kleinbauernfamilien äusserst karg. Strohgedeckte Bauernhäuser waren zu sehen, Kühe, Ziegen und Schafe auf der Weide, Männer beim Melken und beim Heuen, Frauen bei der Hausarbeit, Kinder beim Ziegenhüten, alte Menschen auf dem Totenbett.

Fasziniert schaute sich Patrizia die Bilder an. Gottseidank bin ich nicht in diese Zeit der Armut und Krankheit hineingeboren worden, dachte sie. Heute haben wir es ja so unendlich viel besser!

Das hinterste, grossformatige Bild zeigte nochmals exemplarisch die ganze Dramatik der damaligen Zeit auf: Mächtige schwarze Wolken türmen sich am Himmel, ein heftiges Gewitter ist losgebrochen, Blitze zucken rundherum, einer davon hat ins Hausdach eingeschlagen, und das Bauernhaus brennt bereits lichterloh! Die Bewohner rennen schreiend und heulend ins Freie, sind völlig verzweifelt. Ihr Obdach und all ihre Habe ist mit einem Schlag vernichtet!

Patrizia konnte sich nicht von diesem Bild losreissen. Die Erinnerungen an das brennende Feuer und den beissenden Rauch im Museum kamen ihr unwiderstehlich hoch, überfluteten sie und rissen sie in die Tiefe. Ihre Kehle war wie zugeschnürt, ihre

Augen füllten sich mit Tränen. Alle Kraft verliess sie, hilflos sank sie zu Boden und begann zu schluchzen.

Luca kam sofort zu ihr, setzte sich neben sie und nahm sie in die Arme.

„Schau das Bild dort", flüsterte sie, „alles ist mir wieder hochgekommen, die Angst, der Schmerz, das Würgen… ich wurde einfach überwältigt…"

Luca strich ihr sanft über die Haare. „Nur ruhig, lass die Tränen einfach fliessen…"

Nach und nach erholte sich Patrizia wieder, sie durchquerten die bei dem schönen Wetter beinahe leere Gaststube und nahmen an einem Zweiertisch auf der Terrasse Platz. Ein runder Sonnenschirm spendete Schatten, und ein ganz leichtes Lüftchen erzeugte genau die notwendige Kühlung auf der Haut. Ein idealer Ort, um einen heissen Sommertag zu verbringen! Die Bedienung kam, und Luca bestellte ein Käsesandwich und ein alkoholfreies Bier, Patrizia einen Schinkentoast und einen Zweier Rotwein.

Hunger und Durst waren gestillt, Patrizia lehnte sich auf ihrem Stuhl zurück und legte eine Hand auf Lucas Arm. „Ach, wenn ich dich nicht hätte, ich glaube, ich würde durchdrehen. Das war die schlimmste Woche in meinem ganzen Leben…"

Luca nahm Patrizias Hand und bedeckte sie rundum mit Küssen. „Alles wird gut, mein Kleines. In ein paar Tagen bist du wieder ganz wie früher."

Aber da täuschte er sich ganz gewaltig…

Montag, 25. Juli

Das Band aus hellgelbem Stoff war etwa zwei Meter lang und dreissig Zentimeter hoch. Mit Hilfe von vier Schnüren war es quer über dem Eingangstor des Naturmuseums aufgespannt. Die Aufschrift war mit grossen roten Buchstaben gemalt: *Willkommen zurück, Patrizia!*

Wohl eine volle Minute lang blieb Patrizia Wanner vor dem Haus stehen. Gerührt blickte sie zur Inschrift hoch, lächelte und merkte, wie sich ihre Augen mit Tränen füllten. Als sie ins Haus trat, standen ihre Kolleginnen und Kollegen im Halbkreis in der Halle und applaudierten lautstark.

„Ach, Ihr Lieben", murmelte Patrizia und ging dann herum, um alle einzeln kurz zu umarmen. Natürlich wurde sie sofort gefragt, wie es ihr gehe, ob sie noch Schmerzen habe, ob die Erinnerung an den Brand noch schrecklich weh tue, ob man ihr etwas helfen könne…

Schliesslich ergriff Martina Widmer das Wort. „Liebe Patrizia, ich heisse dich ganz herzlich willkommen zurück unter uns und bin dankbar, dass deine Verletzungen nicht allzu gravierend waren. Umso schlimmer ist es für uns, zu akzeptieren, dass die arme Nora nie mehr bei uns sein wird, und es fällt mir unendlich schwer, mit diesem Verlust fertigzuwerden. Aber schliesslich bleibt uns nichts anderes übrig, als nach und nach wieder in den Alltag zurückzufinden. Ich danke euch und wünsche allen einen guten Tag."

Yvonne und Patrizia gingen nebeneinander die Treppe hoch.

„Hast du wirklich keine Schmerzen mehr?", fragte Yvonne.

„Gottlob nicht. Es spannt und juckt noch da und dort, aber das sind doch nur *peanuts*. Übrigens, wie ist es gelaufen mit meiner Stellvertretung?"

„Oh… Ja, doch, sehr gut. Weil das Museum für das Publikum immer noch geschlossen ist, sind nur wenige externe Anfragen hereingekommen. Und die paar Pendenzen, die von deiner Seite übrig waren, konnte ich problemlos erledigen."

„Prima, vielen Dank, Yvonne!"

Yvonne ging in ihr Büro und kam sofort wieder ins Grübeln. Ihr Vorsatz, Martina heute von den unklaren Buchhaltungsbelegen zu erzählen, war bereits wieder ins Wanken gekommen. Jetzt, wo Patrizia gesund und munter wieder da war, erschien ihr all dies so unwirklich und weit entfernt. Beinahe, als hätte sie es nur geträumt. Ach, bestimmt habe ich mir das Ganze nur eingebildet, sagte sie sich schliesslich. Ich warte jetzt einfach mal ab.

Kommissar Aebischer hatte die Besucherin nicht lange warten lassen. „Sie kommen mir zwar bekannt vor", sagte er, „aber Sie müssen entschuldigen, wenn ich Sie doch nicht mit Namen ansprechen kann."

„Oh, kein Problem. Ich bin dankbar, dass Sie mich persönlich empfangen können. Ich heisse Barbara Fischer und arbeite im städtischen Departement für Umwelt und Soziales als Chefsekretärin."

„Dann wäre also... glaube ich, Viola Schäfer Ihre Vorgesetzte?"

„Sie sind aber gut informiert, Herr Kommissar!"

„Danke für die Blumen... Aber wissen Sie, eine meiner Cousinen gehört dem Stadtrat an. Von ihr höre ich ab und zu Neuigkeiten. Und was führt Sie zu mir, Frau Fischer?"

„Sehen Sie, es geht um diesen Brandfall im Naturmuseum. Mein Mann arbeitet dort als Geologe, aber darum geht es jetzt nicht. Vielleicht wissen Sie, dass dieses Museum politisch sehr umstritten und von der Schliessung bedroht ist."

„Ja, ich habe davon gehört. Und Sie glauben, der Brand hänge damit zusammen?"

Barbara Fischer war immer noch unschlüssig. Aber jetzt war sie hier und musste doch einfach damit herausrücken! Sie holte tief Luft, bevor sie Antwort gab.

„Nun, ich habe ein Dokument erhalten, das jemanden belastet. Es ist nur... Wie soll ich sagen... Dieses Dokument stammt nicht aus einer offiziellen Quelle, und deshalb weiss ich nicht recht..."

Der Kommissar winkte ab. „Da kann ich Sie vollkommen beruhigen, Frau Fischer. Im Moment geht es weder darum, Sie für die Beschaffung dieses Dokuments zu belangen, noch darum, ob es später von einem Gericht als Beweismittel anerkannt würde. Es geht jetzt einzig darum, Indizien zu sammeln, um den Verursacher des Brandes und des Todesfalles ausfindig zu machen. Sie dürfen mir also das Dokument ruhig zeigen und müssen mir auch die Quelle nicht nennen. Und ob das Dokument echt ist oder nicht, werden wir selber zu untersuchen haben."

Barbara fühlte sich unendlich erleichtert. So einfach ging das! Zum Glück hatte sie den Rat ihres Mannes Max befolgt, sofort zur Polizei zu gehen! Sie reichte dem Kommissar den Ausdruck von Peter Kellers Mail.

Markus Aebischer las den Text und hob zunächst erstaunt seine Brauen. Aber dann schloss er die Augen und schien nachzudenken. Er liess sich Zeit mit seinem Kommentar, den er mehr zu sich selber als zu seiner Besucherin gab.

„Ja, sehr interessant. Zeitzünder, Wachsspäne, eine Sache in Gang bringen, dieser David... Es würde alles bestens passen. Natürlich ist das noch kein Beweis, aber es könnte ein wichtiges Indiz sein. Mit diesem Peter Keller werde ich mich mal unterhalten müssen..."

Aebischer öffnete seine Augen und zuckte zusammen. „Oh, Verzeihung, Frau Fischer, Sie sind ja immer noch da. Ich habe wohl ein Selbstgespräch geführt... Also, nochmals besten Dank für Ihren Besuch, und wir werden dem Hinweis auf jeden Fall nachgehen."

Irina Slawona schüttelte genervt den Kopf und fuhr sich mehrmals durch ihre langen blonden Haare „Sorry, Peter, aber du bist einfach kindisch. Warum meinst du immer, du müssest dich an deiner Exfrau rächen? Lass doch Martina einfach in Ruhe. Was gewesen ist, ist vorbei, und jetzt zählt nur die Gegenwart."

„Ich weiss es, liebe Irina, du hast absolut recht. Was vorbei ist, ist vorbei", erwiderte Peter Keller.

Aber seine verärgerte Miene drückte das genaue Gegenteil seiner Worte aus. Er hatte nun mal immer noch eine Wut auf seine Exfrau, die ihn vor bald elf Jahren unsanft hinausgeworfen hatte. Diese Kränkung, das wusste er genau, würde er sein Leben lang nicht wirklich überwinden können.

Und Irina wusste es auch. Seine nachtragende, oft mit Selbstmitleid gepaarte Art war einer der Punkte, die ihr an Peter überhaupt nicht gefielen. Aber welcher Mensch ist schon vollkommen, dachte sie, versuchte, ihren Ärger abzuschütteln und gab Peter einen Kuss.

Irina Slawona war Weissrussin, hatte in Minsk Zahnmedizin studiert, war dann in die Schweiz gekommen und arbeitete seit fünf Jahren in einer Gemeinschaftspraxis in der Stadt Bern. Ihre natürliche Schönheit, ihre freundliche Art und ihr spezielles Deutsch - eine zauberhafte Mischung von Hochdeutsch mit östlichem Akzent und Schweizerdeutsch - stiessen bei fast allen Menschen auf spontane Sympathie.

Auch Peter Keller war sofort von ihr fasziniert gewesen, als er sie vor einem Jahr auf einer Party von gemeinsamen Freunden getroffen hatte. Umgekehrt hatte Irina zum eloquenten und gutaussehenden Stadtrat auf Anhieb einen guten Draht gefunden. Sie hatten den halben Abend über Politik diskutiert und dann beim Abschied ihre Telefonnummern ausgetauscht.

Irina musste lächeln, als sie an ihr erstes *Date*, im Restaurant *Cordoba*, dachte. Peter war, ganz anders als an der Party zwei Wochen früher, überraschend befangen gewesen, beinahe scheu, und das hatte ihr ausgesprochen gut gefallen. Nur langsam und zögernd war er aufgetaut und hatte von sich selber erzählt, von seinem Einstieg in die Politik, von seiner Tochter Elena, vom Scheitern seiner Ehe mit Martina, das zu akzeptieren er immer noch Mühe hatte. Scheidung war für Peter gleichbedeutend mit Scheitern, und das machte dem erfolgreichen Mann und Politiker enorme Probleme. Sein Ansehen in der Öffentlichkeit war ihm beinahe wichtiger als alles Andere.

Auch Irina ihrerseits hatte Peter während des gemeinsamen Abendessens viel von sich erzählt. Von ihrer unbeschwerten Jugend in Minsk, von ihrem nach und nach gewachsenen Ehrgeiz, den engen und eher ärmlichen Verhältnissen ihrer Familie zu entkommen, von ihrer Hartnäckigkeit, sich einen Platz im Gymnasium und später an der Universität zu erkämpfen, von den Schwierigkeiten, nach dem Studienabschluss in diesem durch und durch korrupten Staat eine gute Stelle zu bekommen.

„Nach fünf Jahren im staatlichen zahnmedizinischen Zentrum", hatte sie erklärt, „hatte ich definitiv genug und begann, mich nach einer Stelle im Westen umzusehen. Dank meinen guten Referenzen und fortgeschrittenen Deutschkenntnissen bekam ich bald mehrere Angebote und entschied mich schliesslich für die Schweiz. Der Anfang in diesem Land fiel mir aber unerwartet schwer. Ich hatte zwar eine gut bezahlte Stelle, aber fühlte mich in der ersten Zeit, als Ausländerin aus dem Osten, überhaupt nicht willkommen. Ich empfand so etwas wie eine unsichtbare Schranke zwischen mir und den Schweizern, aber niemand konnte oder wollte mir erklären, was sie gegen mich hatten. Anscheinend genügte ein östlicher Akzent bereits, um undefinierbare Ängste zu schüren. Fast ein Jahr lang war ich beinahe verzweifelt und überlegte immer hin und her, ob ich überhaupt in diesem Land bleiben solle. Dann lernte ich Thomas kennen, der mir von Anfang an das Gefühl gab, eine begehrte und gute Frau zu sein, ganz unabhängig von meiner Herkunft. Auch wenn diese Beziehung nicht lange dauerte, hat sie mich doch von meiner Verzweiflung kuriert. Danach konnte ich offener auf die Schweizer zugehen, ohne mich noch irgendwie minderwertig zu fühlen, und es wurde mir klar, dass ich gerne hierbleiben würde."

Peter hatte Irina sehr aufmerksam zugehört und immer wieder Fragen gestellt. Das hatte Irina so gut gefallen, dass sie den gemeinsamen Abend nicht vorzeitig beenden wollte. Die zwei zogen noch bis drei Uhr morgens durch verschiedene Bars und unterhielten sich glänzend, bis schliesslich beiden klar war, dass sie sich sehr bald wiedersehen mussten.

Nadja Huser stiess einen leisen Pfiff aus. Aha, ein weiterer Mosaikstein war gefunden! Diese Vanessa Moser war ihr von Anfang an irgendwie undurchsichtig vorgekommen. Natürlich musste solch ein Eindruck überhaupt noch nichts bedeuten, dessen war sich Nadja bewusst. Aber jetzt... Soeben hatte sie eine Mitteilung vom Erbschaftsamt erhalten. Nora Egger hatte Vanessa Moser in ihrem Testament mit einem Legat über zweihunderttausend Franken bedacht. Hatte Vanessa davon gewusst? Und hatte sie das Geld vielleicht dringend nötig? So verwahrlost, wie sie gewirkt hatte, lag dies nahe. Und dann wäre eine weitere höchst verdächtige Person gefunden... Jedenfalls galt es jetzt, die finanzielle Situation von Vanessa Moser so rasch wie möglich zu klären. Nadja griff zum Telefonhörer und wählte die Nummer der Steuerverwaltung.

Als sie einige Minuten später auflegte, hatte sich ihre Vermutung bestätigt. Vanessa Moser steckte tief in der finanziellen Krise. Sie war seit drei Jahren arbeitslos, lebte von der Sozialhilfe und hatte von früher her immer noch einen ansehnlichen Berg an privaten Schulden. Aber ob sie von Noras Legat gewusst hatte? Dies könnte wohl nur sie selber beantworten. Doch würde sie es zugeben?

Ein anderer Gedanke drang in Nadjas Bewusstsein. Was war eigentlich mit Noras Computer, den sie aus der Wohnung mitgenommen und dem Spezialisten übergeben hatte? Nadja nahm sich vor, noch heute bei ihm vorbeizugehen. Zunächst brauchte sie aber einen Kaffee!

Auf dem Flur kam ihr Jan Voser entgegen. Nadjas Puls schnellte augenblicklich hoch. Ausgerechnet der! Aber es war zu spät, um noch auszuweichen.

„Na, hast du den Brandstifter endlich verhaftet?", fragte Jan grinsend.

Nadja verdrehte die Augen. Musste das jetzt auch noch sein? Schon mit seinem ersten Satz versucht er zu provozieren!

„So schnell geht das nicht, lieber Jan. Als Polizist weisst du möglicherweise, dass vor einer Verhaftung alle Indizien sauber auf dem Tisch liegen müssen."

„Sicher weiss ich das. Was fehlt denn noch?"

„Nun, Motive gäbe es genug. Aber die harten Beweise fehlen uns!"

Nadja erzählte Jan ganz kurz von den Verdachtsmomenten gegen Peter Keller, David Egger und Vanessa Moser.

„Warum kann man da nicht offensiver ermitteln?", fragte Jan. „Ich jedenfalls würde sofort Hausdurchsuchungsbefehle beantragen und diesen Kerlen tüchtig auf den Zahn fühlen!"

„Damit hättest du mit Sicherheit keinen Erfolg", verteidigte sich Nadja, „das würde der Staatsanwalt bei der gegenwärtigen Faktenlage niemals bewilligen."

„So ein Mist", stiess Jan, jetzt beinahe kleinlaut, aus, „in der Schweiz ist einfach alles viel zu kompliziert."

Dann geh doch zurück nach Deutschland, wenn es dir hier nicht passt, dachte Nadja und hätte es beinahe ausgesprochen. Nein, das geht nicht, sagte sie sich energisch, aber sie fühlte sich auf einmal richtig gut. Sie hatte Jans Angriff souverän parieren können! So musste es laufen!

Mit einem knappen Gruss ging sie beschwingt weiter in Richtung der Cafeteria.

Irina Slawona räumte das Abendessen ab. Sie war eine leidenschaftliche Köchin, und es machte ihr nichts aus, wenn sich Peter mit keinem Finger an der Küchenarbeit beteiligte. Als sie aus der

Küche zurückkam, blieb sie plötzlich mitten im Raum stehen, runzelte die Stirn und sah ihren Lebenspartner an.

„Du, sag mal, Peter, wollte nicht Albert heute noch vorbeikommen?"

Peter Keller hob seine Brauen. „Oh ja, gut, dass du mich daran erinnerst. Das hätte ich beinahe vergessen! Albert hat sich für zwanzig Uhr angekündigt. Haben wir denn etwas Vernünftiges zum Kaffee anzubieten?"

Irina lächelte. Gastfreundschaft war für sie etwas Lebensnotwendiges, darum hielt sie auch stets einen Vorrat an Leckereien bereit. „Natürlich, mein Schatz, mach dir bloss keine Sorgen."

Zwei Minuten nach acht schrillte die Türglocke. Peter drückte auf den Knopf, der die Tür am Hauseingang entriegelte. Der Lift surrte, und schon stand Albert von Tavel vor der Wohnungstür.

„Willkommen, Albert", sagte Peter und geleitete den hohen Gast, der heute in Anzug und Krawatte erschienen war, ins Wohnzimmer.

Albert von Tavel war noch ganz die alte Schule. Er verbeugte sich tief vor Irina, küsste ihr die Hand und überreichte ihr dann, mit einer eleganten runden Bewegung, einen grossen Strauss von weissen, orangeroten und dunkelroten Nelken.

„Meine liebe Irina", sprach er feierlich, „ich beuge mich vor deiner unübertrefflichen Schönheit, Eleganz und Weisheit. Ich freue mich immer, dich zu sehen. Und ich gebe gerne zu, dass ich deinen Freund Peter ein ganz klein wenig um deine Gunst beneide…"

Albert kam jedes Mal mit denselben Spruch, aber Irina war immer noch echt gerührt ob der Lobhudelei und schenkte Albert ihr schönstes Lächeln. Sie mochte Männer, die einer Frau ganz klassisch den Hof machten. Auch Peter hatte sich zu Beginn ihrer Bekanntschaft so verhalten. Mit dem Fortschreiten ihrer Beziehung waren seine Bemühungen allerdings rasch erloschen. Nun ja, Irina hatte sich vorerst damit arrangiert. Aber sie war sich sehr bewusst, dass es, neben vielem Positiven, etliche Dinge an Peter gab, die ihr gar nicht gefielen. Zutiefst in ihrem Inneren hatte sie jedenfalls die Hoffnung nicht aufgegeben, dereinst doch noch ihrem wahren Prinzen zu begegnen…

Albert von Tavel hatte sich gesetzt, rührte in seiner Kaffeetasse und führte ein Stück der hübsch auf einem Teller angerichteten Süssigkeiten zum Mund.

„Oh, diese leckeren Küchlein, die du da gebacken hast, Irina, die reinste Verführung für einen älteren Mann wie mich!"

„Alter Schmeichler", gab sie zurück, „aber es freut mich, wenn es dir schmeckt. Der Peter vergisst ja meistens, meine Kochkünste zu erwähnen…"

Albert streckte mahnend den rechten Zeigefinger in die Höhe. „Aber, aber, Peter… Pass bloss auf, dass dir die schöne Blonde nicht am Ende noch wegläuft…"

Peter schoss das Blut in den Kopf. Solche Bemerkungen konnte er auf den Tod nicht leiden! Bei dem blossen Gedanken, Irina verlieren zu können, drehte sich ihm der Magen um. Nein, seine Irina gehörte definitiv ihm!

Albert von Tavel nahm einen Schluck Kaffee und schaute sich betont langsam im Raum um. Die Attikawohnung von Peter und Irina wäre von den meisten Menschen als sehr grosszügig bezeichnet worden, aber in Alberts Augen sah dies natürlich anders aus. Er war sich wohl bewusst, dass er privilegiert zur Welt gekommen war. Die adlige Vergangenheit seiner Familie, ein solider Reichtum, immer genügend Bedienstete, kein Druck, sich das Leben mit einem wie immer gearteten Beruf verdienen zu müssen…

Und trotzdem, Albert von Tavel hatte nie den Wunsch verspürt, sich einfach ein bequemes, sorgloses Leben, umgeben von Butlern und Dienern, zu machen. Schon als Jugendlicher hatte er eine blühende Phantasie entwickelt, hatte er unzählige Ideen gehabt, wie man Maschinen und Apparate effizienter einsetzen und sie in grossem Stil vermarkten könnte. Er träumte von einem Leben als Erfinder und Entwickler. Nach seinem Schulabschluss sprach er unermüdlich bei Schweizer Industrieunternehmen vor, erläuterte der Geschäftsleitung seine Ideen und Pläne, und selbstverständlich wurde er, als reicher Mann und potentieller Geldgeber, überall gerne empfangen.

Aber es kam alles ganz anders. Die entscheidende Wende in Albert von Tavels Leben trat ein, als er auf jenem grossen Gartenfest, das seine Eltern zu ihrem dreissigsten Hochzeitstag organisierten, Anna Maria Labhart kennenlernte. Bisher hatte Albert sich selber als ausgesprochen scheu wahrgenommen und hatte, trotz eines untergründig dumpfen Verlangens nach dem anderen Geschlecht, sich kaum getraut, Frauen anzusprechen. Die promovierte Kunsthistorikerin aus Basel hingegen zog Albert vom ersten Augenblick an in ihren Bann. Ihre vollen, dunkelrot angemalten Lippen, ihre wachen, braunen, nur leicht geschminkten Augen, ihr gewinnendes Lächeln, ihr perlendes Lachen, der Pagenschnitt ihrer schwarzen Haare, ihre durch elegante Kleider raffiniert versteckte etwas zu mollige Figur zogen Albert an, wie es noch keine andere Frau zuvor getan hatte.

Den halben Abend hatte er sie nur angestarrt, hatte davon geträumt, ihr zu gefallen, aber es nicht gewagt, sie anzusprechen. Nur Alberts Mutter hatte bald gemerkt, wohin der Hase lief, ging zu Anna Maria und stellte ihr ganz offiziell ihren Sohn vor. Scheu und unterlegen fühlte er sich anfangs gegenüber der sechs Jahre älteren, berufs- und lebenserfahrenen Frau. Sie aber lächelte ihm freundlich zu und schaffte es problemlos, ein angeregtes Gespräch in Gang zu bringen. Kunst war bislang kein Thema für Albert gewesen, aber Anna Maria führte ihn ganz zwanglos in ihre Welt ein, und bald verlor Albert seine Scheu und zeigte lebhaftes Interesse an ihrem Fachgebiet. Bis weit nach Mitternacht sassen sie nebeneinander auf der Gartenbank und unterhielten sich blendend.

Albert von Tavel schwebte schon am nächsten Tag auf der siebten Wolke. Seine grossen Pläne, im Ingenieurwesen Fuss zu fassen, waren in einer einzigen Nacht dahingeschmolzen und durch diffuse Träume vom Handel mit Kunstwerken ersetzt worden. Albert dachte Tag und Nacht nur an Anna Maria, und wie er ihr Interesse an ihm aufrechterhalten könnte. Aber dieses Grübeln erwies sich als vollkommen unnötig…

Anna Maria Labhart hatte sich nämlich, zwei Tage nach dem Gartenfest, ganz allein auf eine lange Wanderung im Jura begeben und hatte ihre persönliche Bilanz gezogen. Die Begegnung mit Albert hatte sie beunruhigt und irgendwie aus ihrem Gleis geworfen. Sie hatte einen guten Beruf, verdiente nicht schlecht und war in der Kunstszene integriert. Aber ihr Ehrgeiz war noch nicht wirklich befriedigt. Anna Maria strebte definitiv nach Höherem! Sie war in einfachen Verhältnissen aufgewachsen, hatte sich im Gymnasium und an der Universität mit viel Fleiss hochgearbeitet, und ihr grösster Traum war, jenseits aller finanzieller Sorgen ihre Forschung im Bereich der Kunst zu betreiben. Und genau dazu könnte ihr dieser Albert von Tavel den Weg ebnen!

Aber, überlegte sie auf ihrer einsamen Wanderung, was muss ich dafür an Kompromissen eingehen? Würde mich so eine Partnerschaft nicht zu sehr einschränken? Anna Maria wog das Pro und Kontra sehr genau gegeneinander ab. Verliebt war sie zwar nicht, aber immerhin war ihr Albert als sympathischer und einigermassen gut aussehender Mann erschienen. Der Reichtum lockte sie unwiderstehlich, aber *sie* würde *ihre* Bedingungen stellen! Auf keinen Fall wollte sie ihre uneingeschränkte Freiheit verlieren. Sie wollte weder Kinder noch allzu viel körperliche Nähe, und auf jeden Fall musste sie ihre eigene Wohnung behalten. Sie lächelte in sich hinein. Ja, eigentlich war doch dies eine klassische Zweckehe, wie es noch im achtzehnten Jahrhundert üblich gewesen war…

Eine Woche später erhielt der verdutzte Albert per Post einen Heiratsantrag von Anna Maria, inklusive dem Entwurf eines ziemlich ungewöhnlichen Ehevertrages. Darin forderte Anna Maria, zusätzlich zu einer grosszügigen Finanzierung ihres

Lebensunterhaltes, eine eigene Wohnung, in die sie sich jederzeit und ohne Angabe von Gründen zurückziehen dürfe.

Albert sah wohl, dass er mit einer solchen Ehe viele Pflichten, jedoch kaum Rechte erhalten würde. Aber die Frau mit ihren klaren Zielen gefiel ihm so gut, dass er ohne zu zögern einwilligte. Alberts Eltern schüttelten zwar den Kopf, aber sie wussten genau, wie eigenwillig ihr Sohn war, und liessen ihn gewähren. Ihre Vermutung, die Verbindung würde sowieso nicht sehr lange halten, erwies sich jedoch als grundfalsch.

Das Gegenteil passierte: Albert blühte richtiggehend auf, und die Zweckgemeinschaft erwies sich als wahre Goldgrube. Albert verlegte sich darauf, sein Vermögen in Kunstwerke zu investieren, und er wurde dabei von Anna Maria so hervorragend beraten, dass er fast immer genau zum richtigen Zeitpunkt das richtige Objekt kaufte oder auch wieder verkaufte. Anna Maria behielt, wie vereinbart, ihre private Wohnung und betrieb ihre eigenen Forschungsprojekte. Meist besuchte sie Albert zweimal die Woche in seiner Villa. Sie assen zusammen, diskutierten über Kunst, vor allem aber über den Kunsthandel, und je nach Stimmung dauerte das Zusammensein nur bis zum Nachtisch oder, was wesentlich seltener vorkam, bis zum Frühstück…

„Und wie geht es Anna Maria?", fragte Irina unvermittelt.

Albert schreckte aus seinen Gedanken hoch, hatte sich aber schnell wieder gefangen. „Sehr gut, ja, sehr gut. Sie besucht heute eine Ausstellung in Frankfurt und reist morgen weiter nach Amsterdam. Für mich wäre das gar nichts, immer unterwegs zu sein. Ich geniesse lieber Haus und Garten und meine private Sammlung."

Irina lachte hell auf. „Ja, jedem das Seine, heisst doch die Devise. Aber… Bestimmt willst du mit Peter noch etwas Geschäftliches besprechen. Da ziehe ich mich besser in mein Zimmer zurück."

Albert hob seine Hand zum Protest, aber Peter kam ihm zuvor. „Tu das, liebste Irina. Es dauert nicht lange."

Albert griff in seine Jackentasche, zog vier kleine Briefumschläge heraus und reichte sie Peter. Seine während des Gesprächs mit Irina weich gewordenen Gesichtszüge hatten sich wieder markant verhärtet und kündigten *Business* an.

„Peter, hier sind die kleinen Gefälligkeiten für deine werten Stadtratskollegen. Ich muss dir aber klar sagen, dass ich jetzt einen raschen und reibungslosen Ablauf unseres Geschäfts erwarte. Meine Geduld ist bereits ziemlich strapaziert und nähert sich ihrem definitiven Ende. Ich hoffe, wir verstehen uns."

Peter Keller fühlte sich sichtlich unwohl. Er fuhr sich nervös durch die Haare, blickte unruhig hin und her, wippte mit den Füssen und biss die Zähne zusammen. Er wusste ganz genau, dass auch mit den Bestechungsgeldern seine Chance, im Stadtrat das Naturmuseum *absägen* zu können, sehr klein war. Aber er hatte sich nun mal auf dieses unglückselige Projekt eingelassen und musste jetzt irgendwie durch!

Dienstag, 26. Juli

Yvonne Sager hielt es nicht mehr länger aus. Ununterbrochen kreisten ihre Gedanken um diese rätselhaften Buchhaltungsbelege. Sie musste ihre Beobachtungen einfach jemandem anvertrauen!

Sie gab sich einen Ruck, rief im Finanzdepartement an und bat um einen Termin bei der zuständigen Controllerin. Sie habe Glück, hiess es, sie könne heute um halb zehn Uhr vorbeikommen, Büro 305 im dritten Stock. Yvonne fiel ein Stein vom Herzen. Bald würde sie ihre Last los sein!

Gegenüber Patrizia gab Yvonne einen Zahnarzttermin vor und machte sich um zwanzig nach neun auf den Weg. Das Gebäude des Finanzdepartements lag zwar nur drei Querstrassen weit entfernt, aber Yvonne war noch nie dort drin gewesen. Das mächtige Haus sah wie eine Burg aus. Dicke, weiss verputzte Mauern, vergitterte Fenster, vorspringende Erker, zwei kleine Türmchen mit golden glänzendem Blechdach. Jedes Kind würde sich denken: Hinter diesen Mauern wird das Geld des Staates sicher aufbewahrt und bewacht!

Yvonne drückte auf den Knauf der wuchtigen Tür, und wie von Geisterhand bewegt glitten die zwei Türflügel langsam und geräuschlos auseinander. *Simsalabim*, kam Yvonne in den Sinn, und ihre Gesichtszüge entspannten sich unwillkürlich.

Sie stieg zu Fuss in die dritte Etage und klopfte vorsichtig beim Büro 305. Eine gross gewachsene, blonde Frau öffnete und streckte ihrer Besucherin lächelnd die Hand hin.

„Kommen Sie ungeniert herein, Frau Sager, ich habe Sie erwartet. Mein Name ist Claudia Gehring. Ich freue mich, Sie kennenzulernen."

Yvonne kam sich gegenüber der eleganten Frau, die sie in ihrem geräumigen Büro empfing, in ihren Jeans und ihrem farbigen T-Shirt klein und unscheinbar vor. Wenn sie auch noch geahnt hätte, dass sie jetzt einer Konkurrentin um ihren geliebten Adrian gegenüberstand…

Claudia Gehring war zwar erst vierunddreissig, aber bereits eine erfahrene Mitarbeiterin der städtischen Finanzkontrolle. Gleich nach dem Studium der Betriebswirtschaft war sie ins Finanzdepartement eingetreten und hatte sich mit Fleiss und Ehrgeiz bald eine solide Kompetenz erarbeitet. Sie war die unbestrittene Spezialistin, wenn es galt, Lücken oder Fehler in einer Buchhaltung aufzuspüren. Sie war sich dieser Stärken bewusst, erkannte aber auch, dass sie sich im psychologisch geschickten Umgang mit ihrer Kundschaft noch verbessern musste. Es war ja immer wieder eine heikle Aufgabe, jemanden auf begangene Fehler und Irrtümer aufmerksam zu machen. Und dabei war sie, mit ihrer spontanen Art, schon mehrfach ins Fettnäpfchen getreten…

Sie bat ihre Besucherin, Platz zu nehmen. „Bitte, Frau Sager, beschreiben Sie mir Ihre Beobachtungen, die Ihnen Anlass zur Sorge geben."

Yvonne hatte, weil Patrizia gestern schon wieder am Arbeitsplatz erschienen war, die kritischen Belege nicht mehr kopieren können, aber sie hatte sich einige Stichworte dazu notiert, die sie jetzt erläuterte.

„Sehen Sie, Frau Gehring", sagte sie zum Abschluss, „es widerstrebt mir sehr, eine gute und angenehme Kollegin anzuschwärzen, und ich habe lange gezögert, zu Ihnen zu kommen. Aber diese Beobachtungen, auf die ich rein zufällig gestossen bin, haben mich einfach nicht losgelassen. Ich hoffe wirklich, dass sich das Ganze als Sturm im Wasserglas entpuppen wird. Aber wenn nicht…"

Yvonne spürte einen Kloss im Hals, und die Tränen standen ihr zuvorderst.

„Ich kann Ihre Gefühle sehr gut verstehen, liebe Frau Sager", erwiderte Claudia Gehring. „Eine gute Kollegin zu verpetzen, hat einen schlechten Ruf. Ich versichere Ihnen aber, dass ich die

Angelegenheit mit grösster Diskretion untersuchen werde. Und falls sich der Verdacht als haltlos erweisen wird, werden wir beide das Ganze sofort wieder vergessen. Trotzdem finde ich es richtig, dass Sie zu mir gekommen sind."

Yvonne fühlte sich unendlich erleichtert. Sie hatte ihre Last abgeladen, und was jetzt weiter geschah, lag nicht mehr in ihrer Hand!

Nadja Huser stand einmal mehr vor dem Gebäude des Naturmuseums. Diesmal hatte sie einen ganzen Stapel Fotos bei sich. Das Bild von David Egger hatte sie selbst gemacht, dasjenige von Vanessa Moser hatte sie aus Noras Wohnung mitgenommen, und eines von Peter Keller hatte sie aus der Homepage der Stadtverwaltung ausgedruckt. Um die Aussagen der Befragten abzusichern, hatte sie aus der Polizeidatenbank noch ein Dutzend mehr oder weniger ähnliche Fotos kopiert. Nadja war äusserst gespannt. War eine der drei verdächtigen Personen am Wochenende vor dem Brand im Museum gesehen worden?

Nadja drückte auf den Klingelknopf, und sofort öffnete Yvonne Sager die Tür und liess die Polizistin eintreten.

„Guten Tag, Frau Huser, wir kennen uns ja schon", sagte sie lächelnd. „Wen möchten Sie heute sprechen?"

„Nun, mich interessiert zunächst, wer von den Angestellten am Wochenende unmittelbar vor dem Brand hier im Museum anwesend war."

Yvonne Sager überlegte kurz. „Ich selber hatte am Samstag Dienst, Patrizia Wanner am Sonntag. Wissen Sie, für den Wochenenddienst wechseln wir uns immer ab. Leider wird uns keine zusätzliche Stelle bewilligt. Und sonst… Am Samstagnachmittag kam mein Verlobter, Adrian Münger, kurz vorbei, aber er verzog sich sofort in sein Labor. Wissen Sie, die wissenschaftlichen Mitarbeiter sind ziemlich flexibel in ihrer Arbeitszeit. Manchmal machen sie unter der Woche frei, manchmal arbeiten sie am Wochenende, wie es gerade passt."

Nadja Huser nickte. „Ja, so ein Arbeitszeitmodell klingt verlockend. Leider ist das bei der Polizei überhaupt nicht denkbar." Sie zog den Stapel Fotografien aus ihrer Mappe und breitete sie auf dem Tisch aus. „Sehen Sie, Frau Sager, wir suchen eine bestimmte Person. Kommt Ihnen eines dieser Bilder bekannt vor? Und war diese Person kürzlich hier im Museum?"

Yvonne Sager zeigte sofort auf eines der Bilder. „Hier, das ist Vanessa Moser, Noras frühere Partnerin. Aber ich habe sie schon jahrelang nicht mehr im Museum angetroffen."

Dann studierte sie sorgfältig die anderen Fotos. „Also diesen Mann kenne ich aus der Presse. Ist das nicht einer der Stadträte? Aber persönlich gesehen habe ich ihn noch nie. Und dann hier, dieses Bild kommt mir auch irgendwie bekannt vor. Aber ich habe im Moment keine Ahnung, woher. Vielleicht war der Mann tatsächlich mal im Museum."

„Vielen Dank für Ihre Hilfe", sagte die Polizistin und stellte befriedigt fest, dass das letzte genannte Bild dasjenige von David Egger war.

„Und könnte ich jetzt noch Frau Wanner sprechen?"

„Sicher. Büro 104 im ersten Stock."

Nadja Huser war komplett verblüfft. So wie sie Patrizia Wanner vom Krankenhaus her, im Nachthemd und ungeschminkt, in Erinnerung hatte, hätte sie sie jetzt beinahe nicht wieder erkannt. *Kleider machen Leute*, kam ihr spontan in den Sinn. Und das *Makeup* dazu, müsste man das Sprichwort ergänzen. Offensichtlich war die Frau schon wieder voll im Alltagsleben angekommen. Und niemand würde vermuten, dass sich unter der langärmligen, hochgeschlossenen Bluse noch Brandnarben und Pflaster verbargen. Sie war wieder eine durch und durch attraktive Frau geworden.

„Frau Wanner, wie geht es Ihnen jetzt?"

„Zum Glück wieder sehr gut. Die Verletzungen heilen rasch, und die Erinnerung an das schreckliche Ereignis ist am Verblassen."

Dies nun verblüffte Nadja Huser noch mehr, als es die bloss äusserliche Verwandlung der Frau getan hatte. Alle Fachleute erzählten doch, die Situation, mitten in einem Brand zu sein und beinahe zu ersticken, gehöre zu den schlimmsten traumatischen Erlebnissen und hinterlasse meist langandauernde Spuren in der Psyche. Wie konnte diese Frau so rasch damit fertigwerden? Oder war alles nur Maskerade, ein Selbstschutz gegen die aufkeimende Angst? Ja, so musste es sein, davon war Nadja jetzt überzeugt.

„Das freut mich, Frau Wanner, dass Sie sich so schnell erholt haben. Vielleicht können Sie uns jetzt helfen. Yvonne Sager hat mir erzählt, dass Sie am Sonntag, einen Tag vor dem Brand, hier Dienst hatten. Wir suchen eine bestimmte Person, die möglicherweise an diesem Wochenende ins Museum kam, und es wäre denkbar, dass Sie diese Person auf einem der Fotos erkennen."

Sie legte alle Bilder auf den Schreibtisch. Patrizia Wanner liess sich Zeit. Mehrmals wanderte ihr Blick über die Reihe der Bilder. Dann sah sie auf.

„Ja, jetzt bin ich mir sicher. Diesen Mann da kenne ich. Ich bin am Sonntagnachmittag kurz durch alle Räume gegangen. Und da habe ich ihn gesehen. Übrigens nicht zum ersten Mal. Er war vor nicht allzu langer Zeit schon mal da, vielleicht auch zweimal. Irgendwie ist mir dieser Mann aufgefallen. Aber warum eigentlich? Ich glaube, ich kann es so formulieren: Er sah einfach nicht wie der typische Museumsbesucher aus. Wissen Sie, mit der Zeit hat man eine gewisse Erfahrung."

Dann tippte Patrizia Wanner auf ein zweites Bild. „Und hier, das ist natürlich Vanessa Moser, wir kannten sie ja alle, als Noras frühere Partnerin. Und ich habe mich echt gewundert, als ich sie nach langer Zeit wieder einmal hier im Museum sah. Sie kam doch sonst kaum noch her."

„Vanessa Moser war also vorletzten Sonntag hier im Museum?"

„Ja, allerdings habe ich sie nicht angesprochen. Vermutlich hat sie mich gar nicht gesehen. Und hier, dieses Foto gehört zu unserem verehrten Stadtrat Peter Keller. Aber ihn habe ich tatsächlich noch gar nie bei uns im Museum angetroffen."

„Vielen Dank für Ihre Hilfe, Frau Wanner."

Das ist ja unglaublich brisant, dachte Nadja auf dem Rückweg ins Präsidium. Zwei der Verdächtigen wurden im Museum gesehen und hätten also den Brand legen können. Plötzlich kam ihr eine ganz neue Idee. Hatten Vanessa Moser und David Egger die Sache etwa gar gemeinsam geplant, um an das grosse Geld zu kommen? Die beiden müssten sich eigentlich von früher her gekannt haben. Dann hätte wohl Vanessa Noras Handy benutzt. Aber wirklich befriedigend war auch diese Lösung nicht. Wozu sollte letztlich das ganze Theater mit dem Brand dienen? Warum hatten sie Nora nicht auf eine viel simplere, risikoärmere Weise beseitigt? Nadja fühlte, dass sich ihre Gedanken im Kreise drehten. Nach wie vor war sie weit weg von der Auflösung des Falles!

Markus Aebischer beobachtete, wie sein Nachmittagskaffee in dünnem Strahl aus dem Automaten floss und langsam seine Tasse füllte. Während sich auf der Oberfläche nach und nach das obligate zarte Schäumchen bildete, sah der Kommissar wieder die Frau Fischer mit der Mail von Peter Keller vor sich. Da wird Nadja aber Augen machen! Markus nahm seine Tasse, gab ein wenig Milch dazu und ging nachdenklich zurück zu seinem Büro. Dort wartete schon seine Untergebene auf ihn.

„Hallo Nadja! Du hast mich gesucht?"

„Ja, ehm…, ich wollte dir nur schnell die wichtigen Neuigkeiten erzählen."

„Das klingt gut! Ich habe dann auch noch eine solche! Aber du bist zuerst dran", lachte Markus.

Nadja sprudelte los wie ein ungeduldiges Kind. „Also, es geht um Vanessa Moser, Nora Eggers frühere Partnerin, und um David Egger, Noras Halbbruder. Wie du weisst, habe ich Vanessa Moser letzte Woche zuhause besucht. Eine traurige Existenz, muss ich sagen. Ihre Wohnung und auch sie selber wirkt auf den ersten Blick unbestimmt, formlos, trist, verwahrlost, beinahe wie ausradiert. Dahinter könnte sich aber auch eine grosse, wutschnaubende Energie verbergen. Ich weiss es einfach nicht! Demgegenüber stehen die glasklaren Tatsachen: Nora Egger hat Vanessa in ihrem Testament einen hohen Geldbetrag vermacht, und Vanessa steckt, wie ich herausgefunden habe, tief in der finanziellen Krise. Sie ist seit drei Jahren arbeitslos, lebt mittlerweile von der Sozialhilfe und hat zu der Zeit, als sie noch Arbeit hatte, einen ansehnlichen Berg an privaten Schulden angehäuft. Zudem ist sie wegen Depressionen in Behandlung und schluckt Medikamente. Auch Alkohol dürfte im Spiel sein. Was wir nicht wissen, ist, ob sie überhaupt Kenntnis von dem Testament hatte. Aber wenn *ja*… Und jetzt kommt die Bombe!"

„Bombe? Übertreibst du nicht?", fragte Aebischer stirnrunzelnd.

„Nein", erwiderte Nadja, „Vanessa Moser war nämlich, am Sonntag vor dem Brand, zum ersten Mal seit Jahren wieder im Naturmuseum. Patrizia Wanner hat sie gesehen!"

Aebischer liess nur ein enttäuschendes „Aha" hören, und Nadja machte gleich weiter. „Und genau dasselbe mit David Egger. Auch er wurde im Museum gesehen! Zunächst dachte ich, oh je, jetzt haben wir plötzlich allzu viele Verdächtige. Aber dann kam mir der Gedanke, ob die zwei, die sich bestimmt von früher her kannten, nicht gemeinsame Sache gemacht haben könnten? Zusammen Nora umbringen und dann den grossen Zaster abholen! Ich bin immer mehr davon überzeugt, dass es so gelaufen ist."

Markus setzte sich auf seinen Schreibtisch und liess die Beine baumeln. „Ja, deine Idee ist durchaus originell. Trotzdem bist du zu schnell in deinen Schlussfolgerungen, liebe Nadja", sagte er etwas gönnerhaft. „Ich mahne immer zur Vorsicht! Das sind nur Indizien! Denk daran, jede Person in diesem Verwirrspiel kann grundsätzlich lügen."

Nadja fühlte sich durch Aebischers Kritik einen Moment lang irritiert, fing sich aber sofort wieder. „Ja, natürlich, wir müssen vorsichtig sein. Aber immerhin wäre das ein denkbares Szenario."

„Sag mal, Nadja, was hat denn die Auswertung von Nora Eggers privatem Computer ergeben?"

„Leider gar nichts! Keinerlei Hinweise zum fraglichen Ereignis."

Der Kommissar war wieder sehr nachdenklich geworden. Er nahm aus einer Schublade ein Blatt und streckte es Nadja hin. „Und jetzt sieh dir mal das an, was mir gestern eine Mitarbeiterin des Departements gebracht hat: Eine Mail, in der Stadtrat Peter Keller eine Bestellung für Zeitzünder aufgibt, und ausgerechnet bei einem gewissen David…"

„Was!", rief Nadja ganz entgeistert. „Das gibt es ja nicht! Jetzt haben wir schon drei Hauptverdächtige?"

Markus Aebischer hob abwehrend die Hände. „Nur nicht so schnell, Nadja. Ziehen wir keine voreiligen Schlüsse. Weder wissen wir, woher diese Mail kommt, noch, ob sie überhaupt echt ist. Und auch jede Zeugenaussage kann sich schlussendlich als falsch erweisen. Trotzdem, wir sind zweifellos ein grosses Stück weiter als gestern noch. Übrigens, was war eigentlich mit diesen Schlaftabletten, die man in der Toten nachgewiesen hat?"

„Ein gängiges Präparat, leicht zu beschaffen. Aber man hat weder in ihrer Wohnung noch im Museum einen Hinweis darauf gefunden. Es besteht somit der starke Verdacht, dass jemand Nora Egger das Schlafmittel ohne ihr Wissen verabreicht hat. Aber warum? Ich kann mir nur *einen* Grund vorstellen. Um zu verhindern, dass Nora aus dem brennenden Raum läuft, um

Alarm zu schlagen. Ach, übrigens, hat man eigentlich Patrizia Wanner auch auf dieses Schlafmittel untersucht?"

„Oh je, das haben wir leider verpasst", gab Markus zu, „wie dumm von uns! Das wäre ein gutes Indiz gewesen, aber natürlich ist es jetzt längst zu spät dafür."

Markus Aebischer trat zum Fenster, öffnete es und blickte in den Sommerhimmel hinaus. „Gut. Ich versuche mal, meine Gedanken zu ordnen. Nehmen wir mal hypothetisch an, das Ziel der Brandstiftung sei tatsächlich gewesen, Nora Egger umzubringen. Dann müssen wir uns aber fragen, warum der Täter so einen seltsamen und komplizierten Weg gewählt hat, um einen Mord zu begehen. Einerseits ist er doch mit grossen Unsicherheiten behaftet. Wie konnte denn der Täter sicher sein, dass es die Zielperson wirklich erwischte? Andererseits ist doch das Risiko, bei der Vorbereitung des Brandes entdeckt zu werden, beträchtlich. Wozu also das ganze Spektakel? Warum nicht Nora Egger mit einer der üblichen, risikoärmeren Methoden beseitigen?"

„Genau das frage ich mich auch schon die ganze Zeit", bestätigte Nadja, und Markus sprach weiter.

„Ich persönlich komme zu folgenden Alternativen: Entweder sind wir mit der ganzen Mordgeschichte komplett auf dem Holzweg, und es war einfach eine Brandstiftung mit dem Ziel, dem Museum zu schaden. Oder es war tatsächlich Mord, und die Methode mit dem Feuer hatte einen ganz bestimmten Grund, den wir einfach noch nicht erkennen können. Was meinst du?"

Nadja Huser liess sich Zeit zum Überlegen. „Was mir am meisten Kopfzerbrechen macht, ist die Sache mit den zwei Frauen hinter der geschlossenen Tür. Es kann doch einfach nicht sein, dass die beiden freiwillig in einem brennenden Raum geblieben sind und nicht versucht haben, herauszukommen und Alarm zu schlagen. Dies jedenfalls suggeriert die von der Direktorin erzählte Geschichte. Oder ist etwa diese Geschichte nur erfunden, und Martina Widmer ist selber in die Tat verstrickt? Beinahe alles ist denkbar! Dazu kommt der mysteriöse und scheinbar

sinnlose Telefonanruf von Nora Eggers Handy. All diese Unge-
reimtheiten sind mir zu gross. Mindestens eine Person hat uns
nicht die Wahrheit erzählt, das ist klar. Aber welche? Nein, ich
kann nicht an einen simplen Brand, ohne weiteren Zweck, glauben. Ach, wenn wir doch nur verlässliche Zeugen dafür hätten,
was am letzten Montag um neun Uhr im Naturmuseum wirklich
passiert ist!"

Der Kommissar schloss das Fenster wieder. „Ich bin auch dei-
ner Meinung, dass uns mindestens eine Person angelogen hat.
Aber wer? Und was wir keinesfalls vergessen dürfen, ist die
Frage nach der Zielperson. Falls wirklich ein Mord geplant war,
sollte wirklich Nora Egger umgebracht werden? Auch Patrizia
Wanner und Martina Widmer kämen als mögliche Opfer in
Frage."

„Theoretisch ja", gab Nadja zu, „aber ich denke, Nora Egger
mit ihrem grossen Erbe steht doch hier klar im Fokus."

„Ja, da hast zu wohl recht. Also, überlegen wir uns doch mal
die nächsten Schritte. Erstens: Peter Keller zu diesen Zeitzündern
befragen. Zweitens: Vanessa Moser und David Egger nochmals
ausquetschen. Waren sie wirklich im Museum? Sonst noch etwas?"

„Ich denke, das ist vorerst Arbeit genug", lächelte Nadja und
verabschiedete sich.

Mittwoch, 27. Juli

So wie jeden Tag, war auch heute Franz Huser als erster aufgestanden und im Morgenmantel die drei Stockwerke hinuntergestapft, um die Tageszeitung aus dem Briefkasten zu holen. In der Regel funktionierte das bestens. Aber ab und zu kam es vor, dass der Briefkasten um halb sieben immer noch leer war. Und dies, obwohl laut Reglement die Zustellung der Zeitung bis spätestens halb sieben garantiert wurde. Aber was nützte die Garantie, wenn es einfach nicht klappte? Wenn die Druckmaschine Probleme machte? Wenn der Lieferwagen einen Defekt hatte? Wenn der Zeitungsausträger seinen Wecker nicht gehört hatte? Wenn sein Mofa vorzeitig schlapp machte? Wenn er irgendwo im Dunkeln stolperte und sich den Fuss verstauchte?

Nein, Franz konnte keine Entschuldigung gelten lassen, unter keinen Umständen. Seine Zeitung hatte bis halb sieben im Briefkasten zu sein, und damit basta! Wenn es wider Erwarten doch nicht so war, ärgerte sich Franz über alle Massen. So eine Schlamperei, murmelte er jeweils vor sich hin, eine reine Zumutung! Ich mühe mich drei Stockwerke hinunter, und keine Zeitung! Die ganze Plackerei für die Katz! Das werde ich sofort melden, ich will mein Geld zurück!

Aber heute war alles bestens. Franz Huser nahm die Zeitung aus dem Briefkasten und mühte sich die drei Stockwerke wieder hoch. Wie immer musste er nach jedem Absatz kurz stehen bleiben und keuchend Atem schöpfen.

Dann ging er in die Küche, schaltete die Kaffeemaschine ein, füllte frisches Wasser nach, prüfte, ob der Vorrat an Kaffeebohnen noch reichte, und liess dann zwei Tassen frischen, heissen Kaffee heraus. Einen Schluck Milch für Berta, einen Zucker für sich selber, mehr brauchte es nicht. Franz trug die beiden Tassen und die Zeitung zum Schlafzimmer.

Berta war unterdessen hellwach, aber sie stellte sich weiterhin schlafend. Nur ihm nicht die kleine Freude verderben! Franz stellte Bertas Kaffeetasse vorsichtig auf ihren Nachttisch und küsste seine Frau auf die Stirn.

„Oh, jetzt hast du mich gerade geweckt", flunkerte sie und schenkte ihm ein Lächeln, „und wie schön: Frischen Kaffee im Bett!"

Franz schlüpfte wieder unter die Bettdecke, nahm einen Schluck aus seiner Tasse und faltete die Zeitung auseinander. Nach einigem Blättern hielt er plötzlich inne.

„Schau mal, Berta, hier steht endlich wieder mal etwas über den Brand im Naturmuseum. Soll ich es dir vorlesen?"

„Oh ja, gerne!"

„Also hör zu: *Der verheerende Brand im Naturmuseum, der vorsätzlich gelegt wurde und bei dem eine Frau ums Leben gekommen ist und eine zweite verletzt wurde, harrt weiterhin seiner Aufklärung. Wie Kommissar Markus Aebischer bestätigt, hat die Polizei zwar mehrere Verdächtige im Visier, aber noch niemanden verhaftet.* Alles nur Blabla, wie üblich", brummte Franz.

„Und ganz typisch", doppelte Berta nach, „es wird wieder nur der Kommissar erwähnt. Von unserer Nadja, die natürlich die ganze Knochenarbeit macht, steht überhaupt nichts drin. Bloss der Chef kommt gross heraus. Eigentlich eine Unverschämtheit! Ach, wenn nur Nadja nichts zustösst!"

„Nadja passt schon auf, mach dir nur keine Sorgen. Aber hör mal zu: Die Polizei spricht von mehreren Verdächtigen. Dann müssten wir doch jetzt endlich feststellen können, ob einer davon der merkwürdige Mann ist, den wir im Naturmuseum gesehen haben."

„Meinst du, wir dürfen zu Nadja ins Büro gehen?", fragte Berta zweifelnd.

„Ja sicher, genau das machen wir noch heute Vormittag!"

Claudia Gehring hatte ihren Wecker auf halb sechs gestellt. Aber sie war schon vor fünf Uhr hellwach und drehte sich in ihrem Bett hin und her. Sie fühlte sich doppelt unruhig. Diese

Entdeckungen Yvonne Sagers über mögliche finanzielle Unregelmässigkeiten in der Buchhaltung des Naturmuseums... Und dann dieser Adrian, der ihr einfach nicht aus dem Kopf gehen wollte... Claudia gab sich einen Ruck, erhob sich und ging ins Bad. Nach der Dusche fühlte sie sich besser. Für die heutige wichtige Sitzung im Rathaus wollte sie sich stärker als üblich herausputzen und fing an, sich sorgfältig zu schminken. Danach öffnete sie ihren Kleiderschrank und wählte, nach längerem Zögern, eine blassgrüne Bluse, eine dunkelgrünen Jupe und schwarze Sandalen mit ziemlich hohen Absätzen aus.. Eine Jacke war bei diesem warmen Sommerwetter nicht nötig. Kurz vor sieben verliess Claudia mit Pica an der Leine ihre Wohnung, und auf dem Weg zum Finanzdepartement tauchte immer wieder Adrian mit seinem Irish Setter vor ihrem geistigen Auge auf... Was ist es eigentlich, das mir diesen Mann so attraktiv macht? Natürlich bleibt dies letztlich im Dunkeln, wie immer mit solchen Dingen. Und ich weiss ja überhaupt nichts von ihm. Ist er etwa gar verheiratet? Das muss ich jetzt dringend herausfinden...

Claudia blieb nur eine knappe Stunde in ihrem Büro. Sie checkte ihre Mails, schrieb einen Rapport fertig und machte sich dann wieder auf den Weg zu dieser Sitzung mit der Finanzkommission im Rathaus. Die brave Pica war es gewohnt, für zwei oder drei Stunden allein unter Claudias Schreibtisch zu dösen und ruhig auf die Rückkehr ihrer Herrin zu warten.

Um viertel nach elf war die Sitzung zu Ende, und Claudia ging zu Fuss zurück in Richtung ihres Büros. Ihre Gedanken weilten noch immer bei der vorangegangenen Diskussion um das Budget des nächsten Jahres. Als sie um eine Strassenecke in einen Platz einbog, zuckte sie zusammen. Dort hinten stand das Naturmuseum! Und plötzlich waren ihre Gedanken vom frühen Morgen wieder da. Hier, in diesem Gebäude, war diese Patrizia tätig, die möglicherweise betrogen hatte, und hier, im selben Gebäude, arbeitete Adrian, der ihr so ein warmes Gefühl bescherte.

Claudia blieb unschlüssig stehen. Sollte sie oder sollte sie besser nicht? Und wenn Adrian gar nicht da war, oder nicht gestört werden wollte? Wie sollte sie überhaupt ihren Besuch begründen? Das Museum war ja für Externe offiziell immer noch gesperrt. Sollte sie zunächst Patrizia Wanner besuchen?

Auf gar keinen Fall darf ich Patrizia Verdacht schöpfen lassen, sagte sich Claudia. Andererseits habe ich doch schon öfters mit ihr in kollegialer Weise zusammengearbeitet. Und Patrizia ist bei dem Brand verletzt worden. Da könnte ich doch einfach kurz bei ihr reinschauen und mich erkundigen, wie es ihr jetzt geht? Claudia gab sich einen Ruck, ging zum Gebäude hinüber und trat ein.

Zehn Minuten später verliess sie zufrieden Patrizias Büro. Diese hatte sich über den spontanen Besuch gefreut, und sie hatten locker über den Brand, über die Verletzungen und die Schäden im Museum geplaudert. Die Finanzen waren mit keinem Wort erwähnt worden. Als Claudia den Flur entlang in Richtung Ausgang ging, stach ihr ein kleiner Wegweiser mit der Aufschrift *Abteilung Wirbeltiere* in die Augen. Wirbeltiere? Genau dort arbeitet doch Adrian! Claudia zögerte erneut. Darf ich ihn einfach so stören? Vielleicht ist er gar nicht allein? Ich muss mir unbedingt eine Ausrede einfallen lassen, irgendetwas mit seinem Hund…

Ganz unbewusst war Claudia schon ein Stück weit in Richtung des Wegweisers weitergegangen. Am Ende des Flurs waren drei geschlossene Türen, beschriftet mit *Büro*, *Präparation* und *Lager*. Vorsichtig klopfte Claudia an die Bürotür. Keine Reaktion. Also ein zweiter Versuch bei der Präparation. Einige Sekunden verstrichen, dann wurde die Tür ruckartig geöffnet.

„Ja, was ist…" Adrians Gesicht erstarrte. „Oh… Du bist es, Claudia! Was für eine Überraschung!"

„Entschuldige, Adrian, weisst du… Ich war… Also ich hatte vorhin eine Besprechung mit Patrizia Wanner, und dann habe ich zufällig dieses Schild *Wirbeltiere* gesehen, und da kam mir unsere Begegnung im Wald in den Sinn…"

„Schon gut", unterbrach Adrian und spürte, wie ihm siedend heiss wurde. „Also komm doch einfach kurz rein. Ich habe gerade einen Buntspecht in Angriff genommen, aber wenn dich das nicht stört…"

Adrian hatte sich wieder an seinen Arbeitstisch gesetzt, und Claudia stand immer noch unschlüssig im Türrahmen. Sie schaute sich um und fühlte sich wie in einen winzigen Zoo versetzt. Den Wänden entlang waren breite Tablare angebracht, auf denen Dutzende von halb- oder ganz fertigen Tierpräparaten standen und die fremde Besucherin aus starren Augen anblickten. Neben diversen Vögeln gab es Murmeltiere, Eichhörnchen, Siebenschläfer, Fledermäuse, Marder und sogar einen ausgewachsenen Luchs.

"Ehm…", sagte sie zögernd, „ich habe gedacht, *ich* störe sicher *dich*."

„Nein, bestimmt nicht, Claudia! Ich dachte nur, so ein aufgeschnittener toter Vogel würde dir vielleicht nicht gefallen."

„Na ja, ich versuche es mal auszuhalten", erwiderte Claudia lachend, „immerhin bin ich Ornithologin."

Sie trat langsam näher und sah Adrian vorsichtig über die Schulter. Der Vogel lag, noch unversehrt, auf Adrians Arbeitstisch und sah genauso aus, wie ein männlicher Buntspecht eben aussehen muss: Ein kräftiger, gerader Schnabel, eine schwarze Kopfhaube, ein roter Nacken, weisse Wangen mit einem schwarzen Band darunter, auffällig schwarz-weiss gemusterte Flügel- und Schwanzfedern, eine weisse Brust und darunter ein grosser roter Fleck, die sogenannten *roten Hosen*. Adrian hatte den toten Vogel vor vier Wochen in gutem Zustand im Wald gefunden. Wenig später wäre er schon von den Füchsen zerrissen und von den Maden zerfressen gewesen. Er hatte den Buntspecht gleich ins Museum gebracht und in den Tiefkühler gelegt. Heute hatte er endlich Zeit, das Tier zu präparieren.

Adrian drehte den Buntspecht auf den Rücken, nahm ein Skalpell zur Hand und durchtrennte ganz vorsichtig, so dass die

Federn nicht beschädigt wurden, die Haut an Brust und Bauch. Dann zog er mit Hilfe einer Pinzette ganz langsam die Haut des Vogels auseinander. Dicke Muskelstränge kamen zum Vorschein.

„Tatsächlich, der Anblick ist etwas gewöhnungsbedürftig", flüsterte Claudia von hinten, blieb aber tapfer stehen.

„Siehst du", sagte Adrian, „ich muss beinahe die ganze Haut, an der ja auch die Federn befestigt sind, vom Rest des Vogelkörpers, also vom Fleisch und den Knochen, ablösen. Wir nennen das *Abziehen*. Nur wenige Knochen bleiben im Präparat drin, nämlich diejenigen des Schädels, der Flügel, der Unterschenkel und des Schwanzes. Das *Abziehen* ist keine einfache Arbeit, vor allem am Kopf ist es sehr heikel. Haut und Federn dürfen keinerlei Schaden erleiden, sonst sieht das Präparat am Schluss himmeltraurig aus."

„Das kann ich mir vorstellen", sagte Claudia leise, „aber sag mal: Wenn doch die meisten Knochen herausgenommen werden, warum sackt dann das Präparat nicht in sich zusammen?"

Adrian schmunzelte. „Ja, da müssen wir ein wenig nachhelfen und dem armen Kerl ein anständiges Gerüst geben. Eigentlich muss ich zuerst den ganzen Vogelkörper künstlich nachbilden, und dann am Schluss die Haut mitsamt dem Federkleid sozusagen darüberstülpen. Natürlich muss man die Körperform des Vogels ganz genau kennen, um ein gutes Gerüst zu bauen."

„Aha, so geht das also. Und womit machst du dieses Gerüst?"

Adrian kam zunehmend in Fahrt, er fühlte sich richtig wohl in seiner fachlichen Kompetenz. „Im Wesentlichen mit Draht und Holzwolle. Manchmal braucht es auch noch Watte oder Ton dazu. Siehst du, ich habe hier eine Art Knödel aus fest zusammengepresster Holzwolle gemacht. Das ist der Rumpf unseres zukünftigen Buntspecht-Präparats. Jetzt, pass auf, stecke ich mehrere Drähte in diesen Rumpf. Die Drähte werden den Kopf, die Flügel, den Schwanz und die Beine stabilisieren. Sie werden noch mit Holzwolle und Watte umwickelt, um dem Ganzen Volumen zu geben."

Mit tausendfach geübter Hand steckte Adrian nach und nach das Gerüst für den Buntspecht zusammen und modellierte den künstlichen Körper.

Claudia blickte fasziniert auf die sich langsam abzeichnende Vogelgestalt. „Toll sieht das aus! Das könnte ich nie im Leben! Du bist ja ein wahrer Künstler!"

Adrian lachte hell auf. „Das denn doch nicht! Aber eine geübte Hand braucht man schon dafür. Und bevor ich die Haut mit den Federn dann wieder überstülpen kann, muss ich sie mit einem Schutzmittel konservieren. Würde ich das nicht machen, wäre das Präparat nach kurzer Zeit von Bakterien und Insekten zerfressen. Die Konservierung geht etwa eine oder zwei Stunden, danach kann ich beginnen, die Haut ganz vorsichtig über das Modell zu stülpen. Ist dann endlich die Haut sorgfältig montiert, kommt noch ein kleiner Höhepunkt der Präparierarbeit."

„Ach ja?"

„Nun, die Augen!"

„Warum denn das? Sind die nicht schon drin?"

„Oh nein. Die echten Augen kannst du unmöglich so konservieren, dass sie auf Dauer schön bleiben. Nein, die würden in kurzer Zeit zerfallen. Deshalb müssen wir uns mit Glasaugen behelfen. Es gibt eine riesige Auswahl erstaunlich lebensechter Varianten zu kaufen. Die Glasaugen steckt man in die leeren Augenhöhlen, und schon blickt der Vogel wieder ganz natürlich und aufmerksam in seine Umgebung. Ganz zum Schluss werde ich das Präparat noch mit dem Fön trocknen und schön frisieren, damit die Federn wie echt am Körper liegen."

„Das ist ja unglaublich spannend", staunte Claudia, „meine gute Beziehung zu unseren gefiederten Freunden hat gerade noch eine neue Dimension bekommen."

Claudia war zwei Schritte in Richtung Tür zurückgetreten. „Ja, ich glaube, ich verziehe mich jetzt wieder. Du hast viel Arbeit.

Übrigens, Adrian, ich wollte… Ich meine, wie wäre es… Ehm… Hättest du vielleicht mal Lust auf einen gemeinsamen Spaziergang mit unseren Hunden? Vielleicht am nächsten Samstag?"

Adrian fuhr es siedend heiss in den Kopf, und seine Achselhöhlen wurden schlagartig nass. Wollte Claudia ihn wirklich anmachen? Er blieb abgewandt sitzen, stützte seinen Kopf auf die Hände und stellte sich ihr schönes Gesicht vor, ihre blitzenden, tiefblauen Augen, ihre schlanke Figur… Er konnte nicht anders, diese Frau zog ihn einfach magisch an… Adrian wandte seinen Kopf.

Claudia stand immer noch verlegen im Türrahmen. „Bitte entschuldige meine dumme Idee, Adrian, vergiss es einfach wieder."

Sie wandte sich zum Gehen.

„Nein, halt, so bleib doch!", rief Adrian und sprang auf. „Ich komme gerne mit."

Claudia blickte überrascht zurück. „Meinst du wirklich?"

„Aber sicher! Am Samstag habe ich nichts vor, da ist nämlich…" Beinahe hätte er sich verplappert und Yvonne erwähnt! „Ehm… Nein, da habe ich nichts vor…"

Claudia streckte ihm ihre Hand hin. „Also dann, abgemacht! Um neun Uhr beim Waldeingang hinter der Länggasse?"

Er schlug kräftig ein, und Claudia zog sich schnell zurück.

Adrian setzte sich wieder an seinen Präpariertisch und starrte vor sich hin. Wo soll denn das hinführen? Ich bin so gut wie verlobt, wir planen den Hauskauf, die Heirat… Da kann ich doch keine Affäre brauchen! Und doch, so wie Claudia hat mich noch keine Frau auf den ersten Blick verrückt gemacht… Adrian ballte die Fäuste. Ich bin ein trauriger Feigling, sagte er sich wütend. Statt Claudia mutig die Wahrheit zu sagen, mache ich ihr noch Hoffnungen. Schäm dich, Adrian!

Berta und Franz Huser standen vor dem Eingang des Polizeipräsidiums einen Moment still und blickten beinahe ehrfürchtig an dem wuchtigen grauen Gebäude empor.

„Hinter diesen mächtigen Mauern also", sagte Franz leise, „stehen die Diener unseres Staates unermüdlich im Einsatz, um die kleinen und grossen Vergehen gegen die Regeln unserer Gesellschaft zu ahnden, um die Subjekte zur Rechenschaft zu ziehen, welche ihre ehrbaren Mitmenschen bestehlen, hintergehen, verletzen oder sogar ermorden. Ein erhabenes Gefühl, hier zu stehen, findest du nicht, Berta?"

Berta fasste seine rechte Hand. „Das hast du schön gesagt, Schatz. Ja, auch ich bin ergriffen. Und stell dir vor, unsere liebe Tochter trägt auch entscheidend zu dieser wichtigen Aufgabe bei. Ach, ich bin richtig stolz auf Nadja!"

Franz nickte zufrieden und zog Berta mit sich zum Tor, das sich wie von Geisterhand von selbst öffnete.

„Immer dieser neumodische Kram", brummte Franz, „alles wird automatisiert. Bald braucht es überhaupt keine Menschen mehr..."

Die Eingangshalle war schlicht und schmucklos gehalten. In der Mitte thronte, auf einem Sockel, eine gut zwei Meter hohe marmorne Statue der Justitia, der Göttin der Gerechtigkeit. In der linken Hand hielt sie die Waage, um Recht und Unrecht unparteiisch gegeneinander abzuwägen, in der rechten Hand das Richtschwert, um ihr gerechtes Urteil auch sogleich vollstrecken zu können. Aber Berta und Franz konnten die schöne Statue nicht lange bewundern, weil sofort ein älterer Beamter auf sie zukam und höflich fragte, was denn ihr Anliegen sei. Als Franz sagte, sie möchten zu ihrer Tochter, Nadja Huser, machte der Beamte eine kleine Verbeugung.

„Oh, Ihre Tochter ist das! Eine tüchtige angehende Kommissarin..." Er zwinkerte mit den Augen. „... und eine hübsche dazu! Also, zweite Etage, Büro 217."

„Welche Überraschung!" Nadja hatte sich auf ihrem Bürostuhl herumgedreht. „Kommt nur herein, ihr stört mich gar nicht."

Nadja küsste ihre Eltern und wies sie an, an einem kleinen Tisch vor dem Fenster Platz zu nehmen.

Berta stand gleich wieder auf und sah zum Fenster hinaus. „Hast du es doch schön hier! Dieser grüne Innenhof mit den mächtigen Linden, dem wuchernden Efeu, den Blumenrabatten..."

„Ja, ich habe zum Glück ein schönes Büro erwischt", bestätigte Nadja. „Nett, dass ihr mich einmal besuchen kommt. Aber ich nehme an, ihr habt einen bestimmten Anlass dazu?"

Franz zierte sich zunächst. „Ja, weisst du, wir wollen dich nicht von der Arbeit abhalten. Aber in der Zeitung stand so ein Aufruf an die Bevölkerung, Beobachtungen zu diesem Brand im Naturmuseum zu melden..."

„Und? Habt ihr tatsächlich etwas beobachtet?"

„Ja, möglicherweise. Wir haben in der Ausstellung mehrmals einen Mann gesehen, der irgendwie nicht zum Museum passte... Und vielleicht würden wir ihn ja auf einem Foto wiederkennen, falls du solche von Verdächtigen hättest..."

„Das ist ja famos", sagte Nadja lachend, „tatsächlich haben wir mehrere Verdächtige und sind dankbar für jeden Hinweis. Ich hole gleich die Bilder."

Nadja ging zum Schreibtisch, öffnete eine Schublade, nahm zielsicher einen Packen Fotos zur Hand und verteilte sie auf dem Tisch.

„Hier, schaut euch mal diese Bilder genau an. Kommt euch jemand bekannt vor?"

Berta und Franz beugten sich enthusiastisch über die Reihe der Bilder.

„Was meinst du, Berta?", fragte Franz nach einer Weile.

„Ehm, eigentlich erkenne ich niemanden..."

„Ja, mir geht es auch so. Dieser seltsame Mann, den wir im Naturmuseum gesehen haben, ist auf keinen Fall auf diesen Fotos."

„Schade", sagte Nadja, „aber ich bin sehr dankbar, dass ihr versucht habt, die Polizei in diesem schwierigen Fall zu unterstützen. Und… nehmt es nicht tragisch, man kann eben nicht immer den Hauptgewinn einheimsen…"

Nadja umarmte ihre Eltern und geleitete sie zum Ausgang.

„Bedauerlich, sehr bedauerlich, so ein Brandfall mit Todesfolge", sagte Stadtrat Peter Keller.

Er hatte die Kommissarin gebeten, Platz zu nehmen, war aber selber vor dem weit offenen Fenster stehen geblieben. Fast wie einer, der gleich durch die Luft abhauen will, dachte Nadja Huser schmunzelnd.

„Ob Sie das wirklich bedauern oder nicht, ist Ihre Privatsache", sagte sie ganz neutral. „Aber meine Sache ist es, herauszufinden, ob Sie mit der Brandstiftung etwas zu tun haben."

Keller wandte sich abrupt um, er hob die Brauen, und seine Mundwinkel zuckten. „Wie bitte? Solche Unterstellungen lasse ich mir nicht gefallen!"

Die Kommissarin blieb ganz ruhig. „Ich habe gar nichts behauptet. Ich stelle nur Recherchen an. Und schliesslich kommt Ihnen so ein Schadenfall im Naturmuseum gar nicht ungelegen."

Keller schloss das Fenster und setzte sich jetzt doch Nadja Huser gegenüber. „Wer behauptet das?"

„Nun, man kann es als allgemein bekannt voraussetzen, dass Sie, als Stadtrat, das Museum am liebsten schliessen würden."

„Ach so, darauf wollen Sie hinaus. Mit dem inszenierten Brand sollte wohl das Ende des Museums beschleunigt werden? Das meinen Sie doch? Eine pure Gedankenspielerei! Schliessen oder nicht, das ist eine rein politische Frage, darauf habe ich gar keinen so grossen Einfluss. Der Stadtrat und das Parlament werden zu gegebener Zeit darüber beraten. Und Sie glauben nun also, ich wäre ins Museum marschiert, hätte dort diesen Zeitzünder montiert und den Rauchmelder ausgeschaltet? Eine wahrhaft groteske Idee!"

Nadja liess genüsslich einige Sekunden verstreichen. Aber Keller zeigte keine Anzeichen von Nervosität.

„Herr Keller", sagte sie dann langsam, „immerhin haben Sie persönlich Zeitzünder und Zunder bestellt."

„Was soll ich bestellt haben?" Kellers Überraschung erschien verblüffend echt.

„Ja, und zwar bei einem gewissen David."

Unvermittelt wich jede Anspannung aus Kellers Gesicht, er klopfte sich auf die Oberschenkel und begann, schallend zu lachen.

„Ja, das habe ich tatsächlich gemacht, hahaha, bei David Lauber in Worb, einem meiner besten Freunde. Er hat persönliche Beziehungen zu den Herstellern von Zeitzündern, und so erhalte ich jedes Jahr die beste Qualität zu einem günstigen Preis. Ich habe keine Ahnung, wie Sie das herausgefunden haben. Aber Sie können es gerne jederzeit nachprüfen."

Nadja war absolut sprachlos.

Keller lachte erneut. „Und wissen Sie, wozu, Frau Kommissarin? Sie als Schweizerin müssten den schönen Brauch kennen, am ersten August, unserem Nationalfeiertag, grosse Feuerwerks-Spektakel loszulassen. Ich bin in meinem Quartier für die öffentliche Show verantwortlich. Und dabei bewähren sich diese Zeitzünder und der Zunder ausgezeichnet…"

Nadja Huser wurde feuerrot. Was für eine Blamage! Pro forma würde sie Kellers Angaben noch nachprüfen, aber sie war sicher, dass diese stimmten.

Peter Keller erhob sich, immer noch grinsend. „Es tut mir leid, Frau Huser, dass ich Sie enttäuschen muss. Nehmen Sie es nicht zu tragisch. Ehrlich gesagt bin ich auch schon in manches Fettnäpfchen getreten…"

Erst auf dem Rückweg ins Präsidium konnte Nadja wieder klare Gedanken fassen. War ihre Blamage wirklich so schlimm? Nein, sie hatte sich bloss zu leicht ins Bockshorn jagen lassen!

Auch wenn die Geschichte mit dem alljährlichen Feuerwerk stimmte, hiess das doch noch lange nicht, dass Peter Keller unschuldig war. Die Zeitzünder hatte er nun mal bestellt und konnte mit ihnen anstellen, was ihm beliebte. Im Naturmuseum war er zwar nie gesehen worden, aber er hätte ja ohne weiteres einen Komplizen mit dem Anbringen des Zeitzünders beauftragen können.

Nadja fühlte sich wieder im Lot. Alle Lösungen standen immer noch offen!

Martina Widmer fühlte sich ganz entspannt. Eine Einladung zu einem kleinen Abendessen im Hochsommer zu veranstalten, das war genau nach ihrem Geschmack. Sie hatte sich den Nachmittag frei genommen, um alles in Ruhe vorzubereiten, hatte den Gartentisch schön herrichtet, kalte Speisen zubereitet, den Wein kühlgestellt… Diese Einladung war schon lange geplant gewesen, und Martina hatte sie trotz dem, was passiert war, nicht absagen wollen. Gerade in dieser schwierigen Zeit war es doch wichtig, dass ihr Team zusammenhielt. In einer Stunde würden die Gäste eintreffen, und Martina war schon bereit. Sie setzte sich mit einem Glas Wasser an den Gartentisch, lehnte sich zurück, schloss die Augen und liess sich von den mannigfaltigen Geräuschen um sie herum forttragen und einlullen…

Was hatte Elena, ihre Tochter, kürzlich gesagt? Sie sei doch als Frau immer noch so *mega* attraktiv? Dieser Gedanke liess Martina keine Ruhe. Sie erhob sich, ging ins Haus und stellte sich im Schlafzimmer vor den grossen Wandspiegel. Bin ich wirklich noch attraktiv, wirke ich immer noch auf Männer? Sie drehte sich zweimal um die eigene Achse und betrachtete sich kritisch im Spiegel. Ja, das lässt sich noch sehen, sagte sie sich zufrieden. Weibliche Rundungen, aber keine unnötigen Fettpolster, kein Hängebusen, keine Falten. Die Haut im Gesicht so frisch wie bei einer Vierzigjährigen. Martina befühlte mit ihren Händen langsam und weich ihren Busen, ihre Hüften, ihre Oberschenkel, und schliesslich, nach einem kurzen Zögern, auch ihr Geschlecht.

Es fühlte sich gut an. Ihr Atem beschleunigte sich merklich, und eine Hitze wallte in ihr auf. Was ist nur mit mir los, fragte sie sich. Habe ich das jetzt nötig? Aber warum eigentlich nicht? Keuchend, schon beinahe atemlos, zog sie ihre Hüllen aus, den grünen Jupe, die hellblaue Bluse, die schwarzen Strümpfe, den Büstenhalter, den Slip, bis sie schliesslich nackt vor dem Spiegel stand. Sie liebkoste sich weiter, und eine wunderbare Erregung breitete sich in ihr aus. Mit einem kleinen Seufzer legte sie sich auf ihr Bett, räkelte sich wohlig, fasste sich zart ans Geschlecht, half mit etwas Speichel nach und stöhnte dann leise auf, als es richtig feucht wurde....

Nach dem erlösenden Höhepunkt blieb sie noch eine kleine Weile liegen und genoss das wohlige Gefühl. Das müsste ich doch öfter machen, dachte sie, es ist so wunderbar entspannend. Und so viel einfacher, als eine Geschichte mit einem Mann anzufangen, eine Geschichte, die doch nur in kürzester Zeit mühsam und kompliziert würde...

Sie erhob sich und ging beschwingt hinunter in den Garten. Ja, stellte sie zufrieden fest, alles war bereit für die Gäste. Sie setzte sich in den Schaukelstuhl, lehnte sich bequem zurück und dämmerte bald wieder weg...

„Martina? Bist du da?"

Sie schreckte aus dem Halbschlaf hoch, stand auf und ging um das Haus herum.

„Oh, Verzeihung, ich habe wohl die Hausglocke überhört."

Yvonne und Adrian standen am Gartentor und lachten. „Schon gut, kein Problem."

Martina ging zu den beiden hin und begrüsste sie mit Wangenküsschen. „Oh, da kommen ja auch schon die anderen. Willkommen!"

Max und Barbara, Patrizia und Jakob wurden ebenso herzlich begrüsst, und die kleine Gesellschaft begab sich in den Garten. Der rechteckige, metallene, grüngestrichene Gartentisch war schön gedeckt und bot allerlei Speisen und Getränke an. Er stand jetzt, kurz vor achtzehn Uhr, im Halbschatten einer mächtigen Eiche, die sich westlich des Hauses in die Höhe streckte.

Nachdem Martina jedem Gast ein Glas mit kühlem Weisswein in die Hand gedrückt hatte, sagte sie in die Runde: „Meine Lieben, lasst uns auf das Wohl unserer armen Nora trinken! Es bedrückt mich nach wie vor, dass wir immer noch nicht wissen, warum sie ihr Leben lassen musste…"

Martinas Hals schnürte sich zusammen. Stumm und mit feuchten Augen stiessen die Gäste miteinander an. Nach und nach jedoch lockerte sich die schwermütige Stimmung auf, die kleine Gesellschaft kam ins muntere Plaudern und verteilte sich im Garten.

Martina und ihr Exmann Peter Keller hatten vor neunzehn Jahren das Haus in einer ruhigen Seitenstrasse im Brückfeldquartier gekauft. Das beinahe hundertjährige, ehemalige Patrizierhaus stand inmitten eines grossen Gartens mit altem Baumbestand, Hecken, Blumenrabatten und Gemüsebeeten. Für die kleine Elena waren Haus und Garten das reine Paradies gewesen, aber auch die Eltern fühlten sich, zumindest die ersten paar Jahre, sehr glücklich im neuen Heim. Der Kaufpreis war relativ günstig gewesen, so dass Martina und Peter erhebliche Summen in die Renovation des alten Hauses stecken konnten. Die grosse Küche und die zwei Bäder wurden ganz erneuert, und in allen anderen Räumen wurde ein neuer Parkettboden aus Eichenriemen verlegt.

Ein Wermutstropfen war allerdings, dass das Haus unter Denkmalschutz stand und man somit an der äusseren Erscheinung kaum etwas verändern durfte. Um das Haus besser gegen die Kälte zu isolieren, musste man deshalb die Dämmschicht an der Innenseite der Mauern anbringen. Dies machte die Räume kleiner und war auch energietechnisch nicht optimal. Wenigstens war es erlaubt, alle Fenster auf den neuesten technischen Stand zu bringen. Zudem wurde eine neue Heizung auf der Basis von Holzpellets eingebaut. Erfreut stellten Martina und Peter fest, dass der Verbrauch an Heizenergie durch die getroffenen Massnahmen auf die Hälfte gesunken war.

Den Garten hatten sie zunächst nicht sehr verändert. Martina pflegte die Blumenrabatten und Gemüsebeete, Peter mähte die Rasenflächen und schnitt im Winter die Sträucher zurück. Erst als Peter ausgezogen war, bekam Martina zunehmend Lust, den Garten umzugestalten. Sie bat einen befreundeten Biologen und erfahrenen Naturgartengestalter, Entwürfe zu machen. Nach langen Diskussionen entschloss sie sich schliesslich zu einer sehr sanften Veränderung. Um mehr Licht in den Garten zu bringen, wurde eine alte, ausladende Buche gefällt und durch zwei junge Hainbuchen ersetzt. Im hinteren Gartenteil wurde das Dickicht an Sträuchern gelichtet und ein gut zwanzig Quadratmeter grosser und ziemlich tiefer Teich angelegt. Das ganze Ufer bepflanzte Martina mit einheimischen Stauden.

Jetzt, im Sommer, waren der Teich und seine Umgebung voller Leben. Am Ufer blühten dicht an dicht die hohen Stauden: rotviolett der Blutweiderich, gelb der Gilbweiderich, lila die Sumpfkratzdistel, hellrosa der Baldrian, purpur das schmalblättrige Weidenröschen, altrosa der Wasserdost, dunkelrot der grosse Wiesenknopf, weiss der Sumpf-Haarstrang und der Froschlöffel. Auf der Wasseroberfläche blühten zartrosa die Seerosen und gelb die Teichrosen, und dazwischen ragten die Stängel mit den rundlichen, grünen Früchten des längst verblühten Fieberklees senkrecht aus dem Wasser.

Wie immer, wenn er bei Martina zu Besuch war, ging Adrian zuerst zum Teich. Schon als Kind hatte er nichts Schöneres gekannt, als am Fluss oder am See zu sitzen und stundenlang den Enten, Fischen, Fröschen, Molchen, Libellen und Wasserkäfern zuzuschauen, die sich vor ihm tummelten. Als er jetzt zum Ufer trat, platschte es rundherum in schneller Folge: Etwa zwei Dutzend grüne Wasserfrösche, die am Ufer gesessen hatten, waren kurz hintereinander mit einem grossen Sprung ins Wasser gejuckt, um sich vor dem potentiellen Feind zu verbergen. Adrian lächelte. Ein herrliches Schauspiel! Er warf einen Blick auf die Wasserfläche. Mindestens hundert Wasserläufer liefen, auf der Suche nach Nahrung, kreuz und quer über den Teich. Adrian staunte jedes Mal von neuem über diese langbeinigen Insekten, die ihre Füsse mit einem wasserabstossenden Sekret versahen und so, als gäbe es nichts Einfacheres, ganz gemütlich auf der Wasseroberfläche laufen konnten. Adrian blieb ganz still stehen. Zwei grosse, in grün, blau und gelb schimmernde Libellen zogen unermüdlich ihre Kreise über dem Teich. Kamen sie sich zu nahe, flogen beide einen aggressiven Haken und verscheuchten sich gegenseitig. Es waren zwei männliche Mosaikjungfern, dies wusste Adrian, die hier auf Weibchen warteten und einander als Konkurrenz wahrnahmen.

Yvonne nahm sich ein Glas Apfelschorle sowie eine Handvoll Kartoffelchips vom Gartentisch und trat zu Martina hin. „Kommt Elena auch?", fragte sie.

Martina schüttelte den Kopf. „Nein, sie hat heute mit ihrem Freund einen Ausflug ins Berner Oberland gemacht und wird wohl ziemlich spät zurückkehren."

„Natürlich, für eine junge, hübsche Frau ist das attraktiver, als mit uns Alten zu tratschen."

Martina lachte. „Oh ja, alt sind wir tatsächlich. Auch du, Yvonne, bist ja schon dreissig…"

„Was meinst du, wie ich mit zwanzig die Dreissigjährigen als alt empfand?", konterte Yvonne.

„Klar, alles ist sehr relativ", gab Martina zu.

„Ist wirklich alles relativ?", fragte jetzt Adrian, der soeben, ein Glas Weisswein in der Hand, hinzugetreten war.

Yvonne überlegte kurz. „Nein, ganz sicher nicht alles."

Adrian nahm Yvonnes Hand. „Zum Beispiel?"

„Zum Beispiel… Ja! Meine Liebe zu dir, die ist ganz und gar absolut!"

„Schön gesagt", meinte Adrian und drückte Yvonne an sich.

„Immer noch Heiratspläne?", erkundigte sich Martina.

Yvonne strahlte. „Natürlich! Im Frühjahr soll's soweit sein. Aber vorher möchten wir noch ein schönes Haus für uns finden. Wir sind ja schon lange am Suchen, aber es scheint fast unmöglich. Jedes Mal stimmt irgendetwas ganz Wichtiges nicht!"

„Und wenn alles stimmt, dann ganz sicher der Preis nicht…", lachte Martina. „Ja, es ist nicht einfach heutzutage. Wir hatten damals ein Riesenglück mit unserem Haus hier. So ein Grundstück findet man ja heute kaum mehr."

Yvonne schniefte. „Ja, eben, es wird immer schwieriger. Mehr und mehr Leute möchten sich den Traum vom Eigenheim im Grünen erfüllen, aber schlussendlich reicht der Platz einfach nicht für alle."

Martina fasste Yvonne sanft beim Arm. „Ich rate euch, einfach nicht aufzugeben. Bestimmt findet ihr bald etwas Tolles!"

Yvonne lächelte. „Danke für deinen Zuspruch, Martina."

Adrian drückte Yvonne an sich, aber er musste tief durchatmen, um die erneut auftauchenden Gedanken an die attraktive Claudia zu verscheuchen…

Martina wandte sich um. Beinahe hätte sie die Fischers vergessen! Barbara und Max standen vor dem Blumenbeet und versuchten gemeinsam, die einzelnen Blüten zu benennen.

„Kommt doch auch wieder zum Tisch", rief ihnen Martina zu, „dann können wir mit dem Essen beginnen."

Barbara wandte sich um. „Oh, entschuldige, Martina, wir waren so vertieft in deine schönen Blumenbeete…"

Alle setzten sich an den liebevoll dekorierten und mit allerlei Platten und Schüsseln belegten Gartentisch. Martina schenkte Wein und Wasser ein und forderte ihre Gäste auf, sich selber von den Speisen zu bedienen.

„Das sieht ja extrem lecker aus", lobte Adrian, während er eines der geräucherten Forellenfilets, Reissalat und grünen Salat auf seinen Teller häufte. „Martina, ich wollte dich noch etwas fragen. Soweit ich weiss, werden Gartenteiche doch immer von Grasfröschen besiedelt. Aber bei dir hat es jede Menge der so laut quakenden Wasserfrösche. Wie kommt das?"

Martina lachte. „Ja, das ist tatsächlich ein Phänomen. Ich vermute, dass meine Wasserfrösche vom Schulhaus hergekommen sind. Dort gibt es einen viel grösseren Teich, der nur etwa hundert Meter von hier entfernt ist."

„Hast du keine Probleme mit den Nachbarn?", fragte Adrian, „die Wasserfrösche machen doch einen ganz ordentlichen Krach mit ihrem lauten Gequake."

Martina zuckte mit den Achseln. „Oh ja, davon könnte ich allerdings ein Lied singen. Drei verschiedene Nachbarn haben mir ihre Anwälte auf den Hals gehetzt. Aber ich konnte schliesslich glaubhaft darlegen, dass die Frösche aus eigenem Antrieb in meinen Garten gewandert sind und deshalb bleiben dürfen, auch wenn das Gequake die Nachbarn noch so sehr stört."

„Echt fortschrittlich, diese Rechtsprechung", meinte Adrian, „das Recht des Tieres auf Leben, sogar das eines Frosches, wird höher gewichtet als die Nachtruhe von Menschen."

Martina nickte ihr zu. „Ja, so ein Gartenteich ist eine dankbare Sache, den ganzen Sommer über gibt es immer viel zu beobachten. Vielleicht habt ihr ja in eurem neuen Haus auch die Möglichkeit, einen Teich anzulegen?"

„Ach, wie wäre das herrlich, nicht wahr, Liebling?", schwärmte Yvonne und drückte Adrian einen Kuss aufs Ohr. „Dann könnten unsere Kinder all die grossen und kleinen Wunder der Natur von klein auf kennenlernen."

„Ja, das machen wir", erwiderte Adrian halbherzig, während seine Gedanken schon wieder zu Claudia hüpften…

Donnerstag, 28. Juli

Claudia Gehring klopfte an die Tür. „Darf ich einen Moment stören, Paul?"

Stadtrat Paul Wyss blickte von seinem Schreibtisch auf. „Ach, du bist es, Claudia. Kein Problem, komm herein. Ich habe allerdings nur zehn Minuten für dich. Dann muss ich los, zur Abteilungssitzung der Steuerverwaltung."

„Danke, Paul, ich fasse mich so kurz wie möglich. Aber es ist mir ein Anliegen, dich über etwas ziemlich Ungewöhnliches zu informieren. Vorgestern kam Yvonne Sager, Mitarbeiterin im Naturmuseum, zu mir und erklärte, sie habe den Verdacht, in der Buchhaltung ihres Betriebes kämen Unregelmässigkeiten vor."

Paul Wyss runzelte die Stirn. „Naturmuseum, da war doch kürzlich dieser schlimme Brand? Und wie heisst doch gleich die Buchhalterin dort? Ich sehe sie vor mir… Eine blonde Schönheit, immer modern gestylt und geschminkt… Ach ja: Patrizia Wanner! War das etwa Patrizia, die ums Leben gekommen ist?"

„Nein, das war eine Mitarbeiterin von ihr. Auch Patrizia Wanner wurde beim Brand verletzt, aber mittlerweile arbeitet sie wieder. Und dieses Unglück hat sozusagen die Sache ins Rollen gebracht. Weil die Buchhalterin letzte Woche noch im Krankenhaus lag, musste Yvonne Sager ihre Stellvertretung übernehmen. Und dabei ist sie in der Buchhaltung auf mehrere Belege gestossen, die sie sich nicht erklären konnte. Ich habe unterdessen in die Buchhaltungsdatenbank reingeschaut In mehreren Budgetbereichen liegen die Ausgaben des Naturmuseums deutlich über dem Durchschnitt vergleichbarer Häuser. Das muss aber noch nichts bedeuten. Der Verdacht von Yvonne Sager geht dahin, dass Patrizia Wanner sich persönliche Bedürfnisse vom Betrieb habe finanzieren lassen. Diese Hypothese halte ich für ziemlich plausibel, weil offenbar tatsächlich mehrere der bestellten und bezahlten Objekte – Tonerkassetten, Beamer, Bürostühle – gar nicht im Museumsgebäude im Einsatz stehen. Aber ob allenfalls noch gravierendere Veruntreuungen vorgekommen sind, das bedarf weiterer Abklärungen."

Paul Wyss schaute nachdenklich auf seine Notizen. „Sehr auffällig, ja. Sicher braucht es noch vertiefte Analysen. Ich bitte dich, dabei äusserst diskret vorzugehen, Claudia. Du weisst ja, bis auf Weiteres gilt die Unschuldsvermutung."

„Ja, das ist mir bewusst. Ich ziehe mich jetzt zurück und wünsche dir einen guten Tag."

Claudia holte sich am Automaten einen Kaffee und ging nachdenklich zurück in ihr Büro. Wie sollte sie jetzt vorgehen? Plötzlich huschte ein Lächeln über ihr Gesicht. Aber natürlich! Daran hätte ich schon lange denken können! Sie öffnete eine Schublade ihres Schreibtisches und nahm die Kopie von Yvonne Sagers Notizen heraus. Vier verschiedene Adressen von Firmen waren aufgeführt: Ein PC-Shop, ein Geschäft für Büromöbel, ein Fotogeschäft und ein Sanitärunternehmen. Dort waren die verdächtigen Produkte bestellt worden. Voller Vorfreude nahm sie den Telefonhörer zur Hand. Ein Kinderspiel, dies abzuklären!

Eine halbe Stunde später fluchte Claudia leise vor sich hin. Schon wieder ins Fettnäpfchen getreten! Überall hatte sie auf Granit gebissen. Keines der Geschäfte war bereit gewesen, Auskünfte über Kunden zu erteilen. Nur mit einer polizeilichen Verfügung, hatten sich alle herausgeredet. Gut, sagte sich Claudia, dann eben auf diesem Weg! Sie suchte die Nummer von Kommissar Aebischer heraus. Diesen renitenten Geschäftsleuten würde sie es schon zeigen!

Vanessa Moser wirkte ausgesprochen nervös. „Was soll das jetzt, mich schon wieder auszuquetschen?"

„Es tut mir leid, Frau Moser, wenn Sie sich jetzt unter Druck gesetzt fühlen", sagte Nadja Huser ganz sanft. „Aber der Tod Nora Eggers ist nach wie vor ungeklärt, und Sie waren ihre engste Vertraute. Oder liege ich da falsch?"

Vanessa seufzte tief und wandte ihren Blick ab. „Das wird wohl schon stimmen. Aber... Die letzten Jahre waren nicht einfach für mich, das können Sie mir glauben."

„Ja, das kann ich gut nachfühlen", bestätigte Nadja.

Nach einer längeren Pause fuhr Vanessa fort. „Es begann vor etwa vier Jahren. Ich lebte damals schon seit sechs Jahren mit Nora zusammen, und eigentlich war ich völlig zufrieden. Dann lernte ich eines Abends, bei einer Vernissage, Tamara kennen. Ich habe es nicht gewollt, und ich habe keine Ahnung, welche Teufelin mich damals ritt, aber ich verliebte mich Hals über Kopf in Tamara. Was sollte ich machen? Nora war lieb, anständig, seriös und absolut treu. Und Tamara war das genaue Gegenteil. Wild, fordernd, verführerisch, unberechenbar. Das Dilemma war die Hölle. Können Sie sich das vorstellen? Aber ich konnte nicht anders, ich musste mich ohne Rücksichten in diese neue Beziehung stürzen. Natürlich kam Nora bald dahinter. Sie stellte mich unbarmherzig zur Rede, verlangte sofortige Klärung und setzte mir ein Ultimatum. Aber ich war komplett unfähig, eine Entscheidung zu treffen. Und vier Wochen später kam der Rauswurf."

Die Polizistin blickte Vanessa fragend an. „Und das heisst..."

„Rausgeschmissen hat sie mich! Einfach abserviert! Ich habe restlos genug, hat Nora wütend geschrien, in einer Woche bist du weg!"

„Das war bestimmt schwierig für Sie?"

„Natürlich war es schwierig. Wo sollte ich hin? Tamara wohnte in einer Frauen-WG, und da wollte ich auf keinen Fall mittun. Also suchte ich mir eine Pension, wo ich vorübergehend bleiben konnte. Ich hatte damals noch meine Stelle als Sozialarbeiterin, da konnte ich mir das leisten. Und zwei Monate später habe ich diese Wohnung hier gefunden."

„Und wie ging es dann weiter?"

„Nun, die Beziehung zu Tamara ging einige Zeit später zu Ende, und bald darauf fiel auch meine Arbeitsstelle den städtischen Sparmassnahmen zum Opfer. Danach geriet ich in ein grosses Loch. Depressionen, Alkohol, eben das Übliche…"

„Und Nora Egger?"

Vanessa Moser wischte sich eine Träne weg. „Ja, die liebe Nora… Irgendwann hat sie mir offenbar verziehen und bekam Mitleid mit mir. Sie hat mir Briefe geschrieben, und dann haben wir uns wieder häufig in der Stadt getroffen. Sie trug mir nichts nach, aber sie machte mir auch klar, dass unsere intime Beziehung definitiv vorbei war. Sie kam nie in meine Wohnung, und ich durfte auch nicht mehr zu ihr nachhause. Aber sie war immer freundlich und aufmerksam, das hat mir in dieser schwierigen Zeit sehr geholfen. Sie hat mich wohl buchstäblich vor dem Abgrund gerettet. Ach, liebste Nora, warum musstest du jetzt schon sterben?"

„Nora ging demnach keine neue Beziehung ein?"

„Nein, das hätte sie mir bestimmt gesagt. Ich hatte den seltsamen Eindruck, Nora sei mir immer noch vollkommen treu, obwohl sie eine nähere Beziehung vehement ablehnte."

„Hatten Sie den Eindruck, Nora habe sich verändert?"

Vanessa Moser blickte erstaunt auf. „Verändert? Da muss ich nachdenken… Ja, ich denke, Nora hat sich tatsächlich verändert. Sie wurde, wie soll ich sagen, härter, kompromissloser, beinahe verbittert. Ich denke, sie war im Grunde sehr einsam und hat darunter gelitten."

„Hat denn Nora irgendwann von einem Testament gesprochen?"

„Was, ein Testament hat sie gemacht? Das überrascht mich aber sehr. Nora war doch noch jung und auch vollkommen gesund! Und eine Feuersbrunst, das konnte doch niemand voraussehen…"

„Nein, natürlich nicht, entschuldigen Sie meine Neugierde. Ich danke Ihnen für die Zusammenarbeit, Frau Moser."

Martina Widmer schaute auf ihre Uhr. Oh, schon zwanzig vor sechs, es wird Zeit, nachhause zu gehen. Sie fuhr den Computer herunter und räumte flüchtig ihren Schreibtisch auf. Was macht denn das Wetter, ist etwa ein Gewitter im Anzug? Sie schaute zum Fenster hinaus. Nein, der Himmel war überwiegend blau, nur einige weisse Wolken leuchteten in der tiefstehenden Sonne. Plötzlich zuckte Martina zurück. Was war denn das gewesen? Etwas hatte sie unvermittelt geblendet. Aber woher war es gekommen? Da war es wieder!. Aha! Irgendwie musste es mit dem breiten, fünfstöckigen, grauen Gebäude auf der anderen Strassenseite zusammenhängen. Ja, von dort drüben war sie geblendet worden! Konzentriert starrte sie auf die langen Reihen der Fenster. Da, schon wieder! Wie ein kurzer Blitz, der sie unwillkürlich blinzeln liess. Schon war sie der Lösung des Rätsels näher: Jetzt kamen nur noch drei oder vier Fenster als Quelle infrage, beim nächsten Aufleuchten würde sie es wissen! Nichts geschah, ihre Konzentration drohte nachzulassen… Da war es erneut! Der Lichtblitz kam eindeutig aus dem vierten Stock, vom zweiten Fenster von links. Was zum Teufel soll das, fragte sich Martina, ist das nur ein Reflex des Sonnenlichtes in einem Fensterglas? Oder bewegt sich dort etwas Reflektierendes? Sie holte aus dem Materialraum ein Fernglas, stellte sich hinter den Vorhang und richtete das Glas ganz vorsichtig auf das besagte Fenster. Die flache Abendsonne liess einen Teil des hinter dem Fenster liegenden Raumes aufleuchten.

„Nein! Das darf doch nicht wahr sein! Was für eine Unverschämtheit!", entfuhr es Martina laut. Sie sah einen Mann, der durch ein auf einem Stativ montiertes Fernrohr blickte, und zwar genau zu ihr ins Büro hinein! Was für ein verdammter Spanner, murmelte Martina verächtlich, das lasse ich mir ganz sicher nicht gefallen! Morgen früh melde ich es der Polizei!

Freitag, 29. Juli

„Hier Stadtpolizei, Nadja Huser ... Oh, Guten Morgen, Frau Widmer ... Was sagen Sie? Ein Spanner in Ihrer Nachbarschaft, der mit seinem Fernrohr die Frauen im Museumsgebäude beobachtet? ... Nein, das geht natürlich nicht ... Wo denn genau? ... Ja, ich habe mir die Lage des Fensters notiert und werde den Kerl heute noch besuchen ... Vielen Dank für den Hinweis, und auf Wiedersehen."

Nadja Huser fluchte leise vor sich hin. Auch das noch! Dabei hätte ich schon mehr als genug zu tun... Sie schaute auf ihre Agenda. In einer halben Stunde würde David Egger zur Befragung kommen, und danach musste sie unbedingt noch diverse Protokolle niederschreiben. Um fünfzehn Uhr war Abteilungssitzung. Eigentlich hatte sie vorgehabt, anschliessend Feierabend zu machen, aber sie hatte der Museumsdirektorin nun mal versprochen, noch diesen verflixten Spanner aufzusuchen. Nadja seufzte tief auf. Aber wer weiss, vielleicht hatte dieser Mensch sogar etwas Wichtiges gesehen?

David Egger tauchte pünktlich in Kommissar Aebischers Büro auf. Nadja Huser stutzte, als sie bemerkte, dass Egger genau dieselben Kleider wie bei ihrem Besuch in Mittenwald trug. Rosarotes, kurzärmliges Hemd, dunkelrote Krawatte, graue Bundfaltenhosen, geschlossene schwarze Lederschuhe. Ein Zufall? Hatte er keine anderen Kleider? Markus und Nadja waren übereingekommen, David Egger heute direkt und provokativ zu befragen.

Kaum hatte dieser am Tisch Platz genommen hatte, legte Markus los. „Herr Egger, Sie werden dringend verdächtigt, den Brand im Naturmuseum gelegt und den Tod Ihrer Halbschwester Nora mitverursacht zu haben."

Egger schnaubte verächtlich. „Kompletter Unsinn", erwiderte er und blickte seine Gegenüber selbstbewusst an. „Völlig unmöglich. Wie hätte ich das anstellen sollen? Ich war ja seit vielen Jahren nicht mehr in diesem Museum."

„Ach so?", blaffte Aebischer mit scharfer Stimme, „Sie wurden aber am vorletzten Sonntag, einen Tag vor dem Brand, dort gesehen. Und auch einige Tage vorher waren Sie dort."

Egger schüttelte den Kopf. „Das stimmt ganz einfach nicht. Wer will mich dort gesehen haben?"

„Nun, ein zuverlässiger Zeuge. Wie gesagt, Sie sind dringend verdächtigt. Sie wussten, dass Sie durch Noras Tod aus Mutters Erbe mehr als eine Million Franken zusätzlich kassieren würden und plötzlich schuldenfrei wären. Das war allzu verlockend, um noch Gewissensbisse zu haben, Herr Egger!"

Egger verlor jetzt doch langsam seine Ruhe. Er beugte sich vor und sah den Kommissar durchdringend an. „Auch wenn ich das Geld tatsächlich gut gebrauchen kann, bedaure ich Noras Tod sehr. Ich habe mit dem Brand nichts zu tun! Glauben Sie mir doch, ich bin unschuldig! Aber wie soll ich das verdammt nochmal beweisen?"

„Das dürfen Sie gerne mit Ihrem Anwalt besprechen", erwiderte Aebischer kalt. „Aufgrund der Indizienlage könnte ich Sie auf der Stelle verhaften, aber ich lasse Sie vorläufig laufen. Sie halten sich aber zu unserer jederzeitigen Verfügung. Sie können gehen."

„Glauben Sie ja nicht, Sie könnten mich damit beeindrucken!", schnaubte Egger und erhob sich so ruckartig, dass sein Stuhl nach hinten kippte und scheppernd auf den Holzboden fiel.

Im Türrahmen drehte sich Egger nochmals kurz um und warf Aebischer einen bösen Blick zu. Dann fiel die Tür knallend ins Schloss.

„Glaubst du, er ist schuldig?", fragte Nadja vorsichtig.

Aebischer zuckte mit den Schultern. „Ehrlich gesagt, habe ich keine Ahnung. Aber einen tüchtigen Schrecken haben wir ihm eingejagt. Vielleicht bringt ihn das dazu, einen Fehler zu begehen, wer weiss?"

Claudia Gehring atmete erleichtert auf. Zum Glück war die von Kommissar Aebischer unterschriebene Verfügung so rasch eingetroffen! Und sie hatte Wunder bewirkt: Alle Firmen hatten ihr brav Auskunft erteilt! Claudia konnte es kaum glauben, was sie heute erfahren hatte. Der Beamer und die Bürostühle waren zwar tatsächlich geliefert worden und standen möglicherweise bei Patrizia Wanner zuhause. Zusätzlich aber gab es acht Rechnungen, über insgesamt fast 32'000 Franken, die in der Museumsbuchhaltung der letzten sechs Monate verbucht waren. Aber, wie die vier betroffenen Geschäfte telefonisch bestätigt hatten, war kein einziger dieser acht Aufträge je bestellt, ausgeführt oder bezahlt worden! Offensichtlich war die Ware also auch nicht bei Patrizia Wanner zuhause gelandet. Dies liess eigentlich nur *einen* Schluss zu: Die Belege mussten gefälscht und die Zahlungen auf ein spezielles Konto überwiesen worden sein! Claudia ging unruhig in ihrem Büro auf und ab. Was sollte sie als Nächstes unternehmen? Zunächst musste sie sich die Papierbelege aus den Ordnern beschaffen und von einem Experten auf ihre Echtheit prüfen lassen. Zudem musste sie die kritischen Zahlungsströme analysieren. Dann würde sie weitersehen.

Kurz nach siebzehn Uhr stand Nadja Huser vor dem grossen Haus gegenüber dem Naturmuseum und zählte die Fenster ab. Also der Eingang ganz links, vierter Stock, rechte Wohnung, das müsste stimmen. Die Haustür war nicht verschlossen, und Nadja stieg die alte, etwas schiefe und knarrende Holztreppe hoch. Hier musste es noch die richtigen, klassisch einfachen und finanziell erschwinglichen Altbauwohnungen geben! Wie sie vermutet hatte, waren auf jeder Etage zwei Wohnungen. Das winzige Klingelschild in der vierten Etage, Wohnung rechts, war von Hand beschriftet: *Samuel Tribelhorn*. Was für ein merkwürdiger Name, Tribelhorn, dachte Nadja, was der wohl bedeutet?

Erst nach dreimaligem Klingeln liess sich eine raue Stimme vernehmen. „Was ist?"

Schon auf der Treppe hatte Nadja beschlossen, dass hier eine kleine List notwendig war, um den Herrn nicht vorzeitig zu warnen.

„Ein Paket für Sie!", rief sie, so laut sie konnte.

„Paket? Woher denn das? Habe nichts bestellt! Moment, ich komme…"

Schlurfende Schritte waren zu hören, dann ging die Tür einen Spalt weit auf.

„Verdammt, was soll das!", schrie der etwa siebzigjährige, weisshaarige Mann, als er die Polizeiuniform sah, und versuchte sofort, die Tür wieder zuzudrücken.

Aber Nadja hatte ihren Fuss bereits in die Tür gesetzt und drängte den Mann, zwar nicht mit roher Gewalt, aber doch mit bestimmtem Druck ihres Oberkörpers zurück. Der Überraschungseffekt hatte funktioniert, sie stand jetzt in der Wohnung! Nadja war sich sehr wohl bewusst, dass ihr Verhalten nicht wirklich legal war. Sie hätte einen Kollegen mitnehmen und sich Tribelhorn vorsichtiger nähern müssen. Aber das war ihr im Moment egal. Sie traute sich zu, mit diesem Mann so umgehen zu können, dass er am Ende keine Anzeige erstattete.

„Es tut mir sehr leid, dass ich etwas grob werden musste, Herr Tribelhorn", sagte sie ganz sanft, „aber es liegt eine Anzeige gegen Sie vor."

Der Mann hatte seinen anfänglichen Widerstand komplett aufgegeben. Bewegungslos und mit hängenden Schultern stand er in der Mitte des Flurs und starrte zu Boden. Seine Kleidung war schäbig, alt und notdürftig geflickt.

Nadja machte einen Bogen um ihn herum und betrat das angrenzende Zimmer. Der Raum lag im Halbdunkeln, weil der dicke Vorhang vor dem Fenster bis auf einen Spalt von etwa zehn Zentimetern zugezogen war. Nadja zog den Vorhang auf und sah genau das, was sie erwartet hatte! Vor dem Fenster stand ein

Stuhl, und davor waren zwei Stative aufgestellt. Auf dem einen war ein Fernglas, auf dem anderen ein Fernrohr montiert. Nadja schaute zurück. Der alte Mann stand jetzt reglos im Türrahmen und blickte ins Leere. Nadja setzte sich auf den Stuhl. Die Stative waren so eingestellt, dass man im Sitzen bequem durch beide Gläser schauen konnte. Diese waren nach schräg links unten gerichtet. Genau auf die Fassade des Naturmuseums. Martina Widmer hatte also absolut richtig beobachtet! Die Polizistin wandte sich wieder dem weisshaarigen Herrn zu, der immer noch schlaff im Türrahmen stand.

„Sie mögen Frauen, Herr Tribelhorn? So sehr, dass Sie sie im Fernrohr beobachten müssen?"

Der alte Mann hob unsicher die Hände bis in Brusthöhe. „Nun… Ehm… Ja, ich gebe es zu."

Nadja war wirklich verblüfft. Sie hatte fest damit gerechnet, eine hübsche kleine Geschichte aufgetischt zu bekommen. Vögel beobachten, den Mond studieren, Sterne betrachten, was auch immer. Und jetzt gab er es einfach zu! Nun ja, umso besser!

„Herr Tribelhorn, könnten wir uns kurz hinsetzen und darüber reden?"

Wortlos wandte sich Tribelhorn um und ging voraus in die Küche. Oh je, dachte Nadja beim Anblick des Durcheinanders und des Schmutzes, was für ein Haushalt! Wahrscheinlich müssen wir für den Herrn noch einen Vormund organisieren…

Tribelhorn stellte zwei, sogar einigermassen saubere, Tassen auf den schmierigen Küchentisch und schenkte sich aus einem Thermoskrug Kaffee ein. Mit einer stummen Geste forderte er die Polizistin auf, sich selber zu bedienen. Dann setzte er sich langsam und starrte wieder reglos auf den Tisch. Nadja liess einen Moment verstreichen, bevor sie zu sprechen anfing.

„Herr Tribelhorn, Sie brauchen überhaupt keine Angst zu haben. Ich werde Sie nicht verhaften und auch nicht vor den Richter bringen. Nicht mal eine Busse brumme ich Ihnen auf. Aber ich muss Ihnen doch sagen, Ihr kleines Hobby, durch das

Fernrohr fremde Frauen zu betrachten, ist nicht gerade von der höflichen Art."

Tribelhorn zuckte ganz schwach mit den Schultern und blickte die Polizistin von unten her verstohlen an. Langsam schien er wieder aufzutauen.

„Vielleicht können Sie mir sogar helfen", ergänzte Nadja ganz leicht und wie zufällig.

Tribelhorns Brauen hoben sich, seine Augen leuchteten sichtbar. „Ich? … Ihnen helfen?"

„Waren Sie am Montag letzter Woche hier?"

„Oh… Das ist schon lange her…"

„Erinnern Sie sich an die Feuersbrunst?"

Jetzt war Tribelhorn wieder voll da! „Ja, natürlich! Drüben im Museum. War ganz interessant zum Beobachten. Der schwarze Rauch, die Feuerwehrleute, die Wasserfontänen, die Bahren mit den beiden Frauen…"

Nadja schöpfte Hoffnung. Vielleicht hatte er tatsächlich etwas gesehen? Hatte *er* etwa die Direktorin angerufen? Aber das war eigentlich unmöglich. Wie sollte er an Nora Eggers Handy herangekommen sein?

„Erzählen Sie ruhig weiter. Was haben Sie vor dem Brandausbruch beobachtet?"

Tribelhorn dachte sichtlich angestrengt nach. „Vor dem Brandausbruch… Ja, es war ein ganz normaler Morgen. Die Angestellten kamen zur Arbeit, richteten sich in den Büros ein, redeten miteinander, tranken Kaffee…"

Nadja musste ein Lachen verbeissen. „Jetzt im Sommer ist das bestimmt hübsch anzusehen, die leichtbekleideten Frauen…"

Tribelhorn lächelte nur versonnen vor sich hin und nippte an seinem Kaffee.

Nadja fragte sofort weiter. „Wann und wo haben Sie denn etwas vom Brand bemerkt?"

Der alte Mann überlegte wieder quälend lange Sekunden. Ist er wirklich zurechnungsfähig, fragte sich Nadja. Aber sie musste es einfach riskieren, vielleicht war das ihre einzige Chance!

Endlich sprach Tribelhorn wieder. „Also auf die Uhr schaue ich eigentlich nie. Aber plötzlich sehe ich, wie aus einem offenen Kippfenster schwarzer Rauch quillt. Das war ganz hinten im Gebäude, im zweiten oder dritten Stock. Ich habe gedacht, jetzt geht dann gleich ein Alarm los, aber nichts geschah. Die Rauchfahne wurde immer grösser, und ich hörte knackende und splitternde Geräusche."

„Und natürlich blickten Sie weiterhin gebannt durch Ihr Fernrohr…"

„Selbstverständlich. Ich habe mich sehr gewundert, dass immer noch kein Alarm zu hören war. Die haben doch bestimmt überall Rauchmelder installiert! War etwas kaputt gegangen? Aber ausser der Frau, die an einem offenen Fenster telefonierte, war kein Mensch zu sehen…"

Nadja zuckte wie vom Blitz getroffen zusammen. „Wie bitte? Eine telefonierende Frau? Wo genau war das?"

„An welchem Fenster, kann ich nicht mehr sagen. Aber natürlich erkannte ich sie, die sehr, sehr hübsche, blonde Frau, die im Museum arbeitet…"

„Dieses Telefon fand also statt, nachdem der Brand ausgebrochen war, und bevor die Feuerwehr eintraf?"

„Ja, eigentlich unmittelbar, nachdem ich den Rauch bemerkt hatte. Und lange, bevor ich die Sirene hörte."

„Haben Sie gesehen, ob die Frau mit einem normalen Telefon oder mit einem Handy telefonierte?"

„Natürlich habe ich das gesehen, mit meinem guten Fernrohr! Wissen Sie, ich beobachte jedes Lächeln, jedes Augenzwinkern und jedes Fältchen im Gesicht der Frauen… Es war ein Handy, und zwar eines der Marke Samsung. Zu sehen an der Form der Kameraöffnung."

„Aha, Sie beobachten wirklich genau, Herr Tribelhorn. Sie würden also die telefonierende Frau wiedererkennen?"

„Aber selbstverständlich, ich bin doch kein Tattergreis!"

Nadja streckte dem alten Mann die Hand hin. „Herr Tribelhorn, ich zähle fest auf Ihre Hilfe! Ich werde nochmals bei Ihnen vorbeikommen und Ihnen einige Fotos zeigen. Und ich rechne damit, dass Sie mich beim nächsten Besuch freiwillig eintreten lassen."

Tribelhorn zwinkerte ihr verschmitzt zu und drückte ihr die Hand. „Darauf können Sie sich verlassen. Sie sind nicht nur eine wunderschöne Frau, sondern auch eine anständige Polizistin."

Nadja fühlte sich grossartig, als sie die knarrende Holztreppe wieder hinunterstieg. Eine solch unerwartete, spannende und spontan verlaufende Begegnung hatte sie in ihrem ganzen bisherigen Berufsleben noch nie gehabt!

Wie fast jeden Abend, sass Jakob Auer stumm am Tisch und verzehrte mit leerem Blick langsam sein Abendbrot. Der Trubel um ihn herum, die lauten Rufe und Scherze seiner Wohnungskameraden, all dies kümmerte ihn nicht. Er war in seine eigene Welt eingesponnen.

Sein Betreuer Andreas Burger sah ihm aufmerksam zu. War heute etwas anders als sonst? Sein Bauchgefühl sagte ihm Ja. Aber was? Irgendwie kam es ihm vor, Jakob wolle etwas vor ihm verstecken. Aber danach zu fragen war sinnlos, niemals würde Jakob es ihm sagen.

Andreas Burger schloss die Augen und dachte nach. Ja, das war es! Die Zeichnungen! Bis vorgestern hatte Jakob jeden Tag mindestens zwei neue Zeichnungen im Zusammenhang mit dem Brand an seinem Arbeitsplatz angefertigt. Aber weder gestern noch heute hatte Andreas in Jakobs Zimmer eine neue Zeichnung gesehen. Das musste einen Grund haben!

Nach dem Abendessen zog sich Jakob wie immer in sein Zimmer zurück. Ob er wohl am Zeichnen ist, fragte sich Andreas. Er klopfte an Jakobs Zimmertür und trat, weil dieser sowieso nie auf das Klopfen antwortete, gleich ein. Jakob sass ganz vertieft vor dem Fernseher und sah sich die Werbung an. Andreas stellte sich vor die Wand, an der die Zeichnungen mit der Feuersbrunst hingen, und wartete geduldig, bis Jakob von selbst zu ihm aufschauen würde. Das war erfahrungsgemäss die beste Methode, um ihn zum Sprechen zu bringen. Endlich wandte Jakob seinen Kopf. Ein Hauch von Lächeln lag auf seinem Gesicht. Wahrscheinlich war er im Geist immer noch mitten in der Fernsehwerbung.

Andreas wies auf die Bilder hin. „Jakob, warum hast du gestern und heute keine neuen Bilder gemalt?"

Das Lächeln verschwand aus Jakobs Gesicht. Er zog die Schultern hoch und blickte starr zum Fenster hin. Andreas' Frage war ihm sichtlich unangenehm. Arme, Schultern und Nacken verkrampften sich zusehends, sein Gesicht versteifte sich zur Maske. Hatte er etwas zu verbergen? Andreas kam langsam näher, stellte sich hinter ihn und begann, ganz vorsichtig und behutsam, seine Schultern zu massieren. Er wusste aus Erfahrung, dass sich Jakob dadurch schnell beruhigen würde. Tatsächlich, seine Muskeln wurden rasch weicher, und mehrmals stiess er einen tiefen Seufzer aus. Schliesslich erhob er sich, ging schleppend zu seinem Schreibtisch und zog die unterste Schublade heraus. Andreas folgte und schaute ihm über die Schulter.

Ein schwarzes Tuch bedeckte den Inhalt der Schublade. Jakob zögerte und druckste sichtlich herum. Andreas wartete geduldig, bis Jakob das Tuch endlich wegzog und den Blick auf sein neustes Bild freigab.

Samstag, 30. Juli

Punkt neun Uhr erreichte Adrian Münger mit seinem Zeno den Waldeingang hinter der Länggasse und schaute sich um. Er fühlte sich buchstäblich wie zwischen Hammer und Amboss. Yvonne war den ganzen Tag auswärts auf einer Weiterbildung, und er selber war mit einer Frau, die er kaum kannte, die ihn aber unwiderstehlich anzog, verabredet. Was sollte nur daraus werden? Wenn er an Claudia Gehring dachte, bekam er sofort eine Gänsehaut. So stark elektrisierte ihn diese Frau!

Seine Gedanken wirbelten durcheinander. Warum habe ich mich bloss auf diese Verabredung eingelassen? Ich will doch Yvonne auf keinen Fall aufgeben! Brauche ich denn ein kleines Abenteuer?

Am liebsten wäre Adrian jetzt einfach davongerannt und hätte versucht, alles zu vergessen. Aber dafür war es jetzt zu spät! Von weitem sah er schon Claudia auf sich zukommen.

Sie strahlte ihn an. „Adrian, wie schön, dich zu sehen! Aber es ist schon zehn nach neun, das tut mir so leid! In letzter Minute kam noch ein Anruf von einer Kollegin, und ich konnte sie nicht so schnell abwimmeln."

„Kein Problem", lachte Adrian, aber innerlich bebte er.

Als Claudia ihn dann mit einer angedeuteten Umarmung und einem Wangenkuss begrüsste, durchfuhr es ihn wie ein elektrischer Schlag. Mit aller Kraft widerstand er der Versuchung, sie einfach fest an sich zu drücken, und machte sich frei.

„Also, wollen wir? Und welchen Weg?"

Claudia zögerte keine Sekunde. „Ich mache mal einen Vorschlag. Wir könnten den hintersten Waldweg nehmen, dann zum Wohlensee hinunterstechen, bis zur Brücke gehen, am anderen Ufer wieder zurückwandern und danach im Restaurant *Uferblick* eine Kleinigkeit essen. Was meinst du dazu?"

Adrian fühlte sich völlig überrumpelt. Claudia hatte ja beinahe ein Tagesprogramm mit ihm vor! Und er war überzeugt, dass sie sich von ihm mehr versprach als nur einen Spaziergang mit den Hunden. Sein Dilemma war grausam! Einerseits kam ihm die blosse Vorstellung, mit Claudia den ganzen Tag zusammen zu sein, absolut paradiesisch vor... Andererseits wollte er doch seine Yvonne behalten, sie nicht hintergehen, ihr kein Leid antun...

„Adrian! Hast du mir überhaupt zugehört?"

„Ehm... Ja, natürlich. Dein Vorschlag passt mir sehr gut. Das machen wir!"

Eine Zeitlang gingen sie schweigend nebeneinander den breiten Waldweg entlang, während die Hunde zusammen herumtollten und sich immer wieder spielerisch balgten.

Auch Claudia war nachdenklich geworden. Irgendwie erschien ihr Adrian heute undurchsichtig. Warum hatte er so lange über ihren Vorschlag nachgedacht? Warum war er so abwesend? Gab es ein Hindernis? Verheimlichte er eine andere Frau? Sie wusste ja überhaupt nichts von ihm! Sie war fest entschlossen, all dies heute zu klären.

Schon waren sie bei der Abzweigung angelangt, wo ein Weg zum Wohlensee hinunter führte. Ohne zu zögern ging Adrian auf dem schmalen und ziemlich steilen Pfad voran.

„Pass dann auf, der Weg könnte rutschig sein!", rief er.

„Danke", klang es von hinten.

Jetzt ist es günstig, ihn etwas zu fragen, dachte Claudia, jetzt, wo er alleine voraus geht, wird er mir offen antworten!

„Sag mal, Adrian, wie bist du denn zu deinem Fachgebiet der *Wirbeltiere* gestossen?"

Adrian blieb stehen und drehte sich zu Claudia um. „Das ist eigentlich schnell erzählt. Schon als Bub war ich von allen Wesen, die Beine oder Flügel hatten, fasziniert. Ich konnte den ganzen Tag im Wald verbringen, hörte den Vögeln zu, versuchte, Rehe, Füchse, Dachse und Hasen zu sehen, sammelte Käfer und Schnecken. Schon damals wusste ich, dass mein späterer Beruf mit Tieren zu tun haben musste. Und weil mir die Schule keine besondere Mühe bereitete, ergab sich dann ein Studium der Biologie von selbst."

„Aber du warst doch von den lebendigen Tieren fasziniert. Und jetzt stopfst du tote Tiere aus. Ist das immer noch dein Traum von früher?"

„Eine gute Frage. Natürlich war mein Traum gewesen, später mit lebenden Tieren zu tun zu haben und Forschung betreiben zu können. Aber eben, eine akademische Karriere kann man nicht wirklich planen. Neben einer grossen Portion Grips, Ausdauer und Ehrgeiz braucht es auch das Glück, zum richtigen Zeitpunkt am richtigen Ort zu sein, um eine der wenigen Nachwuchsstellen an der Universität zu ergattern. Und von den vier Sachen, die ich soeben erwähnt habe, besass ich allerhöchstens den Ehrgeiz in genügender Menge…"

„Mach dich nicht zu klein", wandte Claudia ein.

Adrian schüttelte den Kopf. „Nein, im Ernst, ich hatte keine Chance, in der Forschung bleiben zu können. Und Lehrer am Gymnasium zu werden, hat mich nie gereizt. Und in der Pharmaindustrie Tierversuche durchzuführen, noch viel weniger. So gesehen, ist mein Job als Museumskonservator gar nicht mal so schlecht. Übrigens ist es nicht einfach ein simples Handwerk, tote Tiere *auszustopfen*. Du musst eine Menge wissen über das Tier, um es lebensnah präparieren zu können. Da hilft es sehr, wenn du gerne in die Natur gehst, um Tiere zu beobachten."

„Du hast völlig recht", bestätigte Claudia. „Nein, ich will die Arbeit des Tierpräparators in keiner Weise herabsetzen. Ich habe ja nur so gestaunt letzten Mittwoch, wie du diesen Buntspecht präpariert hast."

Claudia und Adrian hatten das Ufer erreicht und folgten linkerhand dem Wanderweg, der sich um den ganzen See zog. Die Hunde hatten sie an die kurze Leine genommen, damit sie nicht in Versuchung kamen, Vögeln nachzujagen.

Nach einer Weile des Schweigens nahm Adrian das Gespräch wieder auf.

"Sag mal, Claudia, wie wird man eigentlich Controllerin, und wie kommt man als solche ausgerechnet zur Ornithologie?"

Endlich, endlich fragt er mich mal etwas, endlich zeigt er Interesse, dachte Claudia mit einem inneren Seufzer. Sie erzählte nicht gern ungefragt von sich. Aber jetzt konnte sie loslegen!

„Nun, Zahlen haben mich schon als Kind fasziniert. Rechnen konnte ich wohl lange vor dem Lesen und Schreiben. Aber abgesehen davon war ich ein ganz normales Mädchen, mit all seinen Träumen und Illusionen… Vor der Matura war ich ganz unsicher, was ich danach machen sollte. Die Studienberatung hat mir dann Betriebswirtschaft empfohlen, und ich habe es nicht bereut. Auch mein Job bei der Stadt ist ja ziemlich interessant. Und warum Vögel? Das ist einer jener Zufälle, wie sie einfach passieren. Als Kind war ich zwar immer gerne draussen und im Wald, ohne aber speziell auf Tiere oder Pflanzen zu achten. Dann lernte ich an der Uni Marco, meinen ersten richtigen Freund, kennen, der unter anderem ein begeisterter Ornithologe war. Anfangs ging ich zwar mit auf seine Exkursionen, fand es aber ziemlich langweilig, weil ich so wenig Bescheid wusste. Mit der Zeit fing unsere Beziehung an zu bröckeln, dafür packte mich das Interesse für die Vögel umso mehr. Schliesslich habe ich mich für den Lehrgang in Feldornithologie angemeldet."

„Eine ausgezeichnete Idee", sagte Adrian, „ich habe diesen Kurs vor etwa sechs Jahren absolviert."

Claudia lachte. „Und jetzt spazieren wir zusammen mit unseren Ferngläsern hier am Seeufer, das ist doch wunderschön."

"Komm", erwiderte Adrian, „dort vorne steht eine Bank, da können wir uns setzen und ein wenig beobachten."

Sie setzten sich nebeneinander und hielten die Ferngläser vor die Augen.

„Wer von uns kann mehr Arten sehen?", fragte Claudia herausfordernd und fing gleich an, aufzuzählen. „Also ich sehe den Buchfink… die Amsel… den Grünfink… den Zaunkönig… die

Kohlmeise… und dort im Schilf den Teichrohrsänger. Aha, da sitzt noch ein Star… und ganz hinten eine Blaumeise…"

„Ja, sehr schön", bestätigte Adrian, „und da hat es noch eine Tannenmeise und einen Girlitz…"

Adrian spähte nochmals durch sein Glas. „Aha, ganz hinten rechts sitzt ein Schilfrohrsänger. Eine veritable Seltenheit!"

„Oh, du weisst aber toll Bescheid!", lobte Claudia und drückte ihm ein Küsschen auf die Wange. „Du gefällst mir wirklich, Adrian."

Adrian zuckte zusammen. Ein heisses Gefühl durchströmte ihn, und gleichzeitig sah er wieder Yvonne vor sich. Was sollte er bloss tun? Er musste dringend handeln, bevor die Situation noch weiter eskalierte!

Kurz entschlossen erhob er sich. „Ehm… Wollen wir langsam weitergehen…?"

Claudia streckte ihm ihre Hand hin, damit er sie von der Bank hochziehe. Was blieb ihm anderes übrig? Er nahm sich ganz fest vor, ihre Hand danach gleich wieder loszulassen. Aber es ging mit dem besten Willen nicht! Er hielt *sie* fest, *sie* hielt *ihn* fest, und Adrian spürte, wie sich in ihm ein unbändiges Glücksgefühl ausbreitete. Er schaffte es einfach nicht, sie loszulassen. Während sie weitergingen, verschränkten sich ihre Finger wie automatisch ineinander. Immer wieder drückte sie fest zu, wandte ihren Kopf nach links und blickte ihn verträumt lächelnd an. „Ach, Adrian…"

Es war wie Himmel und Hölle zugleich. Zeitweise fühlte er sich wie in einem Schraubstock, fest umklammert und unfähig zur Bewegung. Dann wieder konnte er sich beinahe fallenlassen, das süsse Gift der Verliebtheit in sich spüren. Aber es hielt nie lange an. Schon sah er wieder Yvonne vor sich, die ihn vorwurfsvoll anblickte, und er wäre am liebsten im nächsten Mauseloch verschwunden. Was mache ich denn da? Wenn uns nur niemand sieht! Aber kaum drückte ihm Claudia wieder warm und fest die Hand, wurde er erneut in den siebten Himmel katapultiert. Ein

Wechselbad, wie er es noch nie erlebt hatte. Ob es Claudia überhaupt bemerkte?

Oh ja, sehr wohl! „Adrian, du wirkst so nachdenklich", fragte sie schon. „Stimmt etwas nicht? Bist du nicht glücklich?"

„Ehm, entschuldige, Claudia, ich bin wohl etwas verwirrt…"

„Umso besser!", lachte Claudia und fuhr ihm mit der Hand kräftig durch sein Haar.

Adrian fühlte sich mittlerweile wie in Trance. Seine bisherige Realität, Yvonne und seine Arbeit, all das schien unendlich weit weg zu sein. Er schwebte wie auf einer grossen Woge, mitten im Ozean der Gefühle. Mit Claudia Hand in Hand um den See zu wandern, war das Jetzt, der Glücksmoment, das einzige, was wirklich zählte, und alles Andere erschien ihm in diesem Augenblick unwichtig und schal…

Der Mann in zerschlissenen Jeans und grobkariertem Hemd nahm ein Blatt Papier aus seiner alten Ledermappe und legte es auf Kommissar Aebischers Schreibtisch.

„Mein Name ist Andreas Burger, ich betreue Jakob Auer, der im Naturmuseum arbeitet. Kommissarin Nadja Huser hat mich zwar schon in Jakobs Wohnheim befragt. Aber ich dachte, Jakobs neuestes Bild könnte Sie vielleicht interessieren. Hier, das hat er gestern gezeichnet. Ich verstehe zwar nicht genau, was das Bild darstellen soll, aber vielleicht hilft es Ihnen."

Markus Aebischer sah sich die Farbstiftzeichnung an. Seine Augen weiteten sich, seine Brauen gingen in die Höhe. „Und ob uns das hilft! Sehr aufschlussreich! Danke, dass Sie gekommen sind, Herr Burger."

Kaum war Burger gegangen, eilte Markus mit grossen Schritten den Gang hinunter und betrat, ohne anzuklopfen, Nadjas Büro.

Diese drehte überrascht ihren Kopf. „Oh, Markus, du wirkst so aufgeregt! Gibt es etwas Neues?"

„Allerdings. Schau dir mal diese Zeichnung von Jakob Auer, dem behinderten Museumsmitarbeiter, an. Der Junge war genau zum richtigen Zeitpunkt am richtigen Ort."

Nadja starrte auf das Bild. „Tatsächlich! Ein Raum voller Vitrinen, eine Person, die auf einem Schemel steht, sich zur Decke streckt und dort an einem runden Ding hantiert. Natürlich, der Rauchmelder! Und diese Person, die ist so lebensecht gezeichnet, die kennen wir doch... Bingo! Das stellt ja unsere bisherigen Ergebnisse auf den Kopf! Meinst du wirklich, das könnte stimmen?"

„Nun ja", erwiderte Markus unbestimmt, „jedenfalls weisst du jetzt, in welche Richtung du weiter ermitteln musst!"

Kaum war Nadja wieder allein, stürzte ihre anfängliche Begeisterung ab und wich einer Irritation. Konnte tatsächlich diese Person den Brand gelegt haben? Es war so extrem unglaubwürdig, wenn man bedachte, was alles passiert war! Entweder hatte Jakob Auer einfach seiner Phantasie freien Lauf gelassen, oder dann hatten sie etwas Entscheidendes übersehen...

Nadja schaute auf die Uhr. Es war beinahe Mittag, und sie war auf dreizehn Uhr mit ihrer Freundin Lena Müller beim Schwimmbad an der Aare verabredet. Nadja räumte zusammen, verliess das Kommissariat und kaufte sich auf dem Weg zum Fluss hinunter an einem Marktstand ein Sandwich und eine Flasche Mineralwasser als Mittagsverpflegung.

Zwei Stunden später paddelten Nadja und Lena schon zum vierten Mal gemütlich die Aare in Richtung Stadt hinunter. „Herrlich, nicht wahr?", rief Nadja ihrer Freundin zu, die ein paar Meter neben ihr schwamm.

„Ja, wunderschön. Mir scheint, das Wasser ist wärmer als sonst üblich", rief Lena zurück, „trotzdem steige ich jetzt aus. Bleibst du noch?"

„Ja, ich schwimme nochmals ein Stück flussaufwärts. Wir treffen uns dann wieder auf der Liegewiese."

„In Ordnung. Bis dann!"

Nadja sandte Lena eine Kusshand zu. Während Lena das Ufer ansteuerte, begann Nadja, mit kräftigen Crawlbewegungen flussaufwärts gegen die Strömung zu schwimmen. Nadja hielt sich mit mehreren Sportarten für den Polizeidienst fit, aber am liebsten mochte sie es, im Sommer im Fluss zu schwimmen. Um ihre Muskeln auch richtig zu fordern, setzte sich Nadja immer zum Ziel, eine bestimmte Strecke flussaufwärts zu bewältigen.

Nach etwa zwanzig Minuten hatte sie ihr heutiges Ziel, die Schönaubrücke, erreicht. Sie stieg aus dem Wasser, setzte sich auf einen grossen Stein und ruhte eine Weile aus. Wegen des heissen Wetters waren viele Leute auf dem breiten, von Bäumen gesäumten Fluss unterwegs. Schwimmer hatte es hier oben, mehr als einen Kilometer vom Stadtzentrum entfernt, nur noch vereinzelte, dafür umso mehr Luftmatratzen, Gummiboote, Kajaks und sogar einige Motorboote. Und jetzt kommt der Genuss des Tages, sagte sich Nadja, das Dessert sozusagen… Sie glitt vorsichtig wieder ins Wasser, schwamm zur Flussmitte, legte sich auf den Rücken und liess sich, nur ein wenig paddelnd, flussabwärts treiben. Sie fühlte sich wie im Paradies. Der mattblaue, mit kleinen weissen Wolken verzierte Himmel, die dichten grünen Baumkronen, das leise Rauschen und Plätschern des Wassers, die entfernten Rufe von Menschen…

Plötzlich schreckte sie aus ihren Träumereien auf. Was war das? Ein Knattern, das rasant immer lauter wurde. Nadja hob ihren Kopf. Nein! Das durfte nicht wahr sein: Ein Motorboot raste direkt auf sie zu! Nadja hob ihre Hände aus dem Wasser und schrie in Panik, so laut sie konnte. Aber es war zu spät. Niemand hörte sie, und der Rumpf des Boots kam unaufhaltsam näher und näher… Verzweifelt versuchte sie, wegzuschwimmen, doch sie kam nicht schnell genug voran! Sie spürte einen heftigen Schlag auf den Kopf, und dann wurde alles schwarz…

Claudia und Adrian standen vor dem idyllisch am Seeufer gelegenen Restaurant *Uferblick*. Claudia legte ihren Arm um Adrians Schulter und schmiegte sich an ihn. „Mein Liebling! Nehmen wir noch eine Vesper zusammen?"

„Ja, doch... Eigentlich sterbe ich fast vor Hunger."

Claudia gab ihm einen Klaps auf die Schulter. „Natürlich, die Männer sind immer am Verhungern..."

Das Restaurant war gut besetzt, und sie erwischten gerade noch den letzten Tisch mit Seeblick.

Adrian fühlte sich immer noch zwischen den Fronten. Unruhig studierte er die Speisekarte. Irgendetwas musste er einfach wählen! Ja, der Wurst-Käse-Salat würde seinen Hunger vorerst stillen. Claudia bestellte einen Aprikosenkuchen.

Adrian merkte, wie ihm das Blut schon wieder heiss ins Gesicht stieg. Um Gottes Willen, was machte er hier eigentlich? Er war dabei, seine Verlobte kaltblütig zu hintergehen, ihr Vertrauen zu missbrauchen, seinen egoistischen Gefühlen einfach nachzugeben... Instinktiv griff er zu seinem Fernglas und richtete es auf den See. Ein unverfängliches Gespräch über Wasservögel, das könnte ihn noch retten, dachte er...

„Schau mal dort hinten, Claudia", sagte er, „vier Gänsesäger und ein ganzer Trupp Kormorane halten Ausschau nach Fischen."

Claudia setzte auch ihr Fernglas vor die Augen. „Ja, ich sehe sie. Und dort, oh lala, das ist ja ein Eisvogel! Er sitzt rechts der Kormorangruppe auf einem Ast, siehst du ihn?"

Adrian schaute konzentriert durch sein Fernglas. „Ja, natürlich, endlich sehe ich ihn. Prächtig!"

Adrian fühlte sein Herz mit Macht gegen die Brust klopfen. Er sah Yvonne vor sich, wie auch sie angesichts des Eisvogels in Begeisterung geraten wäre... Er wandte seinen Blick zu Claudia. Verdammt, war diese Frau schön! Magisch hielt sie seinen Blick gefangen und lächelte ihn verführerisch an!

Die Kellnerin hatte das Essen gebracht, und sie langten mit Appetit zu.

„Ist das doch ein wundervoller Tag heute", schwärmte Claudia und schob sich den ersten Bissen von ihrem Kuchen zwischen die rot angemalten Lippen, „findest du nicht?"

Adrian hatte, ohne es wahrzunehmen, schon die Hälfte seines Wurst-Käse-Salates in sich hineingeschaufelt. Jetzt blickte er in Claudias tiefblaue Augen und fühlte sich erneut verzaubert.

„Ja, ein wundervoller Tag", wiederholte er träumerisch und drückte ihre Hände.

Yvonne war plötzlich wieder unendlich weit weg gerückt.

Plötzlich durchfuhr ihn ein Schreck. Habe ich etwa die Zeit vergessen? Er schaute unauffällig auf seine Uhr. Oh je, schon fünf vorbei. Spätestens in einer Stunde würde Yvonne von ihrer Weiterbildung zurückkehren und gegen neunzehn Uhr bei ihm aufkreuzen! Dann musste er zuhause sein! Und dann? Was sollte er ihr sagen? Die Wahrheit? Aber... was war die Wahrheit? Ja, ich habe mich verliebt, ich schwebe buchstäblich auf den Wolken? Nein, da war doch unmöglich... Und was sollte er Claudia sagen? Tut mir leid, ich bin glücklich mit einer Anderen... Ging das jetzt überhaupt noch? Ach, es war ausweglos!

„Adrian, bist du überhaupt noch da?"

Er tauchte aus seinen Gedanken auf und schaute, jetzt demonstrativ, nochmals auf seine Uhr. „Du meine Güte, schon bald halb sechs! Weisst du, ich bin noch bei Freunden zum Abendessen eingeladen. Eigentlich müsste ich jetzt sofort gehen."

„Na gut, gehen wir", sagte Claudia, sichtlich enttäuscht.

Sie beglichen die Rechnung und traten ins Freie. Die Bushaltestelle war nur hundert Meter entfernt, und zwanzig Minuten später stiegen sie zusammen am Hauptbahnhof aus. Die Zeit des Abschieds war gekommen, ihre Wege mussten sich hier trennen. Claudia umfasste Adrians Kopf mit den Händen und küsste ihn zärtlich auf den Mund. Zunächst zaghaft, dann immer mutiger erwiderte er den Kuss, liess sich treiben, bekam nicht genug von Claudias süssen Lippen...

Dann, ganz plötzlich, stand sein Entschluss fest: Er musste sofort gehen! Vorsichtig löste er die Umarmung.

„Also, liebe Claudia, bis bald", murmelte er, machte sich los und lief mit Zeno in grossen Schritten davon.

Claudia blickte ihm nach. Irgendetwas stimmt nicht mit ihm, sagte sie sich. Ist er ehrlich gewesen? Hat er doch eine Partnerin? War ich in meiner Verliebtheit blind? Ich muss es einfach wissen!

„Nadja, hörst du mich? Nadja?"

Wie aus grosser Distanz und durch einen dichten Nebel hindurch drangen die Worte zu ihr. Sie versuchte, die Augen zu öffnen, etwas zu sagen, aber es war einfach unmöglich. Sie fühlte sich wie gelähmt, und rasende Kopfschmerzen plagten sie. Dann glitt sie wieder in den schwarzen Dämmerzustand hinunter...
Plötzlich spürte sie, wie Hände unter ihren Körper fassten, zupackten, sie in die Luft hoben, sie wieder ablegten und dann erneut in die Luft hoben. Endlich gelang es ihr, die Augen zu öffnen. Zunächst sah sie nur das dunkelgrüne Blätterdach der Baumkronen, in dem ab und zu einzelne Sonnenstrahlen aufblinkten. Mühsam hob sie ihren Kopf ein wenig an. Warum liege ich da auf einer Bahre und werde von vier Männern weggetragen? Was ist denn passiert? Ich erinnere mich an gar nichts... Sie wandte ihren Kopf langsam nach rechts. Ach, den kenne ich doch!

„Jan! Jan!" Nadja wollte laut schreien, aber sie brachte nur ein heiseres Krächzen heraus.

„Nadja! Du bist wach! Endlich bist du wieder da!"

Jan Voser beugte sich zu ihr herunter. Er strahlte über das ganze Gesicht. „Ach, Nadja! Ich hatte schon geglaubt... Bin ich glücklich! Jetzt wird alles gut."

„Was ist denn überhaupt passiert?", flüsterte sie kaum hörbar.

„Später erzähle ich dir alles. Jetzt ruhe dich einfach aus."

Nadja war schon wieder weggedämmert.

Yvonne Sager war soeben heimgekehrt und blickte auf das klingelnde Telefon. Oh, stellte sie erfreut fest, das ist meine alte Freundin Sara, wie schön, dass sie wieder mal anruft!

„Hallo Sara, das ist aber eine Überraschung! Wie geht es dir denn so? ... Und Bruno? ... Oh nein! Du hast dich wirklich von ihm getrennt, das tut mir aber leid! Nun, wir wissen ja alle, die Liebe geht ihre eigenen, verschlungenen Wege. Kann ich dich irgendwie unterstützen? ... Da bin ich aber froh, dass du nicht Trübsal bläst. ... Ja, auch bei mir ist alles bestens. Stell dir vor, Adrian und ich wollen bald heiraten, und jetzt suchen wir uns ein eigenes Haus. Du kannst dir ja vorstellen, wie schwierig das heutzutage ist. .... Was hast du denn, Sara? Du weinst ja! ... Was, es hat mit *mir* zu tun? Warum denn das? Nun sag schon endlich! ... Was hast du gesehen? Nein, das ist völlig unmöglich, da musst du dich irren. Heute Nachmittag, im Restaurant am See, sagst du? Nein, ausgeschlossen, das muss jemand anders gewesen sein, ganz bestimmt! ... Nein, mach dir bloss keine Sorgen um mich. Sehen wir uns nächste Woche mal? ... Ja, Mittwochabend, das passt mir gut. Also um acht im *Trocadero*, ich freue mich. Tschüss, Sara!"

Yvonne legte das Telefon weg und starrte ins Leere. Die Worte ihrer Freundin wirbelten in ihrem Kopf herum. Das konnte doch einfach nicht stimmen! Lass dich nicht verrückt machen, Yvonne, es *kann* ganz einfach nicht wahr sein!

Yvonne gab sich einen Ruck, ging in die Küche, machte sich einen Kaffee und trat mit der Tasse auf ihren kleinen Balkon hinaus. Sie brauchte jetzt dringend frische Luft! Es war ein klarer, warmer Sommerabend, auf der Tanne gegenüber sang eine Amsel aus voller Kehle, und im Gebüsch zwitscherten die Spatzen um die Wette. Auf dem Gehsteig spielten zwei Mädchen kichernd miteinander, auf der anderen Strassenseite führte ein Vater seinen kleinen Sohn im Kinderwagen spazieren, und nur leise drang aus dem Hintergrund die Geräuschkulisse der Stadt in die Idylle der Quartierstrasse.

Aber Yvonne war völlig unfähig, diese friedliche Stimmung wahrzunehmen. Saras Worte hatten sich in ihrem Kopf eingenistet, bohrten herum und verbreiteten unaufhaltsam ihr giftiges Elixier. Und wenn es doch wahr wäre? Sara kannte doch Adrian gut, wie hätte sie ihn mit jemand anderem verwechseln können? Nein, es *durfte* nicht wahr sein! Nicht bei Adrian! Yvonne, nimm dich zusammen und sieh keine falschen Gespenster! Aber es nützte nichts, unaufhaltsam verbreitete sich das Gift der Eifersucht in ihr und würgte sie mit eiserner Hand...

„Ich glaube, sie wacht auf", flüsterte Lena Müller und erhob sich von ihrem Stuhl. Auch Jan Voser stand auf und betrachtete die schlafende Patientin. Es tat ihm jetzt wahnsinnig leid, dass er Nadja vorige Woche mal so unfreundlich angefahren hatte. Zum Glück hatte sie so prima reagiert und ihm sofort die Zunge herausgestreckt! Jan liebte starke Frauen, die sich zu wehren wissen. Und Nadja ist wirklich eine patente Kollegin, dachte er. Dass sie vorderhand noch die besseren Aufträge bekommt, muss ich eben hinnehmen. Aber das wird sich noch ändern...

„Lena! Jan! Wie lieb von euch, dass ihr da seid!"

Nadja war plötzlich hellwach und schaute sich neugierig im Zimmer herum.

„Wie fühlst du dich denn?", fragte Lena und küsste sie auf die Stirn.

Nadjas Stimme klang gedämpft, wie aus weiter Ferne. „Ach, ziemlich gut. Die Kopfschmerzen haben nachgelassen, und der Schwindel ist fast weg. Ihr werdet lachen, aber ich habe nicht die geringste Erinnerung daran, was eigentlich passiert ist, und warum ich hier im Krankenhaus liege."

„Das glaube ich dir aufs Wort", erwiderte Jan. „Wir konnten vorher kurz mit dem Arzt sprechen. Du hast einen Schock erlitten und warst bewusstlos, und da ist es völlig normal, dass die Erinnerung an das Ereignis verloren gegangen ist."

„Aber… was ist wirklich passiert? War da nicht irgendetwas mit Schwimmen…?"

„Genau", lachte Lena, „wir waren in der Aare schwimmen. Und am besten bedankst du dich erst mal bei deinem Lebensretter Jan."

„Was! Lebensretter? Wäre ich denn beinahe ertrunken? Ich begreife gar nichts mehr!"

Jan war fast ein wenig verlegen. „Ja, Mädchen, es fehlte nicht viel, und du wärst definitiv untergegangen. Und wenn ich nicht Lust auf eine Runde Jogging gehabt hätte… Aber jetzt besser der Reihe nach: Auf meiner üblichen Jogging-Tour laufe ich jeweils ein Stück der Aare entlang. Am Nachmittag liegt der linksseitige Uferweg dann schön im Schatten der Bäume. Ich laufe also an der Liegewiese vorbei in Richtung der Schönaubrücke. Ein Motorboot braust flussaufwärts an mir vorbei. Oh je, das ist aber sehr gefährlich, so schnell zu fahren, denke ich noch, mit den vielen Schwimmern und Gummibootfahrern auf dem Wasser.

Kurz darauf blicke ich nach links, über den Fluss hin. Und erschrecke zutiefst! Mitten im Fluss treibt, fast genau auf meiner Höhe, ein lebloser Körper dahin! Ich kehre sofort um, renne etwa hundert Meter flussabwärts und stürze mich kopfüber ins Wasser. Meine intuitive Berechnung hat gut gestimmt. Sowie ich die Flussmitte erreiche, kommt der leblose Körper gerade auf mich zu. Mich trifft fast der Schlag, als ich erkenne, dass es Nadja ist! Zum Glück üben wir im Dienst regelmässig Rettungsschwimmen, so dass ich sie problemlos ans Ufer manövrieren und ihr erste Hilfe leisten kann. Als ich die grosse, blutige Beule an ihrem Kopf sehe, kommt mir sofort das Motorboot in den Sinn. Ganz bestimmt hat es sie gerammt!"

„Oh, wie furchtbar", stiess Lena aus, „es hätte sie ja töten können! Den Kerl auf diesem Boot muss man doch zur Rechenschaft ziehen! Hast du das Bootskennzeichen nicht gesehen, Jan?"

„Schön wär's! Nein, dazu hatte ich wirklich nicht auch noch die Nerven."

Nadja hatte der Erzählung mit ungläubigem Staunen zugehört. „Also ich erinnere mich an gar nichts", meinte sie kopfschüttelnd. „Und dir, lieber Jan, danke ich tausend Mal für deinen rettenden Einsatz. Ich hoffe ja nur, dass ich bald wieder arbeitsfähig bin. Der Fall Nora Egger ist nämlich noch nicht gelöst."

Lena strich ihr zärtlich über die Arme. „Jetzt denke mal nur an deine Erholung und lass dir Zeit. Es wird dir bestimmt niemand deinen Fall wegnehmen wollen."

Jan sandte Lena einen eisigen Blick zu, er witterte seine Chance… aber dann sagte er, wieder ganz versöhnlich: „Ja, Nadja, lass dir Zeit und erhole dich gut. Ich denke, wir sollten uns jetzt zurückziehen."

Lena und Jan wünschten Nadja nochmals alles Gute und verabschiedeten sich mit Küsschen.

Auf dem Flur kam ihnen der Stationsarzt entgegen, und sie teilten ihm mit, die Patientin sei jetzt wach.

„Oh, das ist erfreulich, ich schaue gleich nach ihr."

Und schon trat er ins Krankenzimmer. „Schönen guten Morgen, Frau Huser, wie fühlen Sie sich jetzt? Ich bin Kai Fitze, Ihr zuständiger Arzt."

Ein grosser, blonder Mann um die dreissig stand vor Nadjas Bett. Natürlich, ein Deutscher, registrierte sie sofort. Nicht dass sie etwas gegen Deutsche hätte, aber mittlerweile stammte mehr als die Hälfte der Ärzte in den Schweizer Spitälern aus Deutschland. Offensichtlich vermochten die einheimischen Universitäten den Bedarf an Ärzten bei weitem nicht mehr zu decken. Das müsste man doch ändern können!

„Schon wieder ziemlich gut", lächelte sie dem Mann zu, „der Schwindel und die Kopfschmerzen haben stark nachgelassen. Sagen Sie, wann werde ich nachhause gehen können?"

Kai Fitze musste lachen. „Oh, es eilt Ihnen so sehr? Dann muss ich Ihnen zuerst einmal sagen, dass Sie sehr grosses Glück gehabt haben. Nach der Erzählung Ihres Kollegen, der Sie aus dem Wasser gerettet hat, wurden Sie sehr wahrscheinlich vom Kiel eines Motorbootes am Kopf gerammt. Das hätte ohne weiteres eine schwere Gehirnerschütterung oder einen Schädelbruch absetzen können. Und wenn Sie gar noch in die Bootsschraube geraten wären…"

„Ich weiss, dass ich unverschämtes Glück hatte, vor allem auch, dass mich Jan rechtzeitig entdeckt hat. Aber wissen Sie, ich bin angehende Kriminalkommissarin und arbeite gerade an einem ganz wichtigen und dringenden Fall."

„Ach, so ist das. Nun, die Wunde am Kopf sieht, mit der grossen Beule, schlimmer aus, als sie ist. Und wenn Ihr Allgemeinzustand sich weiter verbessert, könnten wir Sie wohl am Montagvormittag gehen lassen."

Nadja streckte dem verblüfften Arzt die Hand hin. „Vielen Dank, Herr Doktor!"

Sonntag, 31. Juli

Adrian Münger hatte eine schreckliche Nacht hinter sich. Tausendmal hatte er sich im Bett herumgewälzt, hatte abwechselnd Yvonne und Claudia vor sich gesehen, sich zwischen zwei Polen hin und hergerissen gefühlt, von Zweifeln geplagt, von Sehnsüchten überwältigt. Dass Yvonne und er jetzt kein brauchbares Haus fanden, war das vielleicht ein Zeichen? Eine Art von Schonfrist, um sich noch nicht gleich zwischen ihr und Claudia entscheiden zu müssen? Schäm dich, du Feigling, sagte er sich sofort, das ist nur eine ganz faule Ausrede. Du bist seit drei Jahren mit Yvonne zusammen, ihr habt es gut und schön, was gibt es da zu zögern? Du bist doch kein wankelmütiger Typ! Aber schon tauchte wieder Claudias Gesicht vor ihm auf. Sie lächelte und streckte die Hand nach ihm aus. Sein Verlangen wuchs aufs Neue ins Unendliche. Nein, sagte er sich, nein! Das ist unfair und unmoralisch. Ich gehe Hand in Hand mit Claudia spazieren, drücke sie verliebt an mich, ohne ein Wort über Yvonne zu verlieren. Schäme dich, Adrian!

Er sah auf die Uhr. Erst zehn nach fünf. Er hatte das Gefühl, er drehe beinahe durch, er kenne sich selber nicht mehr. So abgrundtief unsicher war er noch nie im Leben gewesen. Das schlechte Gewissen bohrte unbarmherzig in seinem Kopf herum. Das Dilemma war kaum zum Aushalten. Es *konnte* und *durfte* auf keinen Fall so weitergehen! Sei ein Mann und kein Waschlappen, sagte er ganz energisch zu sich. Jetzt musst du die Karten gnadenlos offenlegen! Er legte sich auf den Rücken, die Arme hinter dem Kopf verschränkt.

Allmählich hielt die Morgendämmerung Einzug im Schlafzimmer, die Konturen der Möbel wurden nach und nach sichtbar, das Grau wich ganz allmählich einem zarten Rosa, dem Widerschein des sich verfärbenden Morgenhimmels. Vor dem offenen Fenster sang eine Amsel, von weiter hinten waren Buchfinken, Grünfinken und Kohlmeisen zu hören. Allmählich wurde es heller im Zimmer, der rötliche Glanz der aufgehenden Sonne war beinahe greifbar. Da! Der erste Sonnenstrahl beleuchtete die obere Kante des Kleiderschranks, liess sie golden aufleuchten. Und auch in Adrians Kopf begann sich das trübe Grau nach und nach zu lichten, der Nebel löste sich immer mehr auf, das Undurchsichtige wurde zunehmend klar. Mit einem Ruck setzte er sich auf. Ein helles, warmes Gefühl durchströmte ihn. Ja, er hatte sich definitiv und unwiderruflich entschieden!

Rasch schlüpfte er in die Kleider, machte sich in der Küche einen Kaffee und setzte sich mit der Tasse an seinen Schreibtisch. Das Sonnenlicht füllte jetzt beinahe den ganzen Raum. Adrian zog den Vorhang gerade so weit zu, dass er nicht mehr geblendet wurde, und begann, den Brief zu schreiben. Selbstverständlich von Hand, wie es sich für eine solch wichtige Mitteilung gehörte. Er musste fünfmal neu beginnen, weil ihm das Geschriebene immer noch nicht gut genug vorkam. Aber schliesslich war er zufrieden mit seinen Formulierungen, setzte seine Unterschrift darunter und fühlte sich unendlich erleichtert. Der Albtraum ist vorbei, ich fühle mich wieder als ehrlicher Mensch, sagte er sich.

Claudia wird wohl sehr traurig sein, aber sie wird es überwinden. Und ich bin wieder frei, frei für die Zukunft mit meiner Yvonne! Er konnte nicht länger warten und stellte die Nummer ein. Es verging eine Weile, bis sie abnahm.

„Verzeih mir, Yvonne, dass ich dich geweckt habe. … Ich weiss, es ist Sonntagmorgen um halb sieben. Aber ich hatte solche Sehnsucht danach, dir einfach Guten Morgen zu sagen und deine Stimme zu hören … Ich liebe dich so sehr, Yvonne! … Also dann, bis später…"

Markus Aebischer hatte sich nach dem Mittagessen auf dem Weg zum Krankenhaus gemacht. Wie es wohl Nadja geht, fragte er sich besorgt. Sie hat ja unglaubliches Glück gehabt, dieser Unfall hätte leicht tödlich enden können. Ich hoffe ja, dass sie bald wieder voll im Einsatz stehen kann. Mir wäre lieber, Nadja könnte die Brandgeschichte selber zu Ende bringen, ohne dass ich Jan Voser beiziehen muss. Nadja macht sich schon sehr gut als angehende Kommissarin, und ein Erfolg würde ihrem kränkelnden Selbstbewusstsein enorm gut tun.

Aber eben, sagte er sich, der Fall ist nach wie vor ganz verworren. Ausser der Tatsache der Brandstiftung war überhaupt nichts mit Sicherheit bekannt. Sollte wirklich Nora Egger umgebracht werden? Oder jemand anders? Oder überhaupt niemand? Jakob Auers Zeichnung hatte zwar erneut die Hoffnung auf einen Durchbruch geweckt, aber ob sich das bewahrheiten würde?

Aebischer war skeptisch. Beinahe zwei Wochen waren seit dem Brand vergangen, und es wurde einfach langsam Zeit für einen Erfolg! Und das Schlimmste war die stete Belagerung durch die Pressefritzen. Tag für Tag standen sie Schlange und versuchten wie die Haie, sich die grössten Brocken der Neuigkeiten zu schnappen. Lästiges Zeug, das!

„Wie lieb, dass du mich besuchen kommst, Markus!"

Aebischer stand etwas verlegen vor dem Krankenbett. „Ehm... Nun ja... Wie geht es dir denn so?"

Er trat ans Bett und schüttelte Nadja die Hand. „Ach Nadja, ich bin so dankbar, dass es nicht schlimmer gekommen ist!" Plötzlich zog er die Brauen hoch. „Oh je... Das habe ich wohl ganz ungeschickt formuliert?"

Nadja begann zu lachen, hörte aber sofort wieder auf und presste ihre Hände auf ihr dunkelgrünes Kopftuch. „Aua! Lachen geht noch nicht so gut. Aber sonst fühle ich mich wieder ziemlich fit. Morgen wird man mich gehen lassen."

„Dir ist wahrhaftig ein äusserst tüchtiger Schutzengel beigestanden!"

„Ja, das kann man sagen. Gibt es denn Neuigkeiten zu unserem Fall?"

„Denkst du tatsächlich schon wieder an die Arbeit?"

„Nun, es interessiert mich eben."

Aebischer schüttelte den Kopf. „Nein, ich kann dir leider keine Neuigkeiten bieten."

Ganz plötzlich hob Nadja ihren Kopf. „Hey! Wie konnte ich das nur vergessen? Der Tribelhorn!" Ihre Augen leuchteten.

„Wie bitte?", fragte Markus erstaunt, „wer soll denn das sein?"

„Weisst du", begann Nadja zu erzählen, „es begann mit einem Anruf dieser Museumsdirektorin, Martina Widmer, am Freitagvormittag. Ein Spanner mit Fernrohr beobachte die Frauen im Museum, erzählte sie. Ich versprach ihr, mich sofort darum zu kümmern, und suchte noch am selben Abend die entsprechende Wohnung auf."

Nadja erzählte ihrem Vorgesetzten die ganze Geschichte um Samuel Tribelhorn. Beinahe die ganze. Das Detail, wie sie sich mit List und einer kleinen Portion Gewalt Zutritt zu seiner Wohnung verschafft hatte, liess sie natürlich weg.

Aebischer hatte immer wieder schmunzelnd den Kopf geschüttelt. „Nein, so was", meinte er schliesslich, „beinahe wie im Film! Fast *zu* schön, um wahr zu sein! Dann beschaffe dir mal die Fotos und besuche den sauberen Herrn nochmals. Das wäre ja eine Bombe, wenn dieser alte Spanner zur Lösung des Rätsels beitragen könnte!"

Aebischers Handy klingelte. *Lukas Amrein*, stand auf dem Display. „Ja, hier Aebischer ... Lukas, grüss dich ... Ach ja, die Herkunft dieser Zeitzünder ... Du hast eine heisse Spur gefunden? ... Der *Pyroshop* in Zürich, ja, der ist mir ein Begriff... Sie hat das Foto einwandfrei erkannt? Das ist ja sensationell! Tausend Dank für deinen grossen Einsatz! Wie lange hast du denn recherchiert? ... Was, fast drei volle Tage, und mehr als 200 Adressen kontaktiert? Eine unglaubliche Fleissarbeit! Ich werde bei deinem Vorgesetzten ein gutes Wort für dich einlegen, verlass dich drauf! Alles Gute, Lukas."

Markus atmete tief durch. Ein warmes Gefühl tiefer Befriedigung durchströmte ihn. Lächelnd sah er zu Nadja hin.

„Mädchen, jetzt sind wir aber definitiv auf der Zielgeraden!"

Yvonne musste es jetzt einfach wissen! Sie hatte das Gefühl, nicht eine einzige Stunde weiterleben zu können, wenn diese alles entscheidende Frage nicht geklärt war. Adrians Anruf, morgens um halb sieben, hatte sie zwar kurzzeitig beruhigt, aber im Verlauf des Vormittags waren ihre Zweifel wieder hochgekommen und hatten sie mit ihrem Gift der nagenden Eifersucht überflutet. Sie fühlte sich hin- und hergerissen. Wie sollte sie es nur anstellen, das Thema anzusprechen? Ganz direkt oder eher sanft? Und was, wenn Sara sich doch getäuscht hatte? Wie gross wäre dann Adrians Ärger? Oder wenn er es einfach rundherum abstritte, obwohl es vielleicht doch stimmte? Was dann?

Yvonne spürte ihre zunehmende Verzweiflung, ihr Herz hämmerte gegen die Brust, ihr Atem ging keuchend. Sie waren auf elf Uhr verabredet, jeden Moment konnte Adrian zur Tür hereinkommen! Quälend langsam verstrichen die Minuten, und doch viel zu schnell…

Jetzt! Die Klingel ging, und im selben Moment drehte sich der Schlüssel im Türschloss. Adrian stürmte herein, packte die überrumpelte Yvonne und drückte sie ganz fest an sich.

„Ach, mein Liebling, mein grosser Schatz", stammelte er. Wieder und wieder umarmte und küsste er sie stürmisch, so als wären sie jahrelang voneinander getrennt gewesen.

Yvonne war sprachlos. So heftig hatte er ihr überhaupt noch nie seine Liebe erklärt. War es sein schlechtes Gewissen? Sie hob ihren Kopf und blickte Adrian direkt an.

Grosse Tränen quollen aus seinen Augenwinkeln und liefen auf beiden Seiten der Nase hinunter.

„Verzeih mir, Yvonne, ich liebe dich so sehr…"

Das konnte doch nicht gelogen sein, es musste einfach die Wahrheit sein! Yvonne fühlte sich plötzlich wie neugeboren. Die Ängste der letzten Stunden schmolzen dahin wie der Märzenschnee, und eine tiefe innere Ruhe breitete sich in ihr aus. Sie legte ihren Kopf an Adrians Schulter und seufzte tief auf. „Ach, mein Liebling…"

Sie brauchte nicht mehr weiter zu fragen. Alles war gut!

Die Tür ging auf. Mutter Berta eilte zum Bett und küsste ihre Tochter auf beide Wangen.

„Nadja, was hast du bloss angestellt? Mein armes Kind!"

Vater Franz war auf der anderen Seite des Bettes stehengeblieben und schüttelte seinen Kopf. „Eben noch haben wir darüber gesprochen, wie gefährlich dein Beruf doch ist. In einem brennenden Haus nach Verbrechern jagen! Und jetzt dieser Unfall! Hören denn die Sorgen um dich nie auf?"

„Arme Nadja", bekräftigte Berta mit Tränen in den Augen, „musst du wirklich unbedingt bei der Polizei bleiben? Gibt es nichts anderes für dich?"

Nadja dachte an ihren Vorsatz und wartete einfach ab, bis sich ihre Eltern die Sorgen von der Seele geredet hatten. Aber andererseits war es ja auch schön, Eltern zu haben, die sich um einen kümmerten! Sie lächelte ihnen zu.

„Das ist aber schön, dass ihr mich besuchen kommt! Und dieser prächtige Blumenstrauss, vielen Dank! Wisst ihr, es sieht viel schlimmer aus, als es ist. Meine Beule am Kopf, die wird bald verschwunden sein. Und was ihr vor allem wissen müsst: Mein Unfall hat nicht das Geringste mit meiner Polizeiarbeit zu tun. Ich war ganz privat im Fluss schwimmen und wurde von einem unvorsichtigen Motorbootfahrer gerammt. Leider wird man diesen kaum zur Rechenschaft ziehen können."

Berta drückte die Hände ihrer Tochter. „Nein, so ein rücksichtsloser Mensch! Da hast du ja noch Glück im Unglück gehabt, Nadja. Wenn es nur wieder gut kommt!"

Grosse Tränen liefen über Bertas Wangen und tropften auf die Bettdecke. „Ach Nadja, warum kannst du denn nicht einfach einen lieben Mann heiraten und zuhause bei deinen Kindern, unseren Enkeln, bleiben? Das wäre das Paradies für uns…"

Nadja wusste, dass es keinen Sinn hatte, darauf Antwort zu geben. Stattdessen nahm sie ihre Mutter in den Arm und schmiegte sich eine Weile stumm an sie.

„Wisst ihr was?", sagte sie schliesslich, „morgen werde ich schon entlassen. Ist das nicht toll?"

Franz zog eine zweifelnde Miene. „Meinst du, das ist gut, so rasch wieder nach Hause zu gehen? Dann kommst du womöglich auf die Idee, schon wieder arbeiten zu müssen. Solltest du dich nicht noch etwas länger erholen?"

„Ja, das finde ich auch", bestätigte Mutter, „solche Eile ist bestimmt nicht gesund. Sprich doch mal mit dem Arzt darüber."

„Ja, das werde ich bestimmt tun", entgegnete Nadja pflichtbewusst. Selbstverständlich dachte sie nicht im Traum daran, länger als unbedingt nötig im Spital zu bleiben. Aber das brauchten ihre Eltern ja nicht zu wissen.

„Und jetzt möchte ich gerne noch eine Runde schlafen."

Der Wink mit dem Zaunpfahl wirkte, und die Eltern verabschiedeten sich mit zärtlichen Küssen. Endlich wieder Ruhe, dachte Nadja erleichtert und schlief tatsächlich bald ein.

Montag, 1. August

Kurz vor elf Uhr war es soweit. Nadja durfte das Krankenhaus verlassen. Sie fühlte sich weitgehend gesund, und das Pflaster am Hinterkopf, wo sie ab und zu noch einen leichten Schmerz verspürte, wurde von ihren Haaren fast perfekt verdeckt. Und sie freute sich auf die Fortsetzung der Ermittlungsarbeit!

Nadja ging nur kurz zuhause vorbei, um zu duschen und sich umzuziehen, und fuhr dann gleich zum Kommissariat. Heute stand der zweite Besuch bei diesem Herrn Tribelhorn an, und zuvor musste sie sich die dafür notwendigen Fotos beschaffen. Bilder von allen im Naturmuseum Mitarbeitenden zu finden, war überhaupt kein Problem. Die Homepage war vorbildlich ausgestattet. Zur Kontrolle druckte Nadja noch ein Dutzend vergleichbare Bilder aus der Polizeidatenbank aus und machte sich dann auf den Weg.

Diesmal musste sie nur einmal klingeln, und schon öffnete ihr Samuel Tribelhorn die Tür und lachte beinahe spitzbübisch, als er sie hereinbat. Der ist wohl ganz glücklich, dachte Nadja, dass er sein kleines süsses Geheimnis endlich mit jemandem teilen kann. Dass es aber ausgerechnet mit einer Polizistin sein muss…

Nadja war immer noch etwas im Zweifel, ob sich der alte Herr tatsächlich als so zurechnungsfähig wie erhofft erweisen würde. Was, wenn er einfach alle Bilder erkennen oder dann gar niemanden als bekannt bezeichnen würde? Nun, dann wäre eben die ganze Liebesmüh umsonst gewesen…

Nadja breitete den Stapel Fotos auf dem Wohnzimmertisch aus.

„Herr Tribelhorn, bitte nehmen Sie sich Zeit und schauen Sie die Fotos ganz genau an. Und nur wenn Sie absolut sicher sind, jemanden zu erkennen, sagen Sie es mir."

Tribelhorn nahm seine Aufgabe offensichtlich sehr ernst. Mehrmals ging er die Reihen der Bilder durch. Dann schob er die Fotos so auf dem Tisch herum, dass sich zwei Gruppen ergaben.

Nadja staunte nur noch. Es war absolut perfekt: Die eine Gruppe enthielt sämtliche Museumsmitarbeitenden, die andere Gruppe alle Polizeifotos!

„Diese Leute hier, die arbeiten im Naturmuseum", erklärte Tribelhorn bestimmt und wies auf die eine Gruppe.

Dann nahm er eines der Fotos zur Hand. „Und diese Frau hat während des Brandes am offenen Fenster mit dem Handy der Marke Samsung telefoniert."

„Oh…", murmelte Nadja verblüfft. Aber die Aussage war so bestimmt formuliert, dass sie es gar nicht mehr wagte, nachzufragen, wie sicher er sich sei.

„Herr Tribelhorn", sagte sie nur, „Sie haben der Polizei wirklich geholfen. Ich danke Ihnen dafür. Und zum Schluss noch eine persönliche Bitte. Seien Sie doch in Zukunft etwas diskreter und vorsichtiger, wenn Sie wieder Ihr Fernrohr benützen."

Tribelhorn zwinkerte ihr verschmitzt zu und brachte sie zur Tür.

Beinahe euphorisch und mit leichtem Schritt überquerte Nadja den gepflasterten Platz vor dem Naturmuseum. Mit einem Schaudern betrachtete sie das alte Gebäude, den Schauplatz des schrecklichen Geschehens. Dann wandte sie sich ab und atmete tief durch. Die Lösung des Rätsels um den Museumsbrand lag jetzt in greifbarer Nähe! Die zwei entscheidenden Indizien kamen von zwei vollkommen unabhängigen Quellen und deuteten auf dieselbe Verdächtige: Die Frau auf dem Bild von Jakob Auer, welche den Rauchmelder an der Zimmerdecke anfasste, und die Frau, die Samuel Tribelhorn beim Telefonieren mit Nora Eggers Handy beobachtet hatte, waren ein und dieselbe Person! Das konnte doch kein Zufall sein!

Zurück in ihrem Büro, rief Nadja sofort die Direktorin an.

„Guten Morgen, Frau Widmer … Ja, ich habe diesen Spanner besucht und ihm die Leviten gelesen … Bitte, gern geschehen. Und er konnte uns sogar einen Hinweis zum Brandfall geben.

Dazu hätte ich noch eine Frage. Ich nehme an, Sie wissen, was für Handys Ihre Angestellten besitzen? ... Ja, genau dies wollte ich wissen. Vielen Dank!"

Nadja atmete tief auf. Ihr Verdacht hatte sich bestätigt. Bei den Mitarbeitenden im Naturmuseum gab es nur ein einziges Handy der Marke Samsung. Dasjenige von Nora Egger!

Dienstag, 2. August

Am liebsten wäre Nadja Huser noch am Vorabend im Naturmuseum vorbeigegangen. Die Aussage Tribelhorns hatte sie im
Innersten aufgewühlt und gleichzeitig verunsichert. Warum
sollte ausgerechnet diese Frau mit Noras Handy der Direktorin
den Brand melden? Wie konnte das im Zusammenhang einen
Sinn ergeben? Ein Verdacht keimte in ihr auf. Ja, wenn es so gewesen wäre? Aber warum, wo lag dann das Motiv? Nein, ich
darf nichts überstürzen, hatte sie sich gesagt, ich muss unbedingt
zuerst mit Markus darüber sprechen.

Sie war schon um sieben Uhr morgens im Büro und wartete
ungeduldig darauf, dass ihr Vorgesetzter aufkreuze. Kurz vor
halb acht hörte sie endlich seine Bürotür gehen und machte sich
sofort auf den Weg.

Vor seiner halboffenen Tür blieb sie stehen und rief: „Hallo
Markus, bist du schon da? Ich habe nämlich eine Neuigkeit!"

Aebischer lachte. „Guten Morgen, Nadja. Gut, eine Neuigkeit.
Da hätte ich aber auch eine solche!"

Nadja wurde plötzlich unsicher. War ihre Neuigkeit wirklich
so wichtig? Oder war sie etwa längst von der Realität überrollt
worden? Unsinn, Aebischer kann doch noch nichts gehört haben!

„Also komm schon rein und erzähl!", sagte Markus ungeduldig.

Nadja betrat das Büro und berichtete, wie perfekt Tribelhorn
die Fotos hatte zuordnen können. „Also ich halte ihn für absolut
glaubwürdig", sagte sie zum Abschluss.

Aebischer nickte. „Ja, diese Frau mit dem Handy müssen wir
uns nochmals vorknöpfen. Zumal dieselbe saubere Dame offenbar Rechnungen gefälscht und den Ertrag in die eigene Tasche
gewirtschaftet hat."

„Wie bitte?" Jetzt war Nadja komplett verblüfft. „Wer sagt
das?"

Markus grinste. „Eben *das* war *meine* Neuigkeit. Keine Angst, Nadja, du hast nichts verpasst. Gestern, kurz vor Feierabend, hat mich eine Frau Gehring vom städtischen Finanzdepartement angerufen. Sie sei durch den Hinweis einer Mitarbeiterin des Naturmuseums darauf gestossen, dass Patrizia Wanner mutmasslich Gelder veruntreut habe. Und da habe sie gedacht, sie wolle frühzeitig die Polizei informieren."

„Da hat sie ganz richtig gedacht", erwiderte Nadja, „das ist ja wirklich der Hammer! Hat sie gesagt, wer diese Mitarbeiterin gewesen ist, die gepetzt hat?"

„Nein, das hat sie nicht erwähnt... Ach so! Ich glaube, ich weiss, was du im Sinn hast! Wenn es Nora Egger gewesen wäre..."

„Genau das habe ich gedacht, Markus!"

Kommissar Aebischer hatte Patrizia Wanner auf vierzehn Uhr zur Polizeiwache aufgeboten. Sie erschien pünktlich und sozusagen in voller Montur. Schwarze High Heels, schwarze Strümpfe, enger violetter Jupe, satte lila Bluse, aufwendig geschminktes Gesicht, hochgesteckte, blonde Haare, dunkelrot lackierte Fingernägel. Oder, mit einem Wort: Dame! Wollte sie einfach nur Eindruck schinden?

Markus Aebischer empfing sie in seinem Büro, Nadja Huser fungierte als Assistentin.

Patrizia Wanner setzte sich und sah den Kommissar herausfordernd an.

„Herr Kommissar Aebischer, darf ich fragen: wo liegt das Problem?"

Markus musste sich zusammenreissen. Unwillkürlich wanderte sein Blick immer wieder über die attraktive Frau vor ihm. So, jetzt nimm dich zusammen und abstrahiere, sagte er sich noch und noch. Aber es half wenig. Die Frau dominierte mit ihrer Erscheinung einfach den ganzen Raum! Aebischer zog aus einer Schublade einige Blätter und hielt sie vor sich hin. Fast wie eine Art von Schutzschild, kam es ihm in den Sinn. Er blickte zu Nadja und erkannte sofort: Sie würde ihm nicht helfen, er musste heute alleine hier durch.

„Frau Wanner", begann er, „ich bin mir bewusst, dass Sie bei diesem Brand im Naturmuseum verletzt und erst vor wenigen Tagen aus der Spitalpflege entlassen wurden. Trotzdem muss ich Sie heute nochmals befragen, weil wir verschiedene Unregelmässigkeiten festgestellt haben."

Patrizia Wanner blickte jetzt ins Leere. Scheinbar ganz unbeirrt wartete sie der Dinge, die da kommen sollten. Und sie konnte nicht ahnen, dass jetzt dann gleich die grosse Bombe platzen würde...

„Du kannst jetzt Frau Kägi holen", sagte der Kommissar, und Nadja ging hinaus. Es war absolut still im Raum, die Sekunden zogen sich zäh in die Länge, und Markus kämpfte immer noch darum, seinen Blick nicht ständig auf Patrizias schwarze High Heels und die sexy Strümpfe zu richten.

Endlich! Die Tür ging auf, und Nadja liess eine Frau um die fünfzig mit kurzen grauen Haaren eintreten.

Patrizia Wanner kapierte sofort. Sie musste sich beherrschen, um nicht gleich loszuschreien. Das war doch einfach nicht möglich, versuchte sie sich gegen die aufkommende Panik zu wehren. Nein, das durfte nicht wahr sein!

„Erika Kägi", stellte der Kommissar die Frau vor, „bitte nehmen Sie Platz. Frau Kägi, hier am Tisch sitzt Patrizia Wanner. Kommt sie Ihnen bekannt vor?"

Erika Kägi zögerte keine Sekunde. „Aber selbstverständlich. Sie war Kundin bei uns im Pyroshop in Zürich."

„Wann war das?"

„Etwa vor drei oder vier Wochen."

„Und warum können Sie sich nach so langer Zeit noch an eine einzelne Kundin erinnern? Sind Sie ganz sicher, dass es diese Frau war?"

Erika Kägi lächelte selbstsicher. „Absolut. Die Kundin ist mir aus mehreren Gründen gleich aufgefallen. Erstens, weil so gut gekleidete und attraktive Frauen bei uns im Laden eine Seltenheit sind, zweitens wegen ihres ausgeprägten Berner Dialektes, und drittens, weil sie sich überhaupt nicht auskannte in unserem Angebot. Ich musste ihr alles erklären."

„Und was hat diese Frau bei Ihnen gekauft?"

„Ganz einfach: zwei der modernsten elektronischen Zeitzünder. Marke *Explodur*. Absolut narrensicher. Für jedes Erst-August-Feuerwerk bestens geeignet. Zwölf Franken neunzig das Stück. Eines unserer besten Angebote."

Erika Kägi war wieder ganz die versierte Verkäuferin. „Darf ich Ihnen vielleicht einen Prospekt unserer Firma hierlassen?"

Der Kommissar wurde sichtlich ungeduldig. „Ich danke Ihnen sehr, Frau Kägi. Das genügt mir. Sie dürfen jetzt gehen."

Aebischer registrierte, dass Patrizia Wanner merklich an Selbstsicherheit verloren hatte. Jetzt war es Zeit für den zweiten Schlag! Er zog ein Blatt aus seiner Mappe und legte es vor sie hin.

„Sie kennen ja Ihren Arbeitskollegen Jakob Auer und seinen Hang, mit einer Zeichnung auszudrücken, was ihn beschäftigt."

Patrizia Wanner starrte auf die Farbstiftzeichnung. Markus und Nadja konnten zusehen, wie sich ihre Miene immer mehr verfinsterte. Unvermittelt stützte sie ihre Ellbogen auf den Tisch und hielt sich die Hände vor das Gesicht. Würde sie von selber zu sprechen beginnen? Mehr als eine Minute lang dauerte das Schweigen. Dann hob sie ganz langsam ihren Kopf. Ihre Augen blickten starr zur Wand hin, ihre langen Wimpern zitterten, ihre Stimme war sehr leise.

„Ja, es ist vorbei. Aus und vorbei."

Aebischer versuchte, ihren Blick zu erhaschen. „Frau Wanner, geben Sie zu, den Brand im Naturmuseum gelegt zu haben?"

Patrizia nickte nur.

„War Ihnen bewusst, dass Sie damit nicht nur Sachwerte zerstören, sondern auch Menschenleben gefährden könnten?"

Wiederum nickte Patrizia stumm, zugleich füllten sich ihre Augen mit Tränen.

Der Kommissar wusste, jetzt war ihr Widerstand endgültig gebrochen. Der entscheidende Moment war gekommen.

„Frau Wanner, haben Sie Nora Egger mit voller Absicht sterben lassen? Ja oder Nein?"

Patrizia wischte sich die Augen. Dann, ganz plötzlich, brach es aus ihr heraus.

„Ja, ja, und nochmals ja! Dieses Miststück hätte mich angezeigt und vernichtet! Ich war gezwungen zu handeln! Aber jetzt ist doch alles umsonst gewesen..."

Sie liess ihren Kopf auf den Tisch sinken.

Nachdem zwei Polizisten Patrizia Wanner abgeholt und in Untersuchungshaft gebracht hatten, sassen Nadja und Markus immer noch in seinem Büro und hatten beide eine Flasche Bier vor sich stehen. Sie streckte ihrem Vorgesetzten die Hand hin.

„Gratuliere, Markus, dieses Verhör hast du bravourös gemacht! Beinahe ein Lehrbuchbeispiel, wie man zu einem Geständnis kommt."

Markus war von Nadjas Lob beinahe peinlich berührt. „Danke, danke. Aber ich darf sagen, dass auch du ausgezeichnete Arbeit geleistet hast. Also dann, zum Wohl!" Markus setzte sein Bier an die Lippen. „Aber weisst du, ich verstehe die Geschichte immer noch nicht wirklich. Wozu der ganze Hokuspokus mit dem Zeitzünder, dem Rauchmelder, Noras Handy, den Schlaftabletten? Und was haben denn David Egger und Vanessa Moser im Museum gesucht?"

„In der Tat, ich blicke auch nicht durch", doppelte Nadja nach. „Vielleicht wird uns Patrizia Wanner die ganze Sache erklären? Was hast du jetzt vor?"

„Nun, die Angeklagte sitzt unterdessen im Untersuchungsgefängnis. Wir zwei gehen sie morgen früh um neun besuchen."

Mittwoch, 3. August

Markus war mit Nadja zusammen zu Fuss ins Untersuchungsgefängnis gegangen. Wie oft er doch schon hier gewesen war,
kam es ihm in den Sinn. Wie viele unterschiedliche Typen von
Angeklagten er schon erlebt hatte. Schwache und starke, bet-
telnde und höhnisch lachende, wortkarge und auskunftsfreu-
dige, verzweifelte und gleichgültige, unsichere und abgebrühte,
Jüngelchen und alte Hasen, depressive und lebenslustige… einfach die ganze Palette der menschlichen Möglichkeiten. Jeder
Gang zum Untersuchungsgefängnis war für Markus ein Gang
ins Ungewisse gewesen, ein Abenteuer besonderer Art, und jedes Mal packte ihn von neuem die spezielle, für Aussenstehende
vielleicht unbegreifliche Faszination seines Berufes. Was würde
ihn heute erwarten?

Patrizia Wanner hatte sich, von aussen gesehen, wieder voll im
Griff. Sie trug sogar immer noch dieselbe aufreizende Kleidung
wie gestern. Nur die Schminke hatte sie nicht auffrischen können. Vielleicht war ihr Aufzug als bewusste Provokation gemeint, dachte sich Nadja. Aber wahrscheinlich hatte ihr einfach
noch niemand etwas anderes ins Untersuchungsgefängnis vor-
beibringen können.

Der Kommissar räusperte sich. „Guten Morgen, Frau Wanner.
Setzen wir uns hier an den Tisch."

Der kahle Besprechungsraum mit seinen Wänden aus grauem
Beton, möbliert einzig mit einem metallenen Tisch und vier un-
bequemen Stühlen, hatte eine unangenehme Akustik, alles klang
verzerrt und hohl.

„Frau Wanner, Sie haben gestern mündlich gestanden, vorsätzlich den Brand im Naturmuseum gelegt und Nora Eggers
Tod herbeigeführt zu haben. Können Sie das immer noch bestä-
tigen?"

Die Angeklagte nickte stumm.

„Gut, dann kommt das ins Protokoll, das Sie nachher unterschreiben werden. Für uns von der Polizei, aber mehr noch für das Gericht, das Ihre Tat beurteilen wird, reicht ein nacktes Geständnis nicht aus. Wir möchten die Hintergründe verstehen, die zu der Tat geführt haben, und ebenso verstehen, warum die Tat gerade so und nicht anders geplant und durchgeführt wurde. All dies können wir im Moment nur erahnen. Und ich hoffe, Sie seien dazu bereit, uns darüber zu berichten."

Patrizia Wanner sass aufrecht auf dem harten Stuhl und sah mit festem Blick abwechselnd den Kommissar und die angehende Kommissarin an. Dann senkte sie den Blick ein wenig und begann mit ganz ruhiger Stimme.

„Gut, es ist so oder so alles vorbei. Das Leben, die Liebe, der Beruf. Alles aus. Und auch Noras Tod hätte mir nichts genützt. Man war mir ja schon auf der Spur. Darum erzähle ich Ihnen die ganze Wahrheit."

„Beginnen wir mit den veruntreuten Geldern?", fragte Nadja.

„Natürlich, das ist der Anfang. Wissen Sie, ich pflege gern einen, wie man so schön sagt, gehobenen Lebensstil. Möbel, Kleider, Autos, Reisen, alles ist sündhaft teuer hier in der Schweiz. Und mit unseren Gehaltsklassen beim Staat, da kommt man nicht sehr weit. Das werden auch Sie zugeben, nicht wahr? Zudem ist mein Lebenspartner manchmal in der Klemme und ich muss ihm aushelfen. Nun hat man, als Buchhalterin, eine privilegierte Position und kann leicht in Versuchung kommen, der Misere etwas nachzuhelfen. Und meiner Meinung nach habe ich es gar nicht so dumm angestellt. Immer nur kleinere, unauffällige Beträge abzweigen, mal hier tausend, mal dort zweitausend. Im ganzen Museumsbudget fiel das überhaupt nicht ins Gewicht, bei der Verbesserung meiner Lebensqualität hingegen sehr wohl."

Der Kommissar nickte. „Sie haben also Rechnungen gefälscht und die Zahlungen auf Ihr eigenes Konto geleitet?"

Patrizia Wanner lächelte amüsiert. „So ungefähr, ja. Im Detail ist es etwas komplizierter, aber für eine versierte Buchhalterin stellt das kein grosses Problem dar. Ich hatte erwartet, das würde nie jemand merken. Aber Nora Egger war zu schlau. Irgendwann hat sie wohl zufällig einen verdächtigen Beleg in die Hand bekommen, den richtigen Schluss gezogen und systematisch weiter recherchiert."

Patrizia Wanners Miene wurde eisig. „Und dann fing ihr kleines, mieses Spielchen an."

Aebischer blickte erstaunt auf. „Das heisst, Sie wurden von Nora Egger erpresst?"

„Richtig, so nennt man das. Fünfzig Prozent verlangte sie für ihr Schweigen. Dieses Miststück war, nach ihrer Trennung von Vanessa, sowas von verbittert, das hätte niemand geglaubt. Sie war so unzufrieden mit ihrem Leben, dass sie nur noch darauf aus war, anderen Menschen so viel wie möglich zu schaden! Dabei würde sie nach dem Tod ihrer Mutter Millionen erben! Aber was sollte ich machen? Ich musste immer noch mehr Geld veruntreuen. Allmählich wurde mir bewusst, dass die Sache irgendwann auffliegen würde. Entweder würde Nora *singen*, oder jemand anders käme drauf."

„Was auch passiert ist", fuhr Nadja Huser dazwischen.

Patrizia nickte. „Ja, auch Yvonne hat wohl, als ich im Spital war, Verdacht geschöpft und bestimmt die Claudia Gehring gegen mich aufgehetzt. War es nicht so?"

Nadja nickte nur.

„Schliesslich sah ich keinen anderen Ausweg mehr, als mir Nora endgültig vom Hals zu schaffen."

Aebischer schüttelte seinen Kopf. „Also ich muss schon sagen, Ihre kriminelle Energie ist beachtlich gross."

Patrizia Wanner lachte schrill auf. „Ha! So nennt man das heute! Und weil ich auch nicht allzu dumm bin, habe ich mir den beinahe perfekten Mord ausgedacht. Ich weiss es wohl, das haben schon viele versucht, und alle sind dabei gescheitert."

„Wahrscheinlich nicht ganz alle", bemerkte Aebischer lächelnd. „Aber von denen, die *nicht* gescheitert sind, weiss die Polizei eben naturgemäss nichts… Aber ich muss offen zugeben, Ihr Plan war ziemlich gut."

„Danke für die Blümchen, Herr Kommissar. Aber er war eben nicht gut genug. Die Polizei ist meistens doch schlauer, als man denkt…"

„Dabei sind Sie extra in eine andere, grosse Stadt gereist, um sich den Zeitzünder unerkannt zu beschaffen…"

Patrizia zuckte mit den Achseln. „Ja, und das habe ich wirklich falsch eingeschätzt. Dass man mit einer ungewohnten Erscheinung und einem anderen Dialekt so extrem stark auffällt, das hätte ich echt nicht gedacht. Dies war mein grosser Fehler."

„Eines verstehe ich immer noch nicht, Frau Wanner", sagte der Kommissar, „was hatte die ganze komplizierte Prozedur, mit dem Zeitzünder, dem Rauchmelder, den Schlaftabletten, dem Telefonanruf an die Direktorin für einen Zweck?"

Patrizia Wanner schenkte Aebischer ihr süssestes Lächeln. „Eben das war mein, wie Sie es gerade genannt haben, *ziemlich guter Plan*. Ablenkung auf allen Fronten sozusagen. Der Zeitzünder und der ausgeschaltete Rauchmelder garantierten, dass das Feuerchen schon ausgebrochen war, als ich an jenem Montag die Insektenabteilung erreichte, und dass es noch niemand bemerkt hatte. Nora sass, wie erwartet, brav an ihrem Arbeitsplatz und war von den Schlaftabletten, die ich ihr in ihren täglichen Acht-Uhr-Kaffee gemischt hatte, schon ganz benommen. Als ich die Tür zum brennenden Raum öffnete und aufschrie, so laut ich konnte, kam natürlich Nora, schwankend schon, herbeigerannt. Ich schob sie in den Raum voller Rauch, verschloss die Tür und ging einige Schritte den Flur entlang, um mit Noras Handy, das ich von ihrem Schreibtisch geholt hatte, Martina anzurufen. Dann kehrte ich, auch wenn es viel Mut brauchte, in den lodernden Raum zurück und liess mir einige Brandwunden einbrennen. Aber ich konnte ja darauf zählen, dass mich Martina retten würde. Im Notfall hätte ich auch selber noch fliehen können. Und ebenso wusste ich, dass für Nora jede Hilfe zu spät käme. Irgendwie tut es mir schon leid um die arme Nora, aber ich habe wirklich keine andere Lösung gesehen."

Nadja war erschüttert. Was für ein niederträchtiger Plan, und dann noch von einer Frau ausgedacht! Aber etwas musste sie noch wissen! Sie wollte gerade eine Frage formulieren, aber Patrizia Wanner kam ihr zuvor.

„Darf ich annehmen, dass Sie den Stadtrat Peter Keller schon bald verdächtigt haben, Herr Kommissar?"

Nadja zuckte zusammen. Oh je! Eine Verdächtige, die selber Fragen stellt, das wird aber bei Markus gar nicht gut ankommen! Doch erstaunlicherweise ging dieser nicht darauf ein, sondern gab ungerührt Antwort.

„Ja, er gehörte zum Kreis der potenziell Verdächtigen."

„Ach, nur so potenziell?", fragte Patrizia, offenbar enttäuscht. „Immerhin kannte er sich mit Zeitzündern bestens aus."

Dem Kommissar fiel beinahe die Kinnlade herunter. Was diese Frau nicht alles wusste!

„Ehm… warum wissen Sie das?"

„Ganz einfach. Wir wohnen im selben Quartier der Stadt. Und Peter Keller organisiert doch immer am ersten August das grosse Feuerwerk. Und er hat selber den grössten Spass daran, bei den technischen Vorbereitungen mit anzupacken. Ich kenne ihn ja schon lange, und letzten Sommer hat er mir mal ein wenig erzählt, was man mit diesen Zeitzündern alles machen kann. Das hat mir schon sehr geholfen bei der Planung meiner Aktion…"

„Das glaube ich Ihnen, Frau Wanner. Natürlich haben wir Peter Keller auf dieses Thema angesprochen. Aber bald trat dann eine andere Person in unseren Fokus, Noras Halbbruder David Egger. Er hat grosse Schulden und wird von Noras Erbanteil massiv profitieren. Ihre Aussage, Sie hätten ihn am Tag vor dem Brandanschlag im Museum gesehen, hat ihn natürlich sehr verdächtig gemacht. War das ein blosser Zufall?"

Jetzt war Patrizia Wanner nicht mehr zu halten. Sie lachte aus vollem Halse!

„Nein, das ist zu komisch, hahaha! Wenigstens hat dieser Teil meines *ziemlich guten Plans* perfekt funktioniert! Natürlich war David Egger nie im Leben in diesem Museum! Nora hat mir ab und zu von diesem Typen erzählt, und ich habe bald realisiert, dass er der ideale Verdächtige abgäbe. Geradezu perfekt, um die Schuld auf ihn abzuschieben. An der Beerdigung von Noras Mutter habe ich David kurz gesehen und mir sein Bild eingeprägt. Und wenn ich behaupte, ihn im Museum gesehen zu haben, dann habe ich ihn eben gesehen, nicht wahr? Und dann gab es ja noch eine zweite Verdächtige, die sich mit Noras Tod saniert hat."

„Ja. Vanessa Moser. Sie wussten also von Noras Testament?"

„Aber natürlich. Nora hatte mich ja deswegen um Rat gefragt, und wir haben es zusammen aufgesetzt."

„Und Vanessa hat auch davon gewusst?"

„Das weiss ich nicht mit Sicherheit. Aber ich habe es angenommen. Und nichts war einfacher, als zu behaupten, ich hätte Vanessa am Sonntag im Museum gesehen… Zeugenaussagen glaubt man ja meistens…"

„Also ich muss schon sagen, Ihr Plan war äusserst hinterhältig", warf die Kommissarin ein.

Patrizia Wanners Augen schimmerten jetzt doch feucht. „Nun ja, ich habe getan, was ich konnte. Und ich habe verloren."

Markus Aebischer zuckte mit den Schultern. „Sie sehen das bemerkenswert nüchtern, Frau Wanner. Und ich darf nochmals sagen, es war ein *ziemlich guter Plan*. Trotzdem, ich begreife es noch nicht wirklich, warum Sie für Ihre Tat einen so komplexen und risikoreichen Weg gewählt haben. Sie hätten doch bei dem Brand viel schlimmer verletzt werden oder sogar sterben können. Und auch Ihren Arbeitsplatz haben Sie aufs Spiel gesetzt. Warum denn, wenn es schon sein musste, Nora Egger nicht auf eine simplere Art beseitigen?"

Patrizia Wanners Blick zeigte nur den Hauch eines Lächelns. „Sie meinen, mit einem schönen Gift, einem kleinen inszenierten Unfall oder einer hübschen Kugel? Ja, warum eigentlich nicht? Das wäre weniger riskant gewesen. Aber ich bin wohl in jeder Hinsicht eine spezielle Frau. Ich habe schon immer das Abenteuer, das Risiko, die Gefahr geliebt. Und ich bin immer konsequent meinen Weg gegangen. Was ich auch weiterhin tun werde. Die zehn oder fünfzehn Jahre hinter Gittern werden mich nicht zerstören. Ja, ich bin und bleibe eine starke Frau."